Le Maître du Destin

LES DIEUX DE VEGAS
TOME SIX

SIENNA SNOW

CHAPITRE
Un

Simon

— Si tu lui fais du mal, jamais tu ne te remettras de la guerre que tu devras affronter.

Je ne réagis pas à la menace de Tyler Mykos, me contentant de regarder droit dans ses yeux noirs. Mais je ressentis une envie sourde de me jeter sur la table pour le frapper au visage.

Cet enfoiré pensait avoir les cartes en main, alors que c'était moi qui détenais le pouvoir de faire ou de défaire tout cet accord.

Un marché d'une valeur de plus d'un milliard de dollars.

Un marché qui faisait surface parce que des abrutis avides avaient décidé qu'il était temps de concrétiser un accord conclu il y a plus d'un siècle en Grèce.

— Que crois-tu exactement que je vais lui faire ? lui demandai-je.

La femme dont nous parlions était ma fiancée, que je n'avais jamais rencontrée. Je n'avais vu que quelques photos d'elle, et je n'avais aucune intention de l'épouser. Je me foutais de l'argent.

Cependant, je n'avais aucune intention de le dire à ces abrutis.

Lorsqu'un coursier m'avait remis ce matin un message sollicitant une rencontre avec les dirigeants de l'empire maritime Mykos, j'avais compris que la journée serait intéressante.

Les membres de ma future belle-famille et moi n'étions pas des hommes d'affaires typiques. Nous dirigions des organisations, ou plutôt des familles, qui remontaient sur de nombreuses générations. Celles qui étaient liées par des accords, des querelles, des mariages, et ainsi de suite, à l'époque où tout le monde vivait en Europe et en Grèce, plus précisément, dans notre cas.

Le fait d'avoir déménagé aux États-Unis avait assoupli certaines des idées de l'Ancien Monde, mais pas toutes. Surtout quand il était question de la gestion de nos entreprises.

S'il fallait décrire les familles comme les nôtres : elles étaient traditionalistes et patriarcales à souhait.

D'où la raison de notre présence, ici. La première femme née dans la famille Mykos en plus de cent ans.

Olympia Nyx Mykos. Ma foutue fiancée.

J'aimais ma vie telle quelle était. Les affaires étaient les affaires, et ma vie personnelle était à part. Aucun mélange.

Puis, mon imbécile d'oncle avait cru bon d'ouvrir sa grande bouche, rappelant au monde que les Mykos avaient enfin engendré une progéniture féminine et qu'il était de mon devoir de l'épouser pour mettre fin à cette querelle séculaire.

Et, bien entendu, la querelle avait été provoquée par la dernière Mykos qui avait décidé de s'enfuir avec son garde du corps, ou son chauffeur, ou peu importe, au lieu de convoler en justes noces avec mon arrière-grand-père.

Et maintenant, j'étais là, assis dans l'une des suites les plus sélectes d'un hôtel de luxe de Manhattan, essayant d'aller au fond de ce que ces salauds voulaient de moi.

— Tu as une réputation, Drakos.

Comme si Tyler Mykos était l'innocence incarnée. Du temps de nos études, nous avions partagé une femme ou deux à de nombreuses reprises.

Enfoiré.

Tyler était assis aux côtés de son père, Phillip Mykos, et de ses trois frères, Evan, Damon et Nico. Il se présentait comme le second de Phillip, mais tout le monde connaissait la vérité. L'aîné des frères Mykos était la tête pensante derrière l'empire de la navigation et du syndicat Mykos. Rien ne se passait sans qu'il ait son mot à dire, et cette réunion était le parfait reflet de la manière dont Tyler menait ses affaires.

Pas de bureaux officiels d'aucune sorte, uniquement des suites privées dans des hôtels haut de gamme, avec un service cinq étoiles pendant la négociation des accords commerciaux.

Ils pensaient pouvoir m'intimider avec cette petite

démonstration de pouvoir. Mieux valait pour eux qu'ils se ressaisissent. Quand on avait été élevé sous la coupe d'un salaud de grand-père comme Giorgos Astros Drakos dit Gio, il était rare que quelque chose puisse nous effrayer.

— Pourquoi ne m'éclairerais-tu pas au sujet de cette réputation, Mykos ?

— Tu préfères les femmes commodes, qui ne te posent aucun problème.

Oh oui, je savais tout sur ma future femme. Personne n'aurait l'idée de la qualifier de « commode ». Elle était surnommée la Diablesse Mykos à cause de sa langue aussi acérée que les lames qu'elle brandissait contre ceux qui se mettaient en travers de sa route.

Même si certaines des conneries que j'avais entendues semblaient vraiment farfelues, je n'aurais pas été surpris que ces abrutis aient créé cette information pour éloigner les gens d'elle.

— Es-tu en train de me dire que ta sœur sera le genre d'épouse à me causer des ennuis ?

— Toutes les rumeurs qui courent à son sujet ne sont pas fondées.

Tyler parlait d'un ton plus froid à présent, ce qui m'indiqua que j'avais touché la corde sensible.

Ce qui voulait dire que certaines rumeurs étaient vraies.

— Explique-moi tout, Mykos.

— À la fin de l'année, mieux vaudrait qu'elle soit dans le même état qu'aujourd'hui.

Était-il en train d'insinuer que sa sœur était vierge ?

Est-ce que les filles de vingt-six ans étaient innocentes de nos jours ? C'était possible, avec le genre de protection que ces types devaient avoir mis en place autour d'elle. Mais, si elle était la rebelle que tout le monde pensait, j'en doutais fortement.

Cependant, je n'avais absolument pas l'intention de vérifier. Cette voie garantissait que ces cons feraient toujours partie de ma vie.

— Et de quel état parle-t-on ?

Ce fut Phillip Mykos qui répondit cette fois.

— Elle est heureuse. Si mon bébé verse la moindre larme par ta faute, je veillerai à ce que ton monde tombe en ruines.

À sa manière de soutenir mon regard, je compris qu'il en pensait chaque mot.

Bien, bien, bien. Voilà qui était intéressant.

S'il y avait bien une chose à laquelle on n'aurait jamais cru de la part de Phillip Mykos, ou de ses quatre fils, c'était qu'ils pouvaient se préoccuper du bonheur des autres.

D'un autre côté, il avait fallu plus de cent ans pour qu'une fille naisse dans la famille Mykos, et il apparaissait logique qu'elle soit leur plus grande faiblesse.

— Je n'ai aucune intention de rendre la vie difficile à votre fille. Il s'agit d'un accord commercial entre nous. Tant qu'elle et moi, nous comprenons, nous aurons un avenir agréable ensemble.

— C'est là que tu fais erreur.

Évidemment. Jamais nous ne deviendrions une famille heureuse.

— Ce qui veut dire ?

— Ce qui veut dire que, ma sœur, c'est un sujet personnel. Tu merdes avec elle, tu merdes avec nous. Ça reste personnel jusqu'à la fin des fiançailles.

— Tout d'abord, que crois-tu que je vais lui faire ? demandai-je en me penchant en avant, prêt à faire bouffer sa menace à cet abruti arrogant. Et ensuite, qu'est-ce qui te dit que je vais mettre un terme à ces fiançailles ? D'après le contrat, elle m'appartient. Vous gagnez la moitié du fonds, en dehors de sa part à elle, qui ira dans un nouveau fonds à destination de nos enfants. C'est gagnant-gagnant pour moi.

Tyler releva mon défi, prêt à bondir de son siège.

— Écoute, abruti. Tu ne la veux pas plus qu'elle ne veut de toi. Tout le monde sait que ta future épouse parfaite attend dans les coulisses.

Avant que je ne puisse dire quoi que ce soit, Phillip posa une main sur le bras de Tyler et se leva, prenant un jeu de dossiers à l'un de ses hommes avant de m'en passer un.

— Nous avons une offre qui t'incitera à rompre avec ma fille à la fin de la période de fiançailles prévue dans le contrat originel.

Me calant dans ma chaise, je jetai un œil à Kasen Alexandros, mon cousin et second. Il haussa les épaules et lut rapidement le contenu des documents.

Je me mis à parcourir les miens, et je n'en crus pas mes yeux.

Est-ce que ces enfoirés étaient sérieux ?

C'était la dernière chose à laquelle je me serais attendue en entrant dans cette suite d'hôtel.

Depuis des années, je tentais en vain d'acquérir un port de fret long-courrier au *Cyprès*. J'avais découvert plus tard qu'un conglomérat de *Mykos Shipping* en était propriétaire et ne le vendrait jamais à quelqu'un portant le nom de Drakos.

— Vous vous servez de ce même port que vous refusez de me vendre depuis cinq ans pour m'inciter à m'éloigner de votre fille ?

— Mon empire reste fort sans lui, répondit Phillip avec un haussement d'épaules. En revanche, toi, tu pourras en décupler les bénéfices. Nous te céderons notre port à Cypress à la seconde où le fonds sera débloqué, et les fiançailles officiellement terminées.

Quand mon grand-père, *Pappous* Gio, était décédé dans un accident d'hélicoptère, un peu plus de dix ans auparavant, il m'avait laissé un conglomérat de transport maritime et un territoire en proie à une prise de contrôle hostile. À vingt-trois ans, j'avais repris les rênes et, avec l'aide de quelques alliés stratégiques, j'avais remis de l'ordre dans le chaos que mon grand-père avait créé.

Aujourd'hui, *Drakos Shipping* était assez fort pour prendre le dessus sur l'empire Mykos, quand bien même son patriarche pensait le contraire.

— Dites-moi, que croyez-vous que je ferai à votre précieuse Olympia si je l'épouse ?

— Elle s'appelle Nyx. Appelle-la Olympia et il n'est pas impossible qu'elle te tranche la gorge, intervint Evan, le plus jeune, avec une pointe d'humour qu'on retrouvait rarement chez les frères en public.

Je décidai de reformuler la question.

— Pourquoi êtes-vous aussi déterminés à m'empêcher de l'épouser ?

— Notre monde n'est pas bon pour elle, répondit Phillip. Elle a besoin de sa liberté. Tu n'es pas l'homme qu'il lui faut.

J'étudiai ce vieil homme que toute ma vie j'avais vu comme un enfoiré froid et calculateur. Tant de fois, je m'étais même demandé s'il avait un cœur, surtout quand des histoires me parvenaient, sur ses méthodes détachées, presque chirurgicales, pour arracher des informations à ceux qui le contrariaient. Il dirigeait son empire d'une main de fer, ou plutôt d'une « lame aiguisée », et il avait inculqué toutes ses méthodes à ses enfants.

En fait, il était plus que probable que les frères étaient ceux qui avaient enseigné à Olympia, ou plutôt à *Nyx*, ses compétences en matière de couteaux. Je doutais fort que Phillip, qui protégeait à outrance le bonheur de sa fille, ait voulu qu'elle accomplisse quoi que ce soit dans un domaine aussi peu raffiné.

En me montrant cet aspect de sa personnalité, il me disait que sa fille signifiait bien plus pour lui qu'une simple monnaie d'échange pour des alliances.

Autant lui faire comprendre qu'ils étaient tirés d'affaire. Cela rendrait l'année à venir bien plus simple.

— Sur ce sujet, nous sommes d'accord. Car elle n'est pas la femme qu'il me faut.

— Alors, tu acceptes nos conditions ?

— J'en ai une à ajouter.

Les hommes du clan Mykos posèrent sur moi leurs cinq regards identiques, et patientèrent.

— Je veux avoir votre soutien quand je descendrai celui

qui a tué mes parents et orchestré l'accident d'avion de mon grand-père.

— Alors, tu as trouvé, n'est-ce pas ? demanda Phillip avec un léger hochement de tête. C'est compliqué d'apprendre à reconnaître à qui l'on peut faire confiance.

— Je l'ai compris il y a des années. Il faut que j'avance mes pièces.

— Vraiment ? Tu vas lui donner assez de corde pour se pendre tout seul ?

— Exactement.

— J'ai toujours su que tu ressemblais plus à Ky qu'à Gio. Ça a dû rendre ton grand-père fou de rage de savoir qu'en dépit de ses coups, il ne parvenait pas à faire disparaître son fils dévoyé de ta personnalité.

Ses mots me firent l'effet d'un coup de poing dans l'estomac, sachant à quel point ils étaient dans le faux.

J'étais la création de mon grand-père. Tout ce qu'il ne pouvait obtenir de mon père, Kyros, il l'avait modelé en moi, parfois avec une ceinture, parfois avec le poing.

Mon père était le cadet, celui qui n'aurait pas dû hériter de l'empire, mais qui l'avait obtenu malgré tout, suite à la mort de son frère au cours d'une guerre de territoire. Il avait été le fils qui avait fui ses responsabilités et épousé la femme qu'il avait choisie, au lieu de la fiancée de son frère décédé pour préserver l'alliance familiale. Le fils que *Pappous* ne pouvait pas contrôler. Quand mes parents étaient morts dans un accident de voiture, mon grand-père avait eu droit à une seconde chance : moi.

Je ne réagis pas à la déclaration de Mykos et demandai à la place :

— Alors, est-ce que je peux compter sur votre soutien ?

— Oui, répondit Tyler à la place de Phillip. Nous n'aimons pas avoir des traîtres parmi nous, surtout quand ils font partie de la famille. Tu acceptes nos conditions, nous acceptons les tiennes.

Je hochai la tête.

— D'ici un peu plus d'un an, je romprai le contrat de mariage, nous partagerons le fonds et vous me céderez le port. Ensuite, quand je solliciterai votre aide, vous finirez le sale boulot.

— Excellent.

Tyler porta son verre de vin à ses lèvres, dont il but une grande gorgée. Puis il ajouta :

— Encore une chose.

J'attendis.

— Personne en dehors des gens qui se trouvent dans cette pièce ne devra savoir pour cet arrangement.

C'était un ordre que Tyler venait de me donner, et cela me tapait sur les nerfs.

— Et Nyx ?

C'était la première fois que Nico prenait la parole.

— De toute évidence, elle le découvrira. Après tout, c'est sa vie qui est concernée.

— Ce que vous omettez de dire, c'est qu'elle ignore que nous nous rencontrons aujourd'hui. Pourquoi ?

— Il n'y avait pas de raison de dire quoi que ce soit avant d'avoir ton accord.

Je scrutai les hommes. Sans le moindre doute, il y avait quelque chose qu'ils ne me disaient pas. Quoi que ce soit, j'avais l'intention de le découvrir.

— Je vois. Est-ce là le dernier point de notre accord ? demandai-je, prêt à quitter l'hôtel et prendre la route pour prendre le vol qui m'attendait au hangar, à JFK.

— Effectivement. Un an après la date officielle des fiançailles, nous nous rencontrerons à nouveau pour tout finaliser, dit Tyler, qui se leva et me tendit la main.

Je me levai à mon tour et la lui serrai.

— À présent, Messieurs, on m'attend pour une autre réunion. Nous nous reverrons dans trois mois, lors de la fête que je donnerai pour mes fiançailles.

Sans ajouter un mot, je me dirigeai vers la porte.

J'attendis pour parler que Kasen et moi nous retrouvions dans ma voiture, mes hommes derrière moi. Les Mykos avaient forcément des gardes postés tout autour de l'hôtel.

— Je veux tout savoir au sujet de Nyx Mykos. Ils se montrent bien trop protecteurs de son bonheur à mon goût.

— Nous sommes déjà en train de la surveiller. Elle est sage comme une image. Au cours du mois qui vient de s'écouler, nous l'avons observée jour et nuit. Tout ce qu'elle a fait, c'est jouer avec ses plantes, traîner avec ses cousins et se faire suivre par ses gardes du corps. Elle est atrocement ennuyeuse. Je commence à croire qu'elle est la cible de ces garces mondaines et que c'est pour ça qu'elle a déménagé à Vegas.

C'était possible. Quiconque refusait de se conformer aux normes de notre monde en subissait les conséquences de la part de la majorité, en particulier les femmes. Être différent n'était pas une bonne chose. Et Nyx Mykos marchait à son propre rythme.

Mais, d'un autre côté, mes tripes me disaient que ce n'étaient que des conneries. Et jamais mon instinct ne m'avait trahi.

J'allais bientôt le découvrir.

C'était l'heure d'une dernière réunion, pour fixer les règles de l'année à venir.

Avec ma fiancée.

Je ne pus retenir un sourire.

Son invitation était arrivée de la même manière que celle de son frère, mais de manière plus directe, plus précise, et sans me douter un seul instant que je devrais traverser le pays en avion dans un délai aussi court.

J'ai une offre que tu ne peux pas refuser, pour mettre un terme à nos fiançailles.

Pour en savoir plus, retrouve-moi à 19 heures ce soir à l'Epieikeia.

Hôtel casino Ida, *Las Vegas.*

Le courage dont elle faisait preuve rendait sa proposition irrésistible. Cela faisait un bon bout de temps que personne n'avait aiguisé ma curiosité.

Et vu la façon dont mes hommes et Kasen semblaient si épris d'elle, il était plus qu'impératif de découvrir si elle était la nymphe de la nature ou la diablesse de New York.

— Quand tu la verras, lui parleras-tu de l'accord que tu as passé avec sa famille ou la feras-tu patienter pour voir ce qu'elle propose ?

— À ton avis ?

Kasen secoua la tête.

— Je crois que ça va te péter au visage. Ne joue pas au con avec elle, elle est innocente. En plus, tu as besoin de sa famille autant qu'elle a besoin de toi.

— Aucun Mykos n'est innocent.

— Elle, elle l'est.

— Arrête de t'inquiéter. D'ici à ce que sa famille la mette au courant de notre arrangement, nous aurons établi nos règles de base.

— Laisse-moi deviner. Pas de scandale, pas d'ennui, pas de coucherie, à droite, à gauche.

— La clause de moralité me profite. Sa famille perd tout si elle déroge à ces règles. Autant que ce soit clair.

— Comme je te l'ai dit, tu n'auras aucun souci de ce côté-là. Elle n'a rien à voir avec les rumeurs qui courent à son sujet.

— Alors, cela ne posera pas de problème que je le répète.

— Est-ce que ta vie ne serait pas plus simple au cours de l'année à venir si tu avais une fiancée qui t'apprécie, plutôt qu'une qui te déteste ?

— Ce sont les affaires. Je me fiche de ce qu'elle ressent pour moi, du moment que j'ai l'argent, et que mon accord avec sa famille tient toujours.

— Si tu le dis…

CHAPITRE
Deux

Nyx

— Olympia Nyx Mykos, tu dois te marier. Est-ce que tu m'entends ? se moqua ma cousine par alliance, Penny Lykaios, avec un accent grec exagéré.

Elle posa une main sur sa hanche et rejeta sa longue queue de cheval noire sur le côté.

— Non. Je préfère me faire nonne et emménager dans un couvent.

Je croisai les bras, en essayant de ne pas rire et de ne pas projeter partout le terreau que j'avais sur mes gants.

J'étais couverte de toutes sortes de végétaux, imprégnée de sueur à cause des 32 °C des jardins botaniques de l'hôtel-casino *Ida*, à Las Vegas, et je ne pouvais pas imaginer me trouver autre part.

— Il est de ton devoir de remplir le contrat. Notre famille dépend de cet argent.

Penny pinça les lèvres et prit une tulipe hybride pour la transférer dans sa nouvelle maison, m'offrant une imitation plutôt réussie de la moue déçue qu'affichait ma tante, Teresa, chaque fois qu'elle posait les yeux sur moi.

— Ce n'est pas moi qui ai fait ce contrat. Je n'ai pas à faire quoi que ce soit.

Penny poussa un râle et rejeta ses cheveux, projetant un énorme tas de terre au-dessus de nous, et il me fut très difficile de contenir mon ricanement.

— Tu es la honte de la famille. D'abord, tu déménages à Las Vegas pour vivre avec ces païens de Lykaios, qui jouent et boivent toute la journée, et maintenant, ça. Cette Penny Lykaios, elle a une mauvaise influence sur toi. Une fille grecque digne de ce nom ne passerait pas ses journées à fabriquer de l'alcool. À quoi pensait ton père ?

Ni l'une ni l'autre, nous ne parvînmes plus à garder un visage impassible et nous tombâmes toutes les deux sur nos fesses, en riant comme des hystériques.

Les touristes qui nous regardaient depuis le côté observatoire des jardins nous prirent sans doute pour de parfaites idiotes. Heureusement, c'était juste avant la fermeture des arrière-salles, et il ne restait que peu de monde qui circulait à cette heure du début de soirée.

Après quelques minutes de rires incontrôlables, nous retrouvâmes un semblant de professionnalisme et nous nous redressâmes.

— Bon sang, tu imites fabuleusement bien tante Teresa. Elle a tellement peur que je m'enfuie qu'elle en oublie que c'est moi qui suis coincée par ce contrat.

— C'est l'argent, qu'elle veut. Elle ne se soucie pas vraiment de ce qui peut t'arriver.

Oui, l'argent.

Et pas seulement quelques espèces. Il s'agissait d'un montant total dépassant le milliard de dollars. Quand j'y réfléchissais, cela semblait fou, mais un siècle d'intérêts mûrissant dans un fonds suisse pouvait accomplir des merveilles.

Si seulement ma grand-tante, Julia, n'était pas tombée amoureuse de son garde du corps et n'avait pas fui son mariage arrangé, je ne me serais pas retrouvée dans une telle situation.

D'un autre côté, je ne lui en voulais pas vraiment d'avoir choisi l'amour plutôt que l'argent. De plus, j'avais vu des photos de mon grand-oncle, Victor Danos, et il était terriblement sexy.

Bouillant comme une star de cinéma dans une romance sur la mafia.

— Tout le monde veut toujours l'argent. Si j'étais née garçon, le fonds aurait patienté encore une génération ou deux, marmonnai-je à voix basse en plongeant ma truelle dans le parterre pour repousser un peu de terre.

— Tu as de la chance. Au moins, ta famille a fait fi des idées rétrogrades de tes oncles et de tes tantes sur les femmes, et ils n'ont vu aucune objection au fait que tu deviennes horticultrice, ou que tu déménages à Vegas.

Si elle avait eu connaissance de tous les obstacles que j'avais dû franchir pour faire des études à l'université de New York... La seule raison pour laquelle j'avais obtenu mon master et mon doctorat était qu'il s'agissait d'un programme tout-en-un, de la licence au doctorat, pour lequel j'avais travaillé comme une folle pour me qualifier. Sans parler des heures passées à convaincre Papa que déménager à Vegas et prendre en charge les jardins botaniques de l'*Ida*, un casino appartenant aux cousins de Maman, les fils et la fille de ma défunte tante, Rhea, était la chance de ma vie.

— Disons qu'il y a eu beaucoup de compromis, mais que mes frères me soutenaient.

Je souris en songeant à Tyler, à Nico, à Damon et à Evan. Ils comprenaient que je n'étais pas faite pour le rôle qu'on m'avait attribué à la naissance. Sous leur tutelle, j'avais acquis des compétences qu'aucune fille grecque digne de ce nom n'aurait dû connaître. J'avais appris à remporter des combats à mains nues, à tirer avec des armes à feu et à manier avec précision un couteau, de manière à laisser le moins d'éclaboussures de sang possible.

Ouais, en y réfléchissant, mon éducation était loin d'être normale, selon les critères d'une famille, qu'elle fasse partie de la pègre ou non.

— Tu es la débutante qui sait compter les cartes et qui est capable de manier une lame comme un ninja. Il n'est donc pas étonnant que mes garçons aiment autant leur tatie Nyx.

— Hé ! Je le prends mal. Je ne triche jamais. Je connais simplement les astuces qui empêchent les autres de prendre l'avantage sur moi. C'est le genre de choses qui s'avère pratique quand on vit à Vegas.

— Et ton amour des couteaux ?

— Je ne joue plus avec, tu te souviens ? Cela faisait

partie de la négociation avec mes frères. Ce n'est plus mon truc.

— De qui te moques-tu ? Si c'est un truc qui fait flipper ta famille, alors c'est *ton* truc.

— Je ne peux pas le nier, dis-je en haussant les épaules.

Mais, à présent, mon vice, c'étaient les tables de jeu.

On m'avait enseigné l'étiquette qui seyait à une femme classe, mais j'étais irrémédiablement attirée par tout ce qui était tabou.

À commencer par les jeux d'argent.

Le poker. Le blackjack. La roulette. Il suffisait d'un mot pour que je joue. Et que je gagne. Gros.

C'était l'une des nombreuses raisons pour lesquelles je ne voulais plus jamais quitter Vegas.

Un jour, je trouverais l'homme qu'il me fallait. Un homme qui m'accepterait avec toutes mes folies et ne s'attendrait pas à ce que je rentre dans un foutu moule. Ce ne serait pas quelqu'un de guindé, de rigide, qui suivrait les règles, avec des opinions rétrogrades.

— Est-ce que tu vas vraiment aller au bout de ton plan complètement dingue ? Je ne suis pas sûre que ça fonctionne.

Repoussant un cheveu sur mon front avec mon bras, je soupirai.

— Quel autre choix ai-je ? C'est soit ça, soit j'accepte d'être la future Mme Simon Christopher Drakos.

— Ton plan repose sur l'espoir qu'il n'ait pas envie de t'épouser. N'oublie pas que c'est lui qui peut gagner gros si le mariage a lieu.

— Je sais de source sûre que je ne suis pas la compagne

idéale pour lui. Les hommes comme lui veulent une mondaine calme et parfaite, et ce n'est absolument pas moi.

— N'oublions pas toutes ces clauses dans le contrat. Tu dois t'en tenir à un code de moralité strict. Tu es vraiment dans la merde s'il a connaissance un jour de tes activités clandestines.

« Vraiment dans la merde », c'était un euphémisme.

Non seulement ma famille perdrait les pédales de la pire des manières qui soit si elle apprenait que je dirigeais un club de poker clandestin à gros enjeux qui rapportait des millions, mais mon fiancé pourrait s'en servir pour détourner l'intégralité du fonds de ma famille. Selon les petits caractères de ce contrat insensé, je devais démontrer que je vivais une vie pure, sans scandale pour faire honte à mon futur mari.

Quel ramassis de conneries tordues !

Je serrai les dents.

— Ça me met en rogne de savoir qu'il est libre de faire ce que bon lui semble, avec qui ça lui chante, quand il en a envie. Et moi, je suis coincée dans les limbes. Bordel. Les hommes craignent.

— En fait, ils ont leur utilité, ricana Penny. Du moins, certaines parties d'eux.

— Je n'en sais rien, je dois mener une existence chaste, tu te souviens ?

— Mais quelle menteuse ! Ta meilleure amie t'a balancée avant de quitter la ville la semaine dernière. Combien d'hommes as-tu repoussés pour une raison ou une autre ?

J'avais vraiment envie d'étrangler ma meilleure amie,

Akari. J'avais hâte que nous nous retrouvions ce soir. J'allais le lui faire payer.

Cette fille parlait trop, et je savais que, quand elle prévoyait une sortie entre filles avec Penny et mes autres cousines par alliance, cela menait inévitablement à des ragots inutiles.

Cette garce savait que notre code d'honneur impliquait de ne pas aborder ma vie amoureuse, ou plutôt son absence, devant mes cousines curieuses.

— Je suis sélective. Je ne peux pas gérer les gars typiques de Vegas. Ils m'agacent.

— Ce dont tu as besoin, c'est de quelqu'un qui ne te laissera pas l'intimider.

— Je n'intimide personne. Je joue avec des plantes toute la journée.

— Et tu diriges un repaire de jeu de cartes clandestin la nuit, en pointant des couteaux aiguisés sur la gorge de tous ceux qui trichent.

— La menace est plus effrayante que l'acte en lui-même. En plus, j'ai des gens pour m'occuper de ce genre de conneries.

— Tu viens juste de prouver ce que je disais. Tu es sacrément intimidante pour un type normal.

— Je n'ai jamais prononcé les mots « je veux un type normal ».

— Mais tu as dit que tu n'en voulais pas un qui viendrait de ton monde.

— Et me voilà fiancée à l'un d'eux. Ce doit être une blague cruelle.

— Je n'arrive toujours pas à croire que tout ça a

commencé parce que l'oncle de Drakos a décidé de faire exécuter le contrat.

Je soupirai.

— L'argent est une grande source de motivation. Regarde tante Teresa, elle a pris le train en marche dès qu'elle a su quelles sommes étaient en jeu.

— Je me fais l'avocat du diable, mais… et s'il veut t'épouser ?

— Je le convaincrai du contraire. Je ne peux pas revenir à New York. Ma place est à Vegas. C'est là que je me sens bien.

— Est-ce vraiment si terrible ?

— Chaque fois que je rentre à la maison, j'ai l'impression d'être mise en cage. Il y a toutes ces règles, toutes ces attentes. Le moindre de mes mouvements est scruté. Je suis la première femme Mykos née en plus de cent ans. Je suis comme un cheval de course que tout le monde voudrait acquérir. Ajoute à ça la pression pour que je sois parfaite.

— Alors, tu montres à tout le monde à quel point tu es imparfaite et tu les fais fuir le plus loin possible de toi.

Penny haussa un sourcil.

— Je suppose.

— Est-ce que ce n'est pas épuisant à la fin ?

— Plus que tu ne peux l'imaginer. D'où la raison pour laquelle je ne veux plus jamais y retourner. Ici, je peux être moi-même. Les gens n'attendent rien de moi, ils ne se basent pas sur des règles archaïques. Je ne suis pas contrainte par des principes d'un autre temps.

— Alors, je te suggère de parler à ta famille, c'est-à-dire à tes parents et à tes frères, avant de mettre ton plan à exécution. J'ai comme l'impression que Simon Drakos ne va pas basculer aussi facilement que tu l'espères.

— Je ne peux pas faire ça. Que leur dirais-je ? « Désolée, Papa, je déteste la vie que tu m'as donnée, et je n'en veux pas. Oui, je sais que j'ai une existence vraiment privilégiée, et j'ai probablement l'air d'une sale gamine pourrie gâtée. Mais, tu vois, être la fille d'un patron de la pègre grecque est trop étouffant. Alors, pourrais-tu faire comme si je ne faisais pas partie de la famille pour que je puisse vivre en paix à Vegas ? »

Rien que l'idée de prononcer ces mots me faisait grimacer intérieurement. Jamais je ne pourrais dire une telle chose à mon père. De plus, je ne pouvais pas vraiment vivre sans ma famille. Ils étaient profondément ancrés en moi.

— Phillip Mykos est connu pour faire pleurer des hommes adultes. Il est capable d'encaisser.

— C'est le truc. Il n'est pas aussi cruel et froid que tout le monde le croie. Papa est vraiment sensible.

Penny me regarda comme si j'avais perdu l'esprit.

Ce qu'elle ne pouvait pas comprendre, c'était que Papa était un dur à cuire dans tous les domaines, sauf quand il s'agissait de Maman et de moi. « Chérir ses femmes », comme il le disait, était la mission de sa vie. Il avait un faible pour nous. Et, si je m'avisais de ne pas rentrer à la maison au moins toutes les trois semaines, il ferait une mini dépression.

— On le surnomme le Chirurgien Mykos. C'est comme dire que mon géant de mari est un gros ours chaleureux à qui on a envie de faire des câlins. Tu sais que c'est on ne peut plus éloigné de la vérité. Hagen est capable de terroriser des gens d'un simple regard.

— Je suis offensé, *Starlight*. Tu sembles pourtant apprécier certains aspects géants de mon corps, dit une voix grave derrière nous, et aussitôt les joues de Penny rougirent.

— Exact. C'est bien pour ça que je me suis retrouvée soit enceinte, soit allaitante six années d'affilée.

J'eus envie de lever les yeux au ciel, mais pour être honnête, j'adorais la manière d'interagir de Penny et de Hagen. Ces deux-là semblaient ne jamais pouvoir se lasser l'un de l'autre.

C'était le cas de tous les Lykaios et de leurs épouses, ainsi que pour mon autre cousine, Ana, la demi-sœur de Hagen, mariée au frère de Penny, Ian.

Ouais, c'était une folle et torride pagaille relationnelle grecque, mais cela fonctionnait pour nous.

— Y a-t-il une raison à ta présence ici, cher cousin ? demandai-je à Hagen. Penny et moi discutions entre filles pendant que nous transplantions de nouvelles tulipes.

— Je suis venu enlever ma femme. Les enfants passent du bon temps avec leurs cousins ce week-end, j'ai donc ma bien-aimée pour moi seul.

Aussitôt, Penny se releva d'un bond.

— Désolée, c'est une priorité. Nous n'avons pas beaucoup d'opportunités de ce genre. Si l'un des frères a décidé de prendre mes garçons pour le week-end, je vais faire bon usage de cette chance.

— Je vois ce que c'est. Tu m'abandonnes pour du sexe et de la bouffe.

— Exactement.

Penny me sourit par-dessus son épaule, puis passa son bras sous celui de Hagen.

Il dévisageait sa femme avec un sentiment que je ne pouvais décrire que comme de la révérence. Même après une décennie passée ensemble, il semblait toujours émerveillé d'avoir épousé la fille de ses rêves.

Jamais je n'aurais imaginé que Hagen, ancien exécuteur glacial de la mafia devenu magnat de l'hôtellerie, tomberait éperdument amoureux d'une fabricante de whisky de la taille d'une poupée et qui ne se laissait pas faire.

Parfois, les opposés faisaient de merveilleux couples.

Peut-être qu'un jour je trouverai mon partenaire idéal.

Et, pour que cela se concrétise, je devais convaincre Simon Drakos de me libérer de cet engagement.

C'était vraiment pénible qu'il ait la possibilité de mettre un terme à tout ça, et pas moi.

C'était quoi, ce bordel ?

J'adorais ma culture grecque, mais certains de ces vieux aspects traditionalistes m'exaspéraient.

Mais bon, c'était ma grand-tante qui s'était enfuie, et ils avaient donc ajouté une clause interdisant à la mariée de faire autre chose que de se présenter au mariage, faute de quoi sa famille perdrait tout.

Mon téléphone bipa, me donnant le signal de remballer mon travail et de me rendre à mon appartement situé dans la tour résidentielle de l'*Ida*. J'avais une longue soirée devant moi et il fallait que je me prépare.

D'abord, je devais rencontrer mon fiancé temporaire, du

moins, j'espérais qu'il le serait. Ensuite, je retrouverais mon amie, à la vie à la mort, Akari Ota.

Demain, je consacrerais ma journée à effectuer des recherches approfondies, de l'historique des dettes à la réputation des associés, pour les futurs participants à la soirée de jeu.

C'était une autre raison pour laquelle j'avais besoin de me libérer de ce stupide contrat de mariage. Il était hors de question que j'abandonne une affaire que j'avais créée de toutes pièces. Et c'était exactement ce que Simon Drakos attendrait de moi dès qu'il aurait eu vent de certains aspects de mon entreprise.

Il ne pouvait pas vraiment vouloir m'épouser, si ? La Diablesse Mykos ?

Bon sang, j'avais mal à la tête à force de stresser à ce sujet.

Relâchant une profonde expiration, je repoussai ces pensées au fond de mon esprit et rassemblai tous mes outils.

Après les avoir placés sur le chariot près de moi, je posai ma main sur le bord pour me lever, mais il roula et je perdis l'équilibre.

Je ne parvins pas à me rattraper et terminai à genoux.

Fabuleux.

Essuyant la sueur et la terre de mon visage, je soupirai.

À me regarder maintenant, personne n'aurait pu croire que j'étais autre chose qu'une intello maladroite dans un jardin. Mais je n'irais pas jusqu'à dire que je n'avais jamais exploité cette fausse idée à mon avantage, en laissant les autres me sous-estimer.

Cela empêchait les gens de fouiner trop profondément. Si la vérité à propos de mes activités secondaires était révélée, cela pourrait causer un tas d'ennuis. Mieux valait garder certaines choses dans l'ombre.

Peut-être qu'un jour, je trouverais quelqu'un avec qui partager tous mes secrets, qui accepterait mon côté sauvage, qui n'essaierait pas de me dompter.

En m'appuyant sur la vitre, je me redressai sur mes talons. Juste au moment où j'étais sur le point de me relever, mes yeux en croisèrent d'autres, verts et perçants.

Mon pouls s'emballa, entamant un martèlement violent dans ma poitrine, et un frisson me parcourut l'échine tandis que ma peau se couvrait de chair de poule. Je ne pouvais pas bouger, comme si j'étais figée sur place, et un bourdonnement d'énergie surgit entre nous.

Bordel de merde.

Mais, qui était-ce ?

Ce n'était définitivement pas le genre de gars sexy en vacances à Vegas que je croisais tous les jours. Le touriste qui pensait pouvoir impressionner une fille du coin avec un beau corps et un physique avantageux.

Cet homme dégageait quelque chose de puissant et de sensuel, une aura dangereusement attirante ; le péché semblait avoir du bon.

Les quelques tatouages qui dépassaient de sa chemise de créateur renforçaient son côté mauvais garçon, et je ne doutais pas qu'un corps musclé et affûté se cachait sous les vêtements qu'il portait.

Le désir m'inonda tandis que mes mamelons durcissaient en des pics raides. L'envie de presser mes cuisses l'une contre l'autre me vint à l'esprit.

Il se rapprocha de la vitre qui nous séparait et continua de soutenir mon regard de sorte que je ne pouvais détourner les yeux.

Ma respiration se fit laborieuse, et la pulsation sourde au creux de mon ventre s'intensifia.

Merde. Qu'est-ce qui m'arrivait ? Et pourquoi son visage me semblait-il familier ? Je ne pouvais pas le connaître, si ?

Non, c'était le genre d'homme qu'une femme faisait apparaître dans ses fantasmes. Ceux qu'elle ne pourrait jamais réaliser.

Je me léchai les lèvres, hypnotisée par ses iris qui s'assombrissaient.

C'était comme s'il avait un genre de pouvoir relié directement à ma libido.

Jamais je n'avais réagi de cette manière face à qui que ce soit.

J'avalai ma salive, essayant de soulager ma gorge desséchée.

Ce fut à ce moment qu'il mima les mots :

— Venez dehors, et nous pourrons parler.

Il voulait quoi ?

Parler ?

Sortant de ma torpeur, je secouai la tête et répondis « non ».

Ce gars, c'étaient les ennuis assurés. La dernière chose dont j'avais besoin, c'était que quelque chose vienne bouleverser une vie déjà compliquée. Et peu importait à quel point l'idée de danser avec le diable était tentante à cet instant.

Et il incarnait le mal et la gourmandise.

Il hocha la tête pour dire « si ».

Avant que je ne puisse refuser de nouveau, quelqu'un s'éclaircit la gorge derrière moi, rompant la transe dans laquelle m'avait plongée cet homme aussi sexy que le péché.

Je me retournai et trouvai la responsable de ma sécurité personnelle, Stevie Nem, qui me fixait avec une lueur de connivence dans les yeux, et un sourire suffisant sur les lèvres.

— Il est temps de vous préparer pour votre soirée. Ce n'est plus l'heure d'admirer la vue.

Je reportai mon attention sur la vitre. L'inconnu avait disparu, et je me retrouvai partagée entre déception et soulagement.

— Je crois que tu viens de m'empêcher de prendre une très mauvaise décision.

Je me levai et brossai la terre de mes vêtements, avec la nette impression d'être passée à côté de la chance de ma vie.

— Voilà pourquoi tu me paies cher. Je tiens les canailles à l'écart.

— Bon sang, cette canaille avait l'air délicieusement tentante.

CHAPITRE
Trois

Simon

— C'était quoi, ce bordel ? me demandai-je en me tenant la nuque et en me dirigeant vers le passage principal du casino *Ida*.

Je savais qu'il ne fallait pas me laisser emporter par ma curiosité, mais mon besoin de voir la Diablesse Mykos dans son élément naturel avait pris le dessus. Au lieu de me rendre dans ma suite, j'avais fait un détour par les jardins botaniques de l'*Ida*.

Ce à quoi je ne m'étais pas attendu, c'était à la réaction viscérale de mon corps face à cette femme à l'apparence innocente, au visage couvert de terre et aux grands yeux sombres, capables d'attirer un homme d'un simple coup d'œil. Ou la beauté naturelle de mannequin qu'elle déga-geait avec un minimum de maquillage sur la peau.

Pendant près de vingt minutes, je l'avais observée tandis qu'elle riait et discutait avec Persephone Lykaios, totalement détendue, sans une once de prétention. On ne retrouvait nulle part l'attitude de garce hargneuse et agressive que les gens de New York lui avaient attribuée. Elle semblait si pleine de vie, de joie, d'innocence et, parfois, de malice.

Elle m'avait complètement captivé, et je n'avais pas pu détourner mon regard d'elle.

Si elle n'avait pas eu ces yeux couleur onyx, typiques des Mykos, jamais je n'aurais cru que c'était ma fiancée. Et la partie perverse de moi mourrait d'envie de corrompre la moindre parcelle d'elle.

Ressaisis-toi, abruti. Elle n'est pas pour toi.

La toucher aurait un prix que je refusais de payer, malgré son apparence de déesse délicieuse et pulpeuse.

Comment mes hommes avaient-ils pu la trouver ennuyeuse ? Étaient-ils aveugles ?

Je traversai le lobby de l'*Ida* et me dirigeai vers la tour de l'hôtel où se situaient les suites privées. Au moment où j'atteignis les ascenseurs, Kasen sortit de l'ombre.

L'humour dans ses yeux verts qui ressemblaient tant aux miens me donna une envie furieuse de le frapper à la mâchoire. Il avait observé l'interaction entre Nyx et moi, et ça l'amusait.

Cet enfoiré me connaissait mieux que la plupart des gens. Il avait été la seule source de divertissement que *Pappous* avait autorisée dans ma vie d'enfant. À ce jour, il avait été le seul sur qui j'avais toujours pu compter pour qu'il me soutienne.

Kasen était le fils de tante Dalani, la jumelle de mon père. Ma tante avait fait tout ce que mon grand-père attendait d'elle, y compris épouser le bon mari, issu de la bonne famille et du bon milieu. Et, parce qu'elle avait suivi les règles de vie qu'on lui avait imposées, *Pappous* considérait que Kasen avait une bonne influence.

Heureusement pour ma tante, oncle Steven s'était révélé être son petit copain du lycée, et pas quelqu'un qu'on lui avait imposé.

— Les rapports étaient-ils justes ou faux ?

Ils étaient complètement faux : aucun d'entre eux n'avait indiqué, même de loin, qu'elle était belle à se damner.

Au lieu de lui confier mes véritables pensées, je dis tout haut :

— Elle a forcément des secrets. Personne n'est pur à ce point.

Ou personne n'insufflait de tels fantasmes à qui que ce soit.

Kasen afficha un petit sourire.

— C'est ton type. Bon sang, je le savais !

L'ignorant, je pénétrai dans la cabine de l'ascenseur et appuyai sur le bouton qui menait à notre étage privé.

Il me fallut faire un gros effort pour ne pas lui effacer son rictus.

— Je n'ai pas de type.

— Tu dis des conneries. Cheveux foncés, yeux sombres et un corps avec des courbes, juste là où il faut. La seule différence avec les filles que tu fréquentes d'habitude, c'est qu'elle est intelligente, et qu'il y a un tas de titres après son nom. Elle n'est pas docteur, ou un truc du genre ?

— Elle a un doctorat. Les femmes que je fréquente ne sont pas des idiotes.

— Elle est quand même un genre de docteur, même si ce n'est pas un généraliste. Les femmes que tu vois supportent tes conneries. Les femmes intelligentes n'ont pas de temps pour les abrutis. C'est peut-être pour ça qu'elle a mauvaise réputation.

Cet imbécile se croyait drôle.

— Depuis quand tu la défends ?

— Je te dis les choses telles qu'elles sont. J'ai confiance en nos hommes, et ils l'apprécient. En plus… dit-il avant de marquer une pause, ce qui me fit penser que j'allais détester ce qu'il allait me dire. J'ai vu ta réaction face à elle. Tu la veux.

C'était bien le foutu problème.

— Tu es un abruti.

— Non, c'est ta réputation. Tu sais, « le maître du destin et des ténèbres » et toutes ces merdes. Je suis l'acolyte qui nettoie le carnage après que tu as fait la loi.

S'il n'avait pas été l'une des rares personnes à qui je pouvais confier ma vie, je l'aurais tué des années plus tôt.

Kasen semblait prendre un malin plaisir à me rappeler la réputation de croque-mitaine que j'avais acquise après avoir repris le poste de mon grand-père au sein de *Drakos Shipping*.

J'avais suivi les traces de *Pappous* et suscité la peur chez ceux qui m'avaient cru trop faible pour maintenir l'organisation de ma famille. J'avais mis un point d'honneur à reprendre tout ce qui avait été volé aux miens, et plus encore.

— Sérieusement, où est le problème de voir où ça te mènerait ?

— La toucher est la dernière chose que je devrais faire. Les conséquences seraient trop lourdes.

— Le pire qui pourrait arriver serait que tu sois marié à une personne intelligente et sexy, et que les Mykos passeraient de rivaux à alliés.

Ignorant ses paroles, je sortis de l'ascenseur et entrai dans le couloir menant directement à ma suite.

— Tu sais que j'ai raison.

Jetant un regard noir à Kasen, je m'avançai directement vers un bar approvisionné.

— Celle que j'épouserai n'aura aucune réputation d'aucune sorte, comme tu dis. Il m'en faut une qui comprenne ce que l'on attend d'elle, pas une diablesse qui me causera des ennuis à tout bout de champ.

— Tu veux dire quelqu'un que tu peux gérer, comme la fille de Santos. Elle ne te posera aucun problème. Elle gardera ses opinions pour elle, restera cachée et ne sortira que pour des événements, du moment que tu la laisses s'occuper de dépenser ton argent.

Dit de cette manière, j'avais vraiment l'air d'un enfoiré.

D'un autre côté, ce n'était pas comme si Camilla Santos n'était pas consciente de la vie qu'elle mènerait. Elle aimait autant l'argent et l'influence que n'importe qui.

Enfin, peut-être pas Nyx Mykos.

L'image de ses yeux sombres flotta dans mon esprit. Je la vis, agenouillée devant moi, sa bouche entourant mon membre…

Merde.

Je serrai les dents. Il fallait que je me reprenne. De toutes les femmes au monde pour lesquelles j'aurais pu éprouver une réaction physique immédiate, il avait fallu que ce soit elle. Même la fille de Wes Santos, d'une grande beauté, ne m'avait jamais inspiré de visions dans lesquelles je la sautais à en perdre la raison après une seule interaction.

Je versai deux doigts de scotch dans un verre que je soulevai avant de l'avaler d'un trait, savourant la brûlure du liquide dans ma gorge.

— Il est trop tard pour éliminer notre cher oncle Albert. Si tu l'avais fait il y a dix ans, tu ne serais pas dans cette situation.

L'emphase que Kasen avait mise sur le mot « oncle » me fit secouer la tête. Nous ne l'appelions jamais notre « oncle ». Enfoiré, bâtard, ordure, raclure, oui. Mais pas « oncle ».

— Son heure viendra, tôt ou tard.

Albert était le second « remplaçant », comme *Pappous* l'avait appelé, et à cause de cette étiquette, il traînait une hargne permanente. Il voulait avoir la même chose que ses frères aînés, mais sans fournir le moindre effort. Je l'avais vu dans mon enfance et je l'avais constaté pleinement lorsqu'il avait tenté d'abuser de son rang après que j'avais repris la famille. Dommage, l'âge n'avait rien à voir dans la succession.

J'avais appris le métier à la dure, pas en jouant les coursiers ou en vivant sur les bénéfices.

Cet enfoiré ignorait que je savais tout de son implication dans l'accident d'hélicoptère qui avait tué *Pappous*. Même si la véritable cible n'avait jamais pris ce vol.

Moi.

C'était l'obsession de *Pappous* pour le contrôle de chaque négociation qui l'avait poussé à me remplacer dans l'hélico ce jour-là.

Et aujourd'hui, j'étais là, à devoir gérer encore les conneries d'Albert.

Jusqu'à il y a quelques mois, je n'avais jamais pris la peine de me pencher sur le contrat archaïque que mon arrière-grand-père avait signé. Personne à notre époque moderne ne se serait attendu à ce que quiconque honore un contrat passé en Grèce cent ans plus tôt.

Ensuite, Albert avait décidé qu'il voulait une plus grosse part du gâteau de la famille Drakos et avait poussé les anciens à mettre en application l'accord Mykos-Drakos.

Kasen avait peut-être raison. J'aurais dû tuer ce lâche enfoiré quand j'en avais eu l'occasion, dix ans auparavant.

— Ta seule option est de tenir bon l'année prochaine et de faire face aux conséquences.

— Il n'y aura pas de conséquences.

— Tu es bien trop intelligent pour croire à ces conneries. Tu n'as peut-être pas l'intention d'épouser Nyx Mykos, mais je te garantis que, d'ici la fin du mois, tu finiras au lit avec elle. Et c'est là que les conséquences vont te foutre en l'air.

— Laisse-moi te le répéter : il n'y aura pas de conséquences. Après tout, c'est ma fiancée. Ce qui nous place dans une situation délicate pendant les douze prochains mois. Et y adhérer a ses privilèges.

— Tu vas royalement merder.

— Mon instinct me dit qu'elle n'est pas aussi innocente

que tu le crois. Elle pourra me gérer. Pendant que je vais négocier avec ma fiancée, je veux que tu continues à creuser. Nous partons lundi matin. Tu as trois jours.

36   SIENNA SNOW

que tu le crois. Elle pourra me gérer. Pendant que je vais négocier avec ma fiancée, je veux que tu continues à creuser. Nous partons lundi matin. Tu as trois jours.

CHAPITRE
Quatre

Nyx

J'entrai dans l'*Epieikeia*, le café d'inspiration grecque connu pour ses pâtisseries, aux alentours de 10 h 45, avec Tony et deux de mes agents de sécurité derrière moi. Mon estomac se noua tandis que je me préparais à toutes les conséquences de ma rencontre avec Simon Drakos, y compris la perspective tant redoutée de devoir l'épouser et de retourner à New York.

Et de perdre ma liberté.

— Madame Mykos, j'ai fait préparer votre table, m'informa Jess, l'hôtesse, en me voyant approcher. Nous vous avons installée dans la zone privée, et, comme vous me l'avez demandé, personne ne vous dérangera en dehors de votre serveur.

— Merci beaucoup d'avoir arrangé ça.

Jess me sourit en me guidant vers ma table.

— C'est le moins que je puisse faire pour vous, après l'aide que vous m'avez apportée pour mes cours de botanique.

Une fois assise, et Jess partie, Tony se pencha en avant, me prit la main et déposa un petit disque dans ma paume.

— Nous vous attendrons près du bar. Il vous suffit de nous donner le signal, et je viendrai vous chercher. Je me fous de qui il est. Vous voulez sortir, je vous fais sortir.

C'était le signal d'alerte connecté à son téléphone, conçu pour indiquer que j'étais prête à quitter un endroit sans causer d'esclandre. Tony ne prenait jamais le moindre risque avec ma sécurité, et ce quelle que soit la personne que je rencontrais, ami ou ennemi. Et, à ses yeux, Simon Drakos était un ennemi.

— C'est mon fiancé. Techniquement, nous ne sommes pas censés nous approcher l'un de l'autre avant les fiançailles officielles. Il ne fera rien qui puisse causer des problèmes.

— Si vous croyez à ces conneries, vous êtes bien naïve, *Silent Night*.

Je plissai les yeux, comprenant qu'il me rappelait que mes activités au sein du club clandestin seraient en jeu si les choses se gâtaient avec mon fiancé — que j'espérais temporaire.

— En parlant de *Silent Night*. Est-ce que les invitations ont été envoyées ?

— Oui.

— Des réponses positives ?

— De tout le monde, sauf un.

— Qui ?

— Le même que d'habitude.

Je fis un petit sourire.

— Il veut juste avoir l'invitation. Il croit que, s'il se présente, la moitié de la salle se fera dessus.

— Il n'y a que vous pour penser à lui comme à un gentil grand-père.

J'arquais un sourcil.

— Les gens disent la même chose à propos de Papa et de mes frères. Je ne suis pas aveugle, je sais qui ils sont. Je les accepte, tout simplement.

— Tandis qu'eux ne voient certainement pas qui vous êtes.

Je haussais les épaules.

— Voilà pourquoi j'ai besoin que cela fonctionne. Une fois que cette année sera écoulée, je pourrai tout expliquer. Je pourrai leur faire comprendre que je ne veux plus jamais revenir.

— Alors, pour votre propre bien, espérons que Simon Drakos ne soit pas à la hauteur de sa réputation d'abruti.

— Vous étiez vraiment obligé de dire ça ?

— Je ne suis pas là pour vous donner de faux espoirs. Je vous dis les choses telles qu'elles sont.

— Merci beaucoup.

— Quand vous voulez.

Il s'éloigna et prit position au bar d'où il pouvait garder un œil sur moi, et sur toute la salle à manger sans obstacle.

Au cours des quinze minutes suivantes, je commandai de l'eau gazeuse, bus mon verre et lus les informations sur mon téléphone.

J'avais beau essayer de toutes mes forces, je n'arrivais

pas à repousser l'angoisse qui pesait comme un poids au creux de mon estomac.

Il fallait que ça marche. Je ne pouvais pas repartir. Je n'avais plus ma place à New York.

La culpabilité m'étreignit.

Ce n'était pas une mauvaise vie. Mais je n'aurais pas mon mot à dire. Il y avait des règles pour tout. Quoi faire. Quoi porter. Que dire. J'étais la fille au caractère bien trempé, qui aimait jouer dans la boue, celle qui lançait des couteaux et disait les mauvaises choses.

Oui, j'aimais les jolies choses et bien m'habiller, mais jamais je n'avais voulu que cela fasse partie de mon existence quotidienne.

Et il y avait mon vice pour le jeu.

Que ferait ma famille si elle apprenait que j'avais organisé des soirées casino clandestines tout au long de mes études à l'université, et que ce n'était pas quelque chose de nouveau, que j'avais découvert à Las Vegas ?

Bon sang, qu'en penserait mon futur époux ?

Merde. J'avais pensé à lui en tant que *futur époux*. Ces foutues fiançailles me tapaient sur le système.

Fermant les yeux, je pris quelques respirations apaisantes pour m'éclaircir les idées et pour calmer mes pensées. Cependant, au lieu d'atteindre ces objectifs, l'image de l'homme au perçant regard émeraude apparut au premier plan.

Ouais, il y avait aussi ce type.

Il avait fallu que quelqu'un affecte mon corps aujourd'-hui. J'avais attendu cinq foutues années pour qu'on me donne envie de faire fi de toute prudence, pour qu'on me convainque que cela valait la peine de sortir du cadre… Et, en l'espace de quelques secondes et en un simple regard, cet homme rencontré au hasard, à qui je n'avais même pas dit un mot, m'avait donné envie de le laisser faire toutes les choses cochonnes et dépravées que j'avais vues dans ses yeux.

C'était peut-être une plaisanterie cruelle des dieux grecs parce que j'étais la Mykos rebelle.

Un frisson me parcourut l'échine, et j'ouvris les paupières pour voir ce diable de l'autre côté de la salle.

Oh, bon sang. C'était mauvais.

Faites qu'il ne me remarque pas. Faites qu'il ne me remarque pas.

Merde. Trop tard.

Il planta son regard dans le mien, et mon cœur s'emballa jusqu'à devenir un rugissement dans mes oreilles. Une douleur instantanée jaillit entre mes jambes, et le désir que j'avais éprouvé plus tôt ne fut rien comparé à celui qui parcourait mon corps à présent.

— Reste là, mima-t-il alors qu'il se mettait en route vers moi, sans ralentir quand Jess tenta de l'intercepter.

Il se fraya un chemin à travers la multitude de tables qui nous séparait.

Il s'était changé, et portait à présent un pantalon de costume et une veste sur mesure. Sa chemise bleu nuit était ouverte au col, dévoilant les tatouages noirs qui remontaient sur sa nuque. Impossible de ne pas voir qu'un corps musclé et sculpté se cachait sous toutes ces couches de vêtements.

Son assurance absolue dans son comportement et sa

façon de me garder me donnaient l'impression de voir un prédateur à l'affût de son prochain repas.

— Olympia Nyx Mykos, annonça-t-il en s'arrêtant à ma table.

Sa voix grave et rauque me submergea, se répercutant au creux de mon ventre.

Je relevai la tête pour le regarder. Il semblait bien plus imposant que lorsqu'il se tenait de l'autre côté de la vitre d'observation.

Sa présence était écrasante, presque trop.

Attendez. Il avait dit *Olympia*. Personne à Vegas ne m'appelait Olympia. Bon sang, la plupart des gens ignoraient totalement que mon nom n'était pas Nyx.

C'était qui, ce type ?

— Comment connaissez-vous mon nom ?

— Ne suis-je pas censé connaître le nom de ma fiancée ?

Attendez. *Fiancée ?*

Oh, doux Jésus. Que se passait-il ? Non, c'était impossible.

— Quoi ? demandai-je, prise de vertige, ce qui me fit cramponner le bord de la table. Tu es Simon Drakos ?

Son intense façon de soutenir mon regard décuplait l'excitation qui bouillonnait déjà en moi et me donnait envie de me gifler.

— Effectivement. Et je crois que nos négociations au sujet de ta liberté sont sur le point de prendre un tournant très intéressant.

Je serrai les dents, et la brume de désir qui m'avait envahie quelques secondes plus tôt disparut.

Était-il sérieux ? Il ne pouvait pas vraiment sous-entendre ce que je croyais.

— Tu ne veux pas plus m'épouser que j'ai envie de me marier avec toi. Pourquoi ne pas t'asseoir et écouter mon offre ? Si tu n'aimes pas ce que j'ai à dire, tu peux aller te faire voir, et ma situation ne sera pas pire qu'il y a une seconde.

— Si c'est comme ça que tu veux la jouer, dit-il en tirant la chaise en face de moi pour s'y asseoir. Nous ferons les choses à ta manière. Mais sache que la balle est dans mon camp.

— Je ne joue pas au ballon. Je préfère les cartes. Et à Vegas, la maison gagne toujours.

— Alors, *deal*, Madame Mykos. Que vaut ta liberté face à une vie liée à moi, dans mon lit, à faire ce que bon me semble ?

La chaleur dans ses iris verts et hypnotiques fit frémir mon ventre d'une manière que je n'avais jamais connue auparavant. Cet enfoiré était sacrément puissant, et il le savait.

Je refusais de détourner le regard. C'était son but : m'intimider, me faire me tortiller, me faire sentir qu'il avait tout le pouvoir.

Essayant d'ignorer la réaction de mon traître de corps face à lui, je déclarai :

— Cent millions de dollars.

— Tu me proposes ta part du fonds ? N'en as-tu pas besoin ?

— Je préfère travailler pour le restant de mes jours que passer mon existence à vivre un mariage sans amour.

— L'amour est un conte de fées avec lequel le monde lave le cerveau des petites filles.

— Mon père aime ma mère, je sais donc que ce n'est pas un conte de fées, dis-je sur un ton de défi en relevant le menton avant d'ajouter : et tes parents se sont enfuis ensemble, alors, à l'évidence, ce qu'il y avait entre eux n'était pas qu'une affection passagère.

Un pli se creusa entre ses sourcils.

— Que sais-tu à propos de mes parents ?

Le durcissement de son ton m'indiqua que j'avais touché un point sensible.

Intéressant.

— Je sais ce que ma mère m'a raconté. Tes parents ont eu une liaison torride, et ton père a tourné le dos à un contrat de mariage lucratif, à un poste auprès de son père, et à une fortune pour ta mère. Si ce n'est pas de l'amour, qu'est-ce que c'est ?

— L'amour rend les gens faibles.

— Donc, tu crois en l'amour, mais tu n'as pas de temps à perdre avec des complications, c'est bien ça ?

— Je ne recherche pas l'amour avec qui que ce soit. Le mariage, pour moi, est un arrangement commercial, conclu d'un commun accord.

— Et donc la raison pour laquelle nous ne sommes pas compatibles.

— Alors, comme ça, tu veux l'amour, les roses et une fin de conte de fées. Ça n'existe pas.

— Je ne suis pas idiote. L'amour n'implique pas que tout soit parfait. Cela signifie simplement que les deux membres du couple acceptent l'autre tel qu'il est. Ils n'ont pas à changer pour entrer dans un moule, ou devenir ce que la société leur demande d'être. Ni à dissimuler leurs côtés les plus sombres et les mieux enfouis.

— Que voudrais-tu que ton futur mari accepte de toi, Nyx ? Qu'est-ce que tu caches aux yeux du monde ?

Il se pencha en avant, lançant ce regard de prédateur que j'avais déjà expérimenté plus tôt dans la journée.

Je m'humectai les lèvres.

— Si tu étais l'homme que je prévoyais d'épouser, celui que j'aimais, alors je te le dirais. Mais ce n'est pas le cas. Ce que je veux savoir, c'est ce que tu veux pour mettre un terme à tout ceci dans un an.

— Tu veux dire mon prix pour mettre fin à nos fiançailles, en dehors de ta part du fonds ?

— Oui.

Je tendis la main pour prendre mon verre d'eau, mais, avant que je n'y parvienne, il referma les doigts autour de mon poignet, m'envoyant une décharge sur la peau.

Bon sang, mais qu'est-ce qui me prenait de réagir ainsi face à lui ?

— Lâche-moi, Simon.

— Non. Nous sommes en plein milieu d'une négociation, dit-il avant de s'interrompre, puis d'ajouter avec un rictus : nous négocions ta liberté.

Il tint mon bras d'une main, et dessina de lents cercles sur la veine à l'intérieur de mon poignet avec le bout des doigts de l'autre.

Son contact m'envoya des frissons dans l'échine, comme si ses doigts étaient des fils dénudés. Mon visage s'échauffa, et ma respiration se fit laborieuse.

— Je ne vais pas coucher avec toi.

Mais, si un autre homme m'avait regardée comme il le faisait, j'aurais sauté sur l'occasion. Je l'aurais laissé faire toutes les choses sombres et diaboliques que je voyais au fond de ses iris couleur émeraude.

— En es-tu bien sûre ? Je sais que je t'attire. Je le vois à la manière dont tes pupilles se dilatent, tes lèvres s'entrouvrent pour que tu respires par à-coups, je le vois à la rougeur grandissante de ta peau quand je caresse ton bras.

Doux Jésus, cet homme était capable de séduire rien qu'avec ses paroles.

Je déglutis ; j'avais la gorge sèche.

— Je ne dors pas avec tous les hommes que je trouve attirants.

— L'idée n'est pas de dormir, Nyx.

— Cela n'arrivera pas, Simon.

Comme si je n'avais rien dit, il leva ma main et porta mon poignet à sa bouche. Je l'observai avec une curiosité fascinée tandis qu'il effleurait de ses dents ma peau sensible. Et il me fallut rassembler toute ma volonté pour ne pas gémir.

Je me rendis compte qu'il avait remarqué ma réaction, et j'arrachai mon bras de sa prise.

— Non.

— Je ne crois pas que tu comprennes comment cela fonctionne. Tu veux ta liberté ? Alors, durant l'année qui va suivre, je te veux dans mon lit. Quand je veux. Comme je veux. Pour faire tout ce que je veux.

Quel enfoiré arrogant et insupportable !

Où étaient mes couteaux quand j'en avais besoin ?

Je savais où ils étaient. Stevie m'avait dit que je ne pouvais pas les emmener parce qu'il n'était pas civilisé de menacer son fiancé de représailles physiques. Et voilà où cela m'avait menée.

L'excitation ressentie quelques instants plus tôt seulement disparut quand mon humeur s'enflamma pour atteindre un niveau infernal.

Plissant les yeux, je me levai en posant une main sur ma hanche.

— Eh bien, j'ai une réponse à votre proposition, M. Drakos.

— Et laquelle, Mme Mykos ? demanda-t-il en se dressant à son tour, relevant mon défi.

Il me dominait de vingt-cinq centimètres, ce qui me mettait encore plus en colère.

— Tu es un abruti, Simon Drakos, sifflai-je à travers mes dents serrées, en plantant mon pouce dans sa poitrine, et sans me soucier d'attirer les regards curieux des clients autour de nous.

— Je suis un abruti que tu vas apprendre à connaître très intimement.

— Bon sang, ce que tu peux être arrogant ! Si j'avais mes couteaux en ce moment, je…

Je m'interrompis, tentant de calmer ma colère.

— Est-ce que tu m'éviscérerais, comme le dit la rumeur ? demanda-t-il en se rapprochant de moi, emprisonnant la main qui venait de le repousser. Sache que ce n'est pas le genre de jeu que je pratique habituellement, mais, pour toi, je peux faire une exception.

Je tirai sur ma main, mais il la retenait fermement.

— Je ne coucherai pas avec toi.

— Continue à te mentir à toi-même, Nyx Mykos. Tu as su que ce serait inévitable dès l'instant où nos regards se sont croisés dans les jardins. Tu es juste énervée que je sois qui je suis.

— C'est là que tu fais erreur. Je n'ai pas l'intention de nier que je suis attirée par toi. Mais, d'un autre côté, Vegas est rempli de beaux garçons. Je peux satisfaire mes envies quand je le veux. Je n'ai pas besoin de toi.

— Alors, pourquoi n'en as-tu rien fait ? D'après ce que j'ai entendu, tu préfères les plantes à un vrai homme.

— Je suis sélective. Je ne suis pas une prostituée qu'on prend et qu'on jette. Tu es comme tous ceux de chez moi. Tu crois que tu peux t'envoyer qui tu veux. Non, en fait, tu es pire, parce que tu as le physique qui correspond à l'ego. Alors, je vais te laisser avec ces derniers mots…

— Et qui sont ?

— Tu peux prendre ta contre-offre et aller te faire voir.

Tournant les talons, je sortis du restaurant à grands pas.

CHAPITRE
Cinq

Simon

Je regardai Nyx sortir en trombe du restaurant, avec sa sécurité juste derrière elle, et la seule chose qui m'obsédait, c'était de savoir si ses yeux deviendraient aussi sombres dans les affres de la passion qu'ils l'étaient sous le coup de la colère.

Chose que j'avais bien l'intention de découvrir.

Ouais, je ne pouvais pas le nier. J'étais l'abruti qu'elle avait dit que j'étais.

D'un autre côté, Gio Drakos m'avait modelé à son image, et il ne voyait les choses que pour qu'elles soient en accord avec les intérêts de la famille Drakos… autrement dit, lui.

— Ça s'est bien passé, constata Kasen en m'approchant par la droite. Je crois que c'est la première fois que je vois quelqu'un te dire d'aller te faire voir avant de s'en aller.

— Oh, elle ne va pas s'en aller bien longtemps.

Kasen secoua la tête.

— Voilà une version vraiment sadique des préliminaires.

— Je suppose que tu sais de quoi tu parles, vu que, de nous deux, c'est toi le sadique.

— Au moins, j'assume mes penchants.

— Je n'ai pas besoin de leur mettre une étiquette pour les assumer. Il me suffit d'avoir une femme qui accepte ce que je veux et qui le fasse.

— Et tu crois que ta petite fiancée est cette femme.

— Ce n'est pas une question de le croire. Je le sais, dis-je, alors qu'un sourire se dessinait sur mes lèvres. Et ce qui l'énerve le plus, c'est qu'elle aime bien trop cette idée.

Je lui avais fait remarquer que sa respiration changeait et que ses pupilles étaient dilatées. Mais, elle ne se doutait pas que j'avais vu qu'elle avait tenté de s'ancrer en s'agrippant au bord de la table et la manière dont elle n'avait cessé de se tortiller, tant l'excitation qu'elle ressentait entre les jambes avait été douloureuse.

— Je sais que ça ne sert à rien de te prévenir à nouveau.

— Alors, abstiens-toi.

— Quoi qu'il en soit, c'est mon boulot d'assurer tes arrières. Alors voilà : si tu ne veux pas foutre en l'air ton accord avec Mykos, ne te la tape pas.

— Comme tu t'inquiètes à ce point d'assurer mes arrières, comme tu dis, je vais faire un *deal* avec toi. Tant que Nyx Mykos conservera son apparence, pure comme la neige, adepte des couteaux et moralement supérieure, qui apparemment vous tient les parties dans un étau, je ne la toucherai pas.

— En d'autres termes, tu vas te donner pour mission personnelle de déterrer ses secrets.

— En fait, je vais demander l'aide d'un cher ami de la famille.

Jusqu'à ce moment précis, je n'avais pas envisagé de contacter Drago Jackson, un allié de longue date de la famille Drakos, et mon mentor. Lui et ses héritiers contrôlaient la pègre du Nevada, avec une influence qui s'étendait au nord-ouest et au sud de la frontière, jusqu'au Mexique. Si quelque chose se produisait sur son territoire, il serait au courant, surtout s'il s'agissait des activités cachées de la fille d'un rival.

Les liens de ma famille avec Drago remontaient à près de soixante-dix ans. Mon arrière-grand-père, Christopher Drakos senior, avait aidé un Drago âgé d'à peine dix-huit ans à s'installer aux États-Unis, lorsque sa famille au Japon lui avait ordonné d'étendre son rayonnement en Amérique du Nord.

Drago était né au sein du *Ninkyō Dantai*, plus connu sous le nom de *Yakuza*, la mafia qui régnait sur la pègre du Japon. À ce jour, la plupart des membres de sa famille élargie appartenaient toujours à l'un des clans dominants de l'organisation.

— Je déteste te dire ça, mais Drago a un faible pour les Lykaios.

— Tout comme moi. S'il n'était pas en dehors de la ville ce week-end, nous dînerions avec lui ce soir.

— Il a élevé Hagen Lykaios comme un fils, et il veille sur eux tous.

— Je sais où se trouve la loyauté de Drago. Cet homme a quasiment remplacé *Pappous* après l'accident. Bon sang, parfois, il semblait plus intéressé que moi par ma propre réussite.

S'il y avait une chose que je savais sur Drago, c'était que jamais au grand jamais il n'oubliait ses dettes. Quelques heures après la confirmation de la mort de *Pappous*, deux de ses fils et trois de ses petits-fils étaient arrivés à New York avec leurs hommes pour se joindre aux nôtres, afin de s'assurer que je reste en vie.

Dès que la nouvelle du crash de l'hélicoptère m'était parvenue, j'avais su que la probabilité d'un dysfonctionnement du moteur était inférieure à zéro.

Quiconque croyait le contraire était soit impliqué dans l'assassinat, soit le cautionnait.

Avoir le soutien de Drago montrait avant tout à mon oncle, à ses alliés et à tous ceux que mon grand-père avait transformés en rivaux et en ennemis que, en dépit de mes vingt-trois ans, lorsque j'avais pris la tête de la famille, je n'étais absolument pas faible et que j'avais le soutien nécessaire pour tenir le territoire des Drakos.

J'avais demandé à Drago pourquoi il avait abandonné tant de choses pour me soutenir, et il m'avait répondu de sa voix profonde à l'accent japonais :

— Un homme n'oublie jamais ceux qui lui ont donné de l'eau quand il avait soif. Christopher a eu pitié d'un idiot de dix-huit ans, et m'a aidé à trouver une place dans le monde.

J'ai décidé d'aider son arrière-petit-fils tout aussi mal préparé. C'était le moins que je pouvais faire.

Je savais qu'il y avait autre chose, mais, comme pour tout le reste, Drago limitait ses explications aux vérités de base et aux informations essentielles.

Quoi qu'il en soit, je lui en serais éternellement reconnaissant.

J'espérais simplement que lui, ou l'un de ses nombreux petits-enfants, aurait des informations sur la princesse mafieuse résidant à l'*Ida*.

— Vu comme tu as l'air de te perdre dans les méandres du complot que tu prépares, j'ai l'impression que rien de ce que je dirai ne te fera changer d'avis, dit Kasen en se dirigeant vers la gigantesque rangée de portes vitrées menant à la sortie de l'hôtel. Comme toujours, je serai là pour rire aux éclats et nettoyer ton bordel quand les ennuis arriveront.

J'attrapai la porte quand il la franchit, et nous nous dirigeâmes vers ma Spyder qui nous attendait.

— Abruti. Sans moi, tu ne serais qu'un coursier amélioré.

— Je *suis* un coursier amélioré.

Le téléphone de Kasen vibra. Quand il le sortit de sa poche et lut l'écran, toute trace d'humour disparu de son expression et de ses yeux.

— Quel est le problème ?

— Le port de Cypress est vraiment bien verrouillé ?

— Totalement. Les contrats sont signés et dans le coffre-fort. Tout ce que nous avons à faire est de le mettre à exécution le jour où nous partagerons le fonds et mettrons fin aux fiançailles. Pourquoi ?

— Tyler Mykos vient d'envoyer un message. Notre cher oncle et son gros con de fils viennent juste de faire une offre d'achat pour épouser ta fiancée.

*
**

Un peu après une heure du matin, je me prélassais dans le *Mesánychta Lounge* de l'*Ida*, observant la vie nocturne de Vegas se mêler à celle de l'hôtel. De ma place, j'avais un point de vue parfait sur ceux qui entraient et sortaient des couloirs en marbre blanc menant aux trois spectacles haut de gamme, ainsi que sur le tunnel sombre et faiblement éclairé qui conduisait les clients dans ce qu'on appelait « Le monde souterrain », menant aux cinq différentes boîtes de nuit de l'hôtel.

L'une d'elles portait le nom de Nyx, la déesse de la nuit. Je ne pouvais qu'imaginer ce que ma belle fiancée, au tempérament fougueux, avait pensé en voyant pour la première fois l'enseigne du club homonyme. Elle avait sans nul doute levé les yeux au ciel en passant juste devant.

Les Mykos n'étaient pas comme je m'y attendais. Après avoir reçu le message de mon beau-frère temporaire, nous avions organisé une vidéoconférence durant laquelle il avait relayé l'offre d'Albert et de mon cousin, Hal, qui consistait à me remplacer dans la vie de cette fille, et durant laquelle nous avions discuté des détails sur le partenariat en Amérique centrale et du Sud.

Apparemment, Phillip Mykos avait pris la demande en mariage de Hal comme une insulte personnelle. Pour lui, sa parole était une question d'honneur et d'intégrité. Dans notre milieu, tout le monde comprenait le fonctionnement de leur famille.

Albert se révélait être un plus grand emmerdeur que je ne le pensais.

Quel était son but ? Ni lui ni Hal n'avaient le soutien ni la main-d'œuvre nécessaire pour diriger la famille. Et déstabiliser l'organisation ne pourrait que lui nuire à long terme.

Pour le moment, j'avais d'autres choses en tête. Comme le fait de devoir découvrir les secrets de ma fiancée parfaite. Kasen effectuerait ses recherches et reviendrait vers moi.

Prenant mon verre, je buvais une gorgée quand une grande blonde passa devant moi en me souriant. Mais, au lieu de me concentrer sur elle, mon attention se porta sur un groupe venant d'une zone privée de l'hôtel.

Était-ce la personne à qui je pensais ?

Impossible.

Et pourtant…

Olympia Nyx Mykos, entourée d'au moins dix personnes, s'avançait vers le monde clandestin de l'*Ida*.

Disparue, la nymphe de la nature au visage frais et à l'air innocent, dans une tenue décontractée et je-m'en-foutiste. Et, à sa place se trouvait cette sulfureuse diablesse, portant ce qui ressemblait à une minirobe de défilé, exhibant un corps qui me donnait envie de frapper tous les hommes qui regardaient dans sa direction.

Comment avait-elle pu cacher ce côté d'elle-même à mes hommes ?

Ce fut alors qu'une femme, vêtue d'un pantalon décontracté en lin et d'un pull en cachemire, dont l'apparence était étrangement similaire à celle de Nyx, se dirigea vers elle. Elles se frappèrent le poing, échangèrent quelques mots, puis passèrent.

Une foutue doublure.

J'avais raison. Innocente, mon œil. Maintenant, j'allais découvrir ce qu'elle faisait de tout son temps à Vegas.

Me levant, je jetai quelques billets sur la table, et sortis du lounge. Alors que je m'approchais de son groupe, j'entendis une discussion animée et fis une pause.

— Je veux une autre chance avec un *buy-in*.

— Il n'y a pas de seconde chance. Vous connaissez les règles.

— Je ne parle pas avec toi, espèce de garce. Je parle à ta patronne. Elle peut parler pour elle-même. Elle a une voix.

— Eh bien, comme tu le dis si gentiment, David, dit Nyx au moment même où j'entendais le glissement d'une lame. Je crois que je vais me servir de quelques mots bien choisis pour toi.

Un hoquet résonna, et je bougeai, totalement abasourdi par ce que je voyais. Nyx avait plaqué au mur l'homme nommé David, et pressait contre sa gorge une sorte de couteau noir et aiguisé. Ses collaborateurs se tenaient autour d'elle, la dissimulant des clients de l'hôtel, offrant l'illusion d'un groupe d'amis au beau milieu d'une discussion animée.

Les Mykos avaient bien éduqué leur sœur et ses collaborateurs.

Aussi bons fussent-ils, ils n'avaient pas appris toutes les

ficelles de Gio Drakos. J'avais su me faufiler dans la foule sans me faire repérer bien avant que la plupart des gardes n'aient atteint la puberté. J'aurais été impressionné, si l'un d'entre eux avait été capable de sentir ma présence.

Nyx se pencha en avant, donnant l'impression d'une amoureuse se préparant à un baiser.

— Écoute-moi très attentivement. Ne déconne plus jamais avec moi ou avec mes affaires. Tu connaissais les règles quand tu es entré. Tu connaissais le *buy-in*. Tu connaissais le prix à payer si tu perdais.

» Je t'ai dit de ne pas t'asseoir à cette table. Je t'ai dit que tu n'étais pas à la hauteur. Je t'ai même offert de t'aider à sortir du trou que tu te creusais après avoir perdu la première main, et de te déplacer vers un groupe plus facile. M'as-tu écouté ? Non. Et ma gentillesse a ses limites. Ne joue pas avec de l'argent qui ne t'appartient pas.

— Tu te crois si forte. Est-ce que ta famille sait ce que tu fais ? Et ton nouveau fiancé ? Il suffit de glisser le bon mot dans les bonnes oreilles, et tout ça disparaîtra.

Eh bien, apparemment cette ordure savait pour moi. Les choses devenaient de plus en plus intéressantes.

— David, ne t'inquiète pas pour moi, pour l'instant, c'est toi qui es en mauvaise posture.

— Papa et tes frères ne sont pas là pour nettoyer le chaos pour toi, princesse.

— Oh, mais je n'ai pas besoin d'eux pour ça. Tu vois, comme tu viens de le dire, le bon mot glissé dans la bonne oreille peut faire disparaître tout ça. C'est valable pour toi aussi. Tu te souviens des gens dans la salle où tu as joué ? Tu déconnes avec moi, tu déconnes avec eux. Ils n'aiment pas plus que moi les gens qui menacent leurs affaires.

La peur apparut sur le visage de David.

— C'est ça. J'aurais peur si j'étais toi.

— Je suis désolé, Nyx. Tu ne comprends pas dans quelle merde je suis.

— Et tu as cru pouvoir t'en sortir en me menaçant ? Je te faisais confiance, David. Tu as balancé notre amitié dans les toilettes.

— Tu peux toujours me faire confiance. Je te le jure.

— Bien sûr, je te crois, dit-elle sans prendre la peine de cacher le sarcasme dans sa voix. Tout ce que tu as prouvé, c'est qu'il ne faut jamais se montrer indulgent quand il s'agit de sélectionner des gens. C'est une erreur que je ne reproduirai pas.

— Allez, Nyx. Laisse-moi une autre chance. Nous jouons à ces jeux depuis que nous sommes enfants.

— Réponds à cette question. Que feraient Tyler, Nico, Damon ou Evan dans ma situation ? Eux aussi ont grandi avec toi. Imagine que je sois née avec un pénis au lieu d'ovaires. Ensuite, réfléchis à la situation. Oh, attends. Que ferait le Chirurgien Mykos ? La manière dont Papa gère la trahison est assez légendaire.

Le type blêmit.

— Exactement. Honneur et intégrité. C'est quelque chose de primordial pour la famille Mykos. Sais-tu qu'il y a une pièce dont Papa aime faire usage en cas d'infractions commises à son encontre ? Comme le désordre est limité, c'est plus facile à nettoyer. J'ai une clef. Tu veux voir l'intérieur ?

— Tu n'oserais pas.

— Je vais te donner cinq chances de deviner qui m'a appris à utiliser ce couteau.

Elle fit glisser la pointe de la lame le long de la jugulaire de David, et, pour une raison que j'ignorai, ce geste me rendit aussi dur que si elle venait de caresser mon membre.

— Que veux-tu que je fasse, Nyx ?

— Je veux que tu quittes Vegas, et que tu ne mentionnes plus jamais mon nom ni mes jeux. Et cela inclut aussi ceux de l'époque. Un seul mot, et tu comprendras vraiment pourquoi on m'appelle *Silent Night*.

— Tu es aussi cinglée que Tyler.

— Félicitations, tu as trouvé de quel Mykos il s'agissait. Ne dis rien à Papa, sinon il sera jaloux. Il croit être le seul autorisé à m'apprendre à manier le couteau.

Elle lui adressa un sourire enjôleur, mais qui n'atteignit pas ses yeux.

— Tu veux connaître un secret ?

— J'ai… j'ai peur de demander.

— Tyler m'a également appris à trancher une artère de façon à causer le moins de désordre possible, dit-elle en se rapprochant de lui, le frôlant presque de tout son corps. Il m'a fallu beaucoup d'entraînement pour que tout soit parfait. Mais, d'un autre côté, je n'avais que treize ans quand j'ai appris, alors, mes mains n'étaient pas aussi stables qu'à l'époque. Il a fallu de la pratique, et, aujourd'-hui, j'ai la précision d'un chirurgien. Peut-être qu'un jour ce sera *moi* qu'on appellera le Chirurgien Mykos.

L'air totalement horrifié de David était presque comique.

— Tout ce qu'on dit sur toi est vrai.

— N'y a-t-il toujours pas une part de vérité dans chaque rumeur ? dit Nyx en haussant les épaules. Dans mon cas, c'est sûrement plus qu'une part. Je suis juste douée pour le cacher.

Son jeu de manipulation mentale pouvait rivaliser avec les plus expérimentés de notre monde. D'un autre côté, les hommes Mykos avaient la réputation d'annihiler les esprits. Il était donc logique que la plus jeune du groupe apprenne une chose ou deux.

Le visage de Nyx se fit sérieux, et toute trace de la petite sœur Mykos sanguinaire disparut.

— Est-ce qu'on est bien d'accord, David ?

— Très bien.

— Ça ne ressemble pas à un *oui* pour moi.

— Oui. Je la fermerai.

— Bien, dit-elle en reculant. Oh, et ne t'avise pas de te présenter à la fête de mes fiançailles.

— Je n'ai pas le choix.

— Invente un truc. Comme quand tu as dit à Janice que tu étais à Boston avec ton père, quand, en réalité, tu étais à Miami en train de t'envoyer en l'air avec ta maîtresse. Si tu es capable de mentir à ta femme, je suis sûre que tu peux mentir à ta famille.

Nyx fit un signe à un homme près d'elle, qui attrapa David et le tira au loin.

À peine quelques secondes plus tard, Nyx rengainait la lame dans son étui et la remettait à un membre de sa sécurité. Fermant les yeux, elle s'appuya contre le mur où elle avait plaqué David à peine quelques instants plus tôt.

— Tu imites cette dingue de Harley Quinn à la perfection. La seule chose qui manque, ce sont les cheveux blonds avec des pointes roses et sa fidèle batte, observa Stevie, la grande et frappante femme vêtue d'un costume sur mesure, en s'installant à côté de Nyx.

Après qu'elle eut surpris ma première interaction avec ma fiancée dans le jardin, j'avais appris tout ce qu'il y avait à savoir sur Stevie Nem. L'ancienne mannequin, devenue championne de MMA, puis chef de la sécurité de Nyx, avait ses propres secrets. Mais ils n'avaient aucun impact sur ma vie ou celle de ma fiancée, alors ils resteraient enfouis.

— Je préfère les couteaux en tout genre, chuchota Nyx en pressant ses doigts sur sa tempe, et ce qui ressemblait à un air de défaite apparut sur son visage. Tout ce que je voulais, c'était une soirée pour rattraper le temps perdu avec ma meilleure amie. Pas ce genre de merde. D'abord, il y a eu l'abruti que je suis censée épouser et, maintenant, ça.

— Celui-ci, tu t'en es occupée. Tu lui as fait suffisamment peur pour qu'il se taise. Je suis presque sûre qu'il s'est pissé dessus.

Je ne pus m'empêcher de sourire à ce commentaire.

Nyx soupira.

— Au moins, tous ces mensonges idiots que les gens racontent au sujet de ma famille m'ont été utiles.

— Il te reste donc l'autre abruti.

— Il faut vraiment que tu parles de lui ? Ma soirée est assez chargée comme ça.

— Je ne comprends pas. Qu'est-ce qui te chiffonne tant dans le fait qu'il veuille coucher avec toi ? Ce n'est pas comme si tu n'étais pas attirée par lui. C'est moi qui vous ai surpris en train de vous dévorer des yeux dans les jardins. Je suis certaine que, quand tu retrouveras ta meilleure amie, elle approuvera mon résumé.

— Akari et toi ne pensez qu'au sexe. Et, pour info, je n'ai l'intention de coucher avec personne.

Qui était cette Akari ? Rien dans les rapports de Kasen ne mentionnait une personne de ce nom.

— Ce n'est pas n'importe qui. Tu es fiancée à lui, même si c'est du flan. Pourquoi ne pas lui arracher quelques dizaines d'orgasmes durant l'année qui vient, en attendant le changement ?

J'aimais bien cette femme. Elle plaidait ma cause à ma place.

— Je ne suis pas une traînée.

— Pourquoi lui ne serait pas la tienne ?

Ça, c'était nouveau. Que je sois la traînée de quelqu'un.

— Pas de doute, tu as abusé toi aussi de ces jus de fruits trop sucrés dont Akari raffole. Aucun d'entre nous ne deviendra la traînée de qui que ce soit, parce que ça n'arrivera pas.

Il était possible que j'apprécie aussi cette Akari.

— Toi et ta lubie à vouloir trouver l'amour de ta vie… Pendant que tu le cherches, autant soulager cette démangeaison.

Le visage de Nyx rougit, et elle jeta un regard autour d'elle, vers sa sécurité.

— Sérieusement ?

Stevie croisa les bras.

— Ils sont embauchés pour n'entendre que ce que nous leur disons d'entendre. En outre, ce n'est pas comme si ta sécurité ne serait pas la première au courant si tu t'envoyais en l'air.

— Ce que tu es pénible ! Mais pourquoi est-ce que j'écoute ça ?

— Je ne fais qu'énoncer les faits. Tu en as vraiment besoin. Tu pourrais peut-être appeler l'ami d'Akari ? J'aurais juré que tu avais bien accroché avec ce canon.

— Tu veux parler du chanteur d'Onyx Stone ? Hors de question. Je suis bien trop jalouse pour supporter que des femmes se jettent sur mon homme tout le temps.

— Je ne t'ai pas dit de l'épouser. Je t'ai suggéré de t'envoyer en l'air avec lui.

— Très bien. Il faut qu'on change de sujet. Essayons de trouver Akari avant que tu n'essaies de me brancher avec un type au hasard, qui passerait près de nous, puisque tu penses que j'ai des toiles d'araignées dans la culotte.

— C'est toi qui l'as dit, pas moi.

— Abrutie.

— Non, ça, c'est ton fiancé. Je suis ton incroyable et fabuleuse garde du corps magique.

— Allez ! Je veux boire et danser. Demain, je n'ai pas l'intention de faire quoi que ce soit en dehors de trier tous les enfoirés qui voudront intégrer la partie la semaine prochaine. Il est hors de question que je laisse à nouveau mon passif avec qui que ce soit interférer avec les affaires.

Nyx se redressa péniblement du mur, ajusta sa minuscule robe, puis s'avança vers la foule, avec son entourage derrière elle.

Je la vis disparaître, tentant d'intégrer tout ce dont je venais d'être témoin.

Tout d'abord, Olympia Nyx Mykos était un caméléon de premier ordre, capable de jouer de nombreux rôles. La princesse mafieuse, maléfique et assoiffée de sang, se tenait aux côtés de la jardinière aux yeux de biche sur laquelle j'avais d'abord jeté mon dévolu.

Ensuite, son aptitude à manier les couteaux était entremêlée de vérités et de mensonges. Sa réaction, à la fin, traduisait à quel point elle détestait son rôle de garce, mais qu'elle n'hésiterait pas à l'endosser.

Troisièmement, la nymphe de la nature avait un vilain petit secret dans lequel elle baignait depuis qu'elle vivait à New York et qu'elle avait élargi son entreprise à Vegas.

Et tout indiquait qu'il s'agissait de jeux clandestins.

Vilaine, vilaine.

Ma future épouse était impliquée dans quelque chose qui pouvait lui attirer beaucoup d'ennuis.

Était-ce de cela qu'elle avait voulu parler en disant qu'elle voulait quelqu'un qui l'accepte tout entière ? Aucun homme sain d'esprit ne laisserait sa femme prendre ce genre de risque. Et je n'avais aucun doute sur le fait que le clan Mykos ignorait tout des activités de leur précieuse princesse.

Oui, je savais que je me comportais comme un con, mais les personnes auxquelles Nyx se frottait dans ses parties étaient sans aucun doute pires que celles auxquelles ses frères ou moi avions régulièrement affaire.

Maintenant, il fallait que je trouve un moyen de la prendre en flagrant délit. En attendant de mettre au point la logistique de mon plan, autant voir comment elle évacuait toute la pression.

CHAPITRE
Six

Nyx

— Sers-m'en un autre. Il m'en faut au moins un de plus pour me calmer, dis-je à ma meilleure amie, Akari Ota.

C'était la directrice associée du *Kato Kosmos*, le dernier club en date de l'*Ida*. Elle était revenue en ville plus tôt dans la journée, après ce que nous nous plaisions à appeler son « séjour trimestriel en famille avec ses parents autoritaires ». Et, avec les vacances qui approchaient à grands pas, elle n'aurait pas de temps libre avant le Nouvel An. Ce qui signifiait qu'elle devrait leur rendre visite ou faire venir sa famille. Elle avait choisi un moindre mal.

Akari plissa ses yeux noirs, déclarant sans mot dire : « Ma belle, ne me cause pas d'ennuis avec ton cousin surprotecteur », puis elle prit le whisky Firewater Reserve, rangé sur l'étagère supérieure derrière elle.

— Ne me regarde pas comme ça. Si tu avais passé la même soirée que moi, tu m'aurais donné toute la bouteille.

Elle posa deux verres en cristal devant nous, versa nos boissons, puis en poussa une vers moi.

— Tu veux me dire ce qui s'est passé entre ton appel « passons la soirée ensemble », et la situation actuelle, du genre « Je veux tuer mon foie avec cette bouteille d'alcool à 5 000 dollars » ?

Prenant mon verre, je bus une bonne gorgée et laissai le liquide ardent apaiser mes sens avant de répondre :

— Des abrutis. Voilà ce qui s'est passé.

— Du genre masculin ?

— Y en a-t-il d'un autre genre ?

— J'ai l'impression d'avoir loupé une ou deux conversations pendant la semaine que j'ai passée à Seattle avec mes parents, dit-elle, me scrutant comme si j'étais une espèce inconnue. Quand as-tu trouvé un homme ? Et pourquoi suis-je la dernière à le savoir ?

Je grimaçai. Elle allait me régler mon compte. S'il y avait bien quelqu'un pour me soutenir dans la situation dans laquelle je me trouvais actuellement, c'était Akari.

Nous venions toutes deux de milieux similaires. Nos familles étaient liées aux empires du transport maritime et au monde de la mafia. Nous étions des femmes dans des familles composées d'hommes, et nous avions déménagé à Las Vegas pour échapper aux règles avec lesquelles nous avions grandi, en usant de tous les moyens nécessaires pour les contourner.

Nos principales différences résidaient dans nos origines

culturelles. Elle était japonaise et moi, grecque, et elle avait grandi à Seattle et moi, à New York.

Il se trouvait qu'elle était également la belle-sœur de Lana, la petite-fille de Drago Jackson. Ce qui lui donnait un point de plus sur l'échelle du grand n'importe quoi, puisque j'avais au moins réussi à ne pas avoir de mafieux au derrière en permanence pour me dire ce que je devais faire. Alors qu'elle avait constamment des regards braqués sur elle.

De qui me moquais-je ?

Je soudoyais les personnes qui me surveillaient en leur offrant une partie de mes bénéfices afin qu'elles ne rapportent que les informations que je voulais au pouvoir en place.

— Tu te souviens que je t'ai parlé d'un problème que j'espérais résoudre d'ici notre rencontre, ce soir ?

— Je suppose que l'homme était le problème.

J'inspirai profondément.

— On peut dire ça. C'est mon fiancé.

— Ton quoi ? s'exclama-t-elle, posant son verre sur le bar entre nous.

Elle en agrippa le bord, puis se pencha en avant.

— Il va falloir que tu recommences du début, et tu n'as pas intérêt à omettre un seul détail. S'il y a une chose pour laquelle je suis douée, c'est de savoir quand tu mens, Mykos. Ton visage impassible ne marchera pas sur moi.

Je pressai mes doigts sur mes tempes pendant un bref instant, jetai un œil alentour pour m'assurer qu'il n'y avait que nos services de sécurité, et lui racontai toute la sordide saga Mykos-Drakos.

— Donc, laisse-moi résumer. Tu es fiancée au chef d'une famille rivale, aucun d'entre vous ne veut épouser l'autre, mais il gagnera gros si vous vous mariez. Tu lui as offert ta part du fonds pour mettre un terme aux fiançailles, et il a répliqué qu'il préférait s'envoyer en l'air avec toi pendant l'année à venir.

Je hochai la tête.

— Ouais. C'est plutôt bien résumé.

— Es-tu attirée par lui ?

Aussitôt, mes pensées se tournèrent vers la réaction insensée de mon corps à l'instant où mes yeux s'étaient posés sur Simon, mon pouls qui s'était emballé, mes mamelons qui s'étaient dressés… et mon entrejambe, inondé. Jamais je n'avais vécu ça avec un autre homme. J'en sentais encore le grésillement tout au fond de moi.

Expirant profondément, je me concentrai à nouveau sur Akari, et vis son sourire entendu.

— Bon, très bien. Voilà qui répond à ma question.

— Comment ça ?

— Tu veux t'envoyer en l'air avec lui.

Je plissai les yeux.

— Je ne vais pas me vendre pour ma liberté.

— C'est un échange, pas une vente.

— Je n'arrive pas à y croire.

— Nyx, c'est tout ce dont nous avons toujours parlé. La chance de vivre une vie différente de celle dans laquelle nous avons grandi. Celle d'avoir des choix.

— Est-ce une manière de le faire ?

— Est-ce vraiment aussi difficile ? Vu comment tu as répondu à ma question, il est sexy, et s'il ne s'agissait pas de

Simon Drakos, tu n'hésiterais pas à te le taper. Dis-moi que je me trompe, et je te traiterai de menteuse.

— Ce que tu es pénible !

— Je dis simplement les choses comme elles sont. En plus, ce n'est pas comme si vous n'en tireriez pas tous les deux quelque chose.

— Je ne vais pas me prostituer pour ma liberté.

— Tu n'as qu'à te dire que vous vous prostituez mutuellement. Cela ne fait pas une grande différence avec deux personnes qui sortent ensemble pendant un an avant de se séparer. Pas de sentiments, rien que du sexe torride. L'avantage supplémentaire pour vous deux, c'est qu'il y aura une grosse somme d'argent pour vos familles, et que tu pourras vivre ta vie, ici, pendant qu'il aura sa parfaite débutante, chez lui.

— J'adore la manière dont tu justifies le fait qu'un abruti me fasse du chantage pour coucher avec moi.

— Arrête de te mentir. Je te connais mieux que tu ne le penses. La raison pour laquelle tu es tellement en colère, c'est parce que c'est le premier homme à avoir piqué ton intérêt, et qu'il se trouve que c'est celui qui contrôle ton avenir et ta fortune.

Je lui jetai un regard noir.

— Permets-moi de répéter : ce que tu es pénible ! Rappelle-moi pourquoi nous sommes meilleures amies ?

— Parce que je suis la seule à pouvoir vous supporter, toi et tes multiples personnalités.

Akari reprit la carafe de whisky et en versa dans nos verres.

— En parlant de tes nombreuses facettes, la déesse de la

nuit est-elle prête à gérer ses clients la semaine prochaine, ou devons-nous annuler ?

— Non, on ne peut pas annuler. Il y a beaucoup trop de nos flambeurs qui viennent en ville.

— Alors, je suppose que tu vas me garder ma place habituelle.

— Tant que tu as le *buy-in*, ta place est assurée.

— Puis-je te poser une question sur ton fiancé ?

Levant les yeux au ciel, je répondis :

— Bien sûr, pourquoi pas ?

— Est-il grand, avec un corps de tueur, des cheveux noirs, courts, une barbe bien taillée et des yeux très verts ?

Je me raidis et serrai plus fort mon verre.

— Est-ce qu'il est là ?

— Je vais prendre ça pour un oui. Il traverse la foule dans notre direction, répondit Akari, son regard s'attardant derrière moi. D'accord. Je te l'accorde. Il est Sexy, avec un S majuscule. Tu dois absolument accepter son offre.

— Ce n'est pas une offre. C'est du chantage.

— Une qui te ferait perdre ta virginité avec un mec super sexy.

— Tu ne penses qu'au sexe.

Elle haussa les épaules.

— Ce n'est pas comme si tu te préservais pour le mariage. Si tu en avais eu l'occasion, tu t'en serais occupée il y a bien longtemps.

Je ne pouvais nier qu'elle avait raison. En grandissant, tout ce que j'avais voulu, c'était m'échapper de New York, alors j'avais consacré toute mon énergie à l'école. Ensuite, quand j'avais voulu sortir avec quelqu'un, une bande de blaireaux, à savoir mon frère et ses hommes, m'avaient entourée chaque fois que quelqu'un de vaguement intéressant s'était trouvé dans les parages.

Après avoir déménagé à Vegas, j'avais dû apprendre à différencier les hommes authentiques de ceux qui cherchaient à prendre du bon temps. Au final, cela demandait bien trop de travail, et mes clubs et la gestion du jardin avaient pris le pas sur ma vie.

Merde. Quand je pensais aux dernières années, j'étais atrocement ennuyeuse.

— Dis-moi que je me trompe, insista Akari, me tirant de mes pensées.

Au lieu de lui répondre, je vidai mon verre d'une traite.

— Dis-moi quand il sera ici.

« Ici » fut le mot prononcé dans mon oreille alors qu'une main ferme se posait sur ma nuque, puis descendait le long de ma colonne vertébrale à travers le dos ouvert de ma robe.

Ma peau se couvrit de chair de poule, et ma respiration devint aussitôt un peu laborieuse.

L'amusement narquois sur le visage d'Akari m'indiqua qu'elle avait laissé Simon s'approcher de moi juste pour voir ma réaction face à lui.

Garce.

— Tu dois donc être le tristement célèbre *abruti*, dit Akari en tendant la main à Simon.

— Entre autres choses. Je suis aussi le fiancé de Nyx.

— C'est ce que j'ai entendu dire.

— Et tu es ?

— Je suis la meilleure amie. Akari Ota.

Simon l'étudia pendant un moment.

— Comme… la petite sœur de Travis Ota ?

Je ne pus m'empêcher de sourire intérieurement. Il venait de mettre le pied dans un tas d'emmerdes en disant ça. Akari avait acquis une réputation légendaire dans le domaine des boîtes de nuit, grâce à ses idées et à son sens de l'esthétisme uniques. C'était pour cela que Hagen avait insisté pour qu'elle devienne associée de ce club. Il voulait avoir un avantage sur la concurrence de Vegas.

Et, grâce au besoin de mon cousin de s'entourer des meilleures personnes pour travailler avec lui, j'avais rencontré la femme qui s'était avérée être mon âme sœur et ma meilleure amie.

Akari serra les dents.

— Comme Akari Ota, associée gérante du *Kato Kosmos* et de seize autres établissements à travers le monde.

— Maintenant, je vois pourquoi tu es l'amie de Nyx. Vous avez des personnalités similaires.

— Un conseil, quand tu as affaire à des femmes comme Nyx et moi.

— Lequel ?

— Ne nous énerve pas. Surtout en imaginant que nous voulons être connues par le biais de nos liens familiaux plutôt qu'en tant qu'individus. Cela donne envie à l'une de nous de trancher des choses, et à l'autre, d'avoir la gâchette facile.

— C'est bon à savoir.

Ses doigts se courbèrent autour de ma taille exposée. Il m'était presque impossible de respirer.

— Y a-t-il un endroit où ma fiancée et moi pourrions

discuter en privé ? J'ai une réponse à apporter à la proposition qu'elle m'a faite plus tôt dans la soirée.

— Mon bureau. Nyx connaît le chemin.

L'idée de me retrouver seule dans une pièce avec lui me terrorisait. Mon corps semblait me trahir à chaque instant, et qui sait ce qui se passerait si nous nous retrouvions derrière une porte close.

Bon sang, ma libido ronronnait déjà par anticipation.

Sale traîtresse.

— Discutons, Nyx.

L'ordre dans sa voix m'assécha la gorge et fit naître un désir au creux de mon ventre.

— Qui a dit que j'irais quelque part avec toi ? Je suis en pleine soirée avec mon amie.

— Moi, je l'ai dit. Tu as bien plus de choses en jeu que moi dans cette histoire.

— En es-tu bien certain ? D'ici un an, tu pourrais bien te retrouver avec une femme que tu ne veux pas. Je dis que tu as autant à perdre que moi.

— C'est là que tu fais erreur. Dans tous les cas, je sors gagnant. Je resterais à la tête de ma famille, j'aurais la moitié d'un fonds immense et, plus important, je pourrais m'envoyer en l'air avec toi quand je le voudrais. Alors que tu perdrais cette ville, cette vie et cette liberté que tu chéris tant.

Je jetai un regard de côté et vis que Tony avait maintenant remplacé Stevie pour garder un œil sur nous. D'un simple signal de ma part, il interviendrait en quelques secondes. Mais cela ne ferait que me causer davantage de problèmes.

Poussant un soupir, je remuai sur mon siège. Et je murmurai :

— Tu pourrais vraiment me pousser à te détester.

— Je suis sûr que ce ne sera pas la dernière fois que tu me le dis.

En me levant, je repoussai sa main sur ma taille, mais il saisit mon poignet de la même manière qu'il l'avait fait au restaurant, faisant accélérer mon rythme cardiaque.

Il planta ses yeux verts dans les miens.

— Je te suis, Nyx.

— Arrête.

— Que j'arrête quoi ?

Le sourire qui courbait le coin de ses lèvres m'indiqua qu'il savait exactement de quoi je parlais.

— Abruti.

Tournant les talons, je tirai mon bras, mais, en vain. Je ne pouvais pas me libérer.

Je fis le tour du bar et jetai un regard furieux à Akari. En tant que meilleure amie, elle ne m'avait été d'aucune aide. Bon sang, elle l'avait laissé se faufiler dans mon dos !

Akari mima les mots :

— Désolée. Il est puissant.

Ouais, ce n'était pas un euphémisme.

Nous gardâmes le silence alors que je nous guidais à travers les couloirs faiblement éclairés du *Kato*, avec ses trois niveaux de sécurité. Une fois que nous fûmes arrivés devant une grande porte en bois, je posai la paume sur un panneau de sécurité, attendis le *bip* et l'ouvris.

Quand nous fûmes entrés, je lui jetai un regard noir.

— Tu peux me lâcher maintenant. Je ne vais pas m'enfuir. Je suis ta prisonnière ici.

— Tu étais ma prisonnière dehors aussi.

Il lâcha ma main, s'éloigna de moi et s'appuya sur le bord du bureau en verre d'Akari.

Je croisai les bras sous ses yeux, et calai mon dos contre la porte fermée.

— Tu voulais discuter. Parle.

— Tu sais que c'est inévitable entre nous.

— Continue de rêver.

— Dis-moi que tu ne le ressens pas.

Je fixai ses hypnotiques yeux émeraude qui semblaient m'attirer et attiser ce désir dont j'ignorais l'existence en moi.

M'humectant les lèvres, je pris une légère inspiration, puis lui demandai :

— Ressentir quoi ?

— Exactement ce qui t'arrive en ce moment. Je ne te touche même pas, et cette attirance est en train de te tuer.

Bon sang, je le détestais pour ce qu'il me faisait. J'avais mal, surtout entre les jambes.

— Je peux admettre que cette attirance est unique. Cependant, ton tempérament positif a tendance à en neutraliser une partie.

— Menteuse. Il t'excite.

— Je ne dors pas avec des hommes que je connais depuis moins de vingt-quatre heures.

— Comme je te l'ai dit, dormir est la dernière chose que nous ferons.

— Laisse-moi reformuler. Je ne m'envoie pas en l'air

avec des hommes que je connais depuis moins de vingt-quatre heures.

— Nous avons une année pour apprendre à nous connaître.

— Les risques que quelqu'un le découvre sont bien trop élevés, dis-je en secouant la tête. Je ne te laisserai pas me piéger dans un mariage. Tu en tirerais bien trop de bénéfices. Tu l'as admis toi-même.

— Tu penses que le sexe impliquerait que je te force à aller devant l'autel. Crois-moi quand je dis que je respecterai le marché. Je profite de tout sans les liens du mariage.

— Pourquoi devrais-je te faire confiance ?

— Je ne reviens jamais sur ma parole. En outre, j'ai déjà choisi la femme que je compte épouser, et ce n'est pas toi.

— Intéressant. J'ai du mal à croire qu'elle soit prête à attendre pendant que tu t'envoies en l'air avec moi jusqu'à l'oubli.

— En ce qui la concerne, elle comme les autres, ceci est réel. Si elle est disponible quand tout sera fini, je poursuivrai mes projets. Sinon, je sélectionnerai une autre candidate.

— Tout est une question de business avec toi, n'est-ce pas ?

— La vie, c'est du business. C'est plus propre de cette façon. Il y a moins de complications.

— Et si je change d'avis et que je décide de t'épouser ?

— Alors, je suppose que j'aurai une femme magnifique, fétichiste des couteaux, dit-il avec un rictus. Mais nous savons que cela n'arrivera pas. Tu as déjà montré ton jeu. Tu as désespérément besoin de garder cette vie que tu as construite. Tu fuiras avant de te présenter devant l'autel.

Je fermai les yeux et laissai ma tête retomber contre la porte. J'avais fait exactement ce qu'il disait.

Merde. J'avais joué ma main trop tôt, au lieu de le flairer.

Soulevant les paupières, je le trouvai qui se tenait juste devant moi. Mais enfin, quand avait-il bougé, et pourquoi ne l'avais-je pas remarqué ?

La présence de cet homme avait fait des ravages dans mes sens. De toutes les personnes au monde susceptibles de m'affecter de cette façon, pourquoi fallait-il que ce soit lui ?

M'impliquer avec lui était annonciateur d'un désastre à un niveau épique.

Je n'avais aucune expérience dans ce domaine. Bon sang, je n'avais pas la moindre expérience dans quoi que ce soit ! Encore moins dans une affaire de sexe.

— Je ne suis la traînée d'aucun homme.

Il se rapprocha, et l'odeur enivrante de son eau de toilette, sentant les épicées et le savon, me taquina le nez.

— Tu n'as pas encore été la mienne. Tu aimeras peut-être.

— Ça n'arrivera pas.

Je relevai le menton, soutenant son regard et refusant de laisser cette attirance pour lui me submerger, tout en sachant que j'échouais lamentablement.

— Dis-moi, Nyx, roucoula-t-il une seconde avant que sa paume ne se referme sur ma gorge, me faisant haleter et provoquant un spasme au creux de mon ventre. Serait-ce vraiment si grave ?

Son emprise était trop agréable, la pression qu'il exerçait me donnait envie de choses que je n'aurais pas dû vouloir avec cet homme.

Il fit glisser son pouce sur mes lèvres tandis qu'une vague de désir inondait mon entrejambe.

— Le sexe n'est pas censé être une transaction.

Je saisis son avant-bras musclé et posai mon autre main sur son torse pour le repousser. Mais, au lieu de cela, j'agrippai sa chemise.

Il repoussa mon cou sur le côté et frotta doucement sa barbe naissante sur ma mâchoire, tout en me bloquant avec son corps.

— Comment tu appellerais ça, sinon ? Tu veux sortir de ce mariage. Je veux faire à ton corps toutes les choses délicieusement obscènes que l'on peut imaginer, tout en te procurant un plaisir extraordinaire. Accepte, et nous aurons tous les deux ce que nous voulons.

— Ce n'est jamais aussi simple.

Ses dents effleurèrent le contour de mon oreille, juste avant de mordre, lui infligeant une piqûre délicieuse, et il me fallut rassembler toute ma force pour ne pas gémir et le supplier de m'en donner plus.

— Bien sûr que si. Personne en dehors de nous ne connaîtra les détails.

Ses paroles me firent l'effet d'une douche froide, et le brouillard s'estompa.

Je le repoussai.

— Tu veux dire, en dehors de la sécurité et des personnes qui nous entourent jour et nuit. Je ne peux pas prendre le risque que quelque chose parvienne aux oreilles de ma famille.

— Tu n'as pas vraiment le choix, Nyx. Mon offre est sur la table jusqu'à la semaine prochaine. Sache simplement qu'il n'y a qu'un seul moyen de te libérer, mais que je pourrai te prendre, quel que soit le résultat.

— Tu es vraiment à la hauteur de ta réputation d'abruti.

— Je suis tel que Gio Drakos m'a créé.

CHAPITRE
Sept

Simon

Vers 18 heures, cinq jours après avoir posé mon ultimatum à Nyx, je me présentai devant le bâtiment abritant le club privé pour gentlemen de Drago Jackson, dans la banlieue de Las Vegas. Je n'étais pas resté longtemps à New York, à peine un peu plus de vingt-quatre heures, avant de partir pour gérer des situations délicates, un peu partout dans les ports nord-américains stratégiques à travers les États-Unis.

Pourquoi, tout à coup, avions-nous des problèmes de structure organisationnelle et de rémunération ? Cela n'avait aucun sens. D'après mes conseillers, nous étions trop généreux par rapport aux autres.

Mon instinct me disait que mon enfoiré d'oncle tirait les ficelles. Ou plutôt, son abruti de fils, mon cousin, Hal.

Je les laissais jouer à leurs jeux. Ces enfoirés ignoraient que les Mykos étaient au courant de mes plans et leur laissaient croire qu'ils étaient ouverts à la contre-offre qu'ils avaient faite pour le port et la main de Nyx.

Bientôt, je ferais le ménage et serais débarrassé de ces ordures. Pour l'instant, je devais présenter mes respects à l'homme dont je prévoyais de visiter régulièrement le territoire durant l'année à venir.

J'étais à peine sorti de mon SUV, me retrouvant dans le froid vif de ce début de novembre, que les portes de l'immeuble banal s'ouvrirent et que quatre hommes vêtus de costumes noirs immaculés en sortirent et patientèrent.

Alors que je m'approchai, ils inclinèrent la tête sans dire un mot.

Quand je pénétrai dans l'entrée, une hôtesse me tendit un plateau contenant un linge chauffé. Je pris la serviette, m'essuyai les mains et la reposai sur le support.

— Suivez-moi, Monsieur, m'intima-t-elle. Vous êtes attendu.

Après avoir traversé la zone principale d'un club pour gentlemen haut de gamme, avec des danseuses et des serveuses qui se préparaient pour une nuit avec des clients fortunés, nous entrâmes dans un salon privé où sept hommes d'origine japonaise, âgés de trente à plus de quatre-vingt-dix ans, étaient assis. Ils se détendaient sur des canapés qui devaient sans doute coûter plus de 50 000 dollars pièce.

Au centre du groupe se trouvait Drago Jackson. Son visage marqué par l'âge aurait dû lui donner une allure frêle et faible, mais ce n'était pas le cas. Il paraissait affûté et omniscient.

Il dominait la pièce et les personnes qui s'y trouvaient.

Quiconque le remettait en question subissait les conséquences de la discipline froide et calculée que Drago avait décidé d'imposer pour tout manque de respect.

À mon approche, Drago détourna son attention de sa conversation pour la porter sur moi. En l'espace de quelques secondes, il m'évalua de la tête aux pieds, enregistrant tout de moi.

Une lumière passa dans son regard sombre avant qu'il ne s'exprime en japonais.

— *Tu as apprécié ta visite dans ma ville la semaine dernière ?*

Le vieux chef de la mafia ne perdait pas une miette de ce qui se passait dans sa « ville », comme il aimait l'appeler.

Si l'on voyait Vegas comme une ville, et pas comme un endroit complètement dingue.

— *Bonjour, Oyabun,* répondis-je dans la même langue, lui offrant le salut formel dû à un homme de sa stature en l'appelant « patron ».

Puis je passai à l'anglais :

— Las Vegas est intéressante, comme toujours.

Il désigna une place vide à côté de lui.

— Qu'as-tu pensé de ta fiancée ?

Et pourquoi ces gens auraient-ils ignoré le fait que j'avais pris contact avec Nyx ?

— Elle n'est pas du tout comme je m'y attendais.

— Bien sûr que non. Aucun des Mykos n'est tel qu'il n'y paraît. Tu devrais t'en souvenir.

Je m'installai sur le canapé et pris le scotch que l'une des serveuses déposa devant moi.

— Vous auriez pu m'avertir que sa meilleure amie était la sœur de votre petit-fils par alliance.

— Tout comme tu aurais pu me prévenir que tu allais te rendre sur mon territoire pour t'immiscer dans un marché qui pourrait te causer un chagrin sans fin.

Il inclina son verre dans ma direction en signe de salut avant de boire une gorgée, et je fis de même.

— Je voulais établir des règles de base pour nos fiançailles.

— Je suis sûr que ça s'est bien passé, intervint Sota, le plus âgé des petits-fils de Drago, avec un sourire en coin. Au moins, tu as survécu sans te faire trancher la gorge.

Enfoiré.

Nous avions grandi ensemble et nous communiquions presque chaque semaine, si ce n'était pas plus. Le moins qu'il aurait pu faire, c'était de m'avertir pour Nyx. Mais, d'un autre côté, si on lui avait dit de rester discret, il aurait suivi les ordres.

Sota et ses frères avaient repris la plupart des opérations des Jackson à leur père, Kota, le fils aîné de Drago, et contrôlaient Vegas et l'ouest des États-Unis.

Si l'on s'interrogeait encore sur l'identité réelle du meneur du clan Jackson, s'imaginant qu'il pouvait s'agir encore de Drago lui-même, il apparaissait comme évident qu'il valait mieux ne pas poser la question. Il avait peut-être pris sa retraite il y a longtemps, mais rien ne se passait à son insu.

J'enviais les relations de la famille Jackson. Ils fonctionnaient comme une machine bien huilée. Tout le monde avait conscience de son rôle et comprenait l'importance de l'expansion de l'empire. La jalousie semblait inexistante. En fait, l'idée de rester assis sur son derrière et de profiter de la réputation de la famille était tout simplement inconcevable pour chacun d'entre eux.

— Alors, tu savais pour elle ? Pourquoi ne suis-je pas surpris ? Les Jackson gardent un œil sur tout le monde à Vegas.

— Qu'as-tu découvert, Simon ? demanda Drago sans rien confirmer.

— Toutes les rumeurs sont empreintes d'une part de vérité, surtout la partie *diablesse*. Loin de New York, elle agit comme si elle était totalement pure, mais elle est loin de l'être. Elle joue un rôle.

— Je ne formulerais pas trop d'hypothèses à son sujet. Un caméléon ne fait que s'adapter à son environnement. Cela te serait profitable d'accepter qui elle est quand elle croit que personne ne la regarde.

— Êtes-vous en train de me dire qu'elle n'est que la pauvre victime de commérages et qu'il se trouve qu'elle a pour *hobby* de jeter des couteaux ?

— Tout comme nous savons qu'en dépit de tous les efforts que Gio a fournis pour te modeler à son image, tu restes principalement le fils de Kyros.

Je ne manifestai aucune réaction extérieure à la pique lancée à *Pappous*. Drago n'avait jamais caché son désaccord avec la manière dont *Pappous* gérait ses relations avec ses fils, surtout avec mon père.

Pour lui, la famille était tout, et Gio Drakos avait détruit la sienne à cause de son orgueil et de sa cupidité.

Je ne partageais pas le sentiment de Drago. *Pappous* m'avait malgré tout enseigné une leçon précieuse avec la mort de mes parents.

Pour que la famille continue de fonctionner, on ne pouvait pas avoir de faiblesses.

— Sans vouloir vous manquer de respect, *Oyabun*, Olympia Nyx Mykos n'est pas innocente. Elle vous a dupé comme elle l'a fait avec tous les autres membres de son entourage. Elle a un objectif final, et je me place en travers de son chemin, ce qui l'énerve.

— Je crois que c'est l'inverse. Tu es frustré d'avoir rencontré une femme qui ne supportera pas ta manière de faire. Les méthodes de Gio ne fonctionneront pas sur elle. Un homme sage se souviendrait que les femmes sont des adversaires rusés.

— Elle veut sortir de ce mariage. Je lui ai proposé une option.

— Il n'y a d'issue pour aucun de vous deux.

Le caractère définitif de la déclaration de Drago m'irrita.

— La clause ne fonctionne que si tu ne la touches pas.

— Ce n'est pas ce que dit la clause. Je la connais de fond en comble.

— Il est hors de question que tu la touches et que tu t'en ailles, Simon.

L'ordre dans la voix de Drago me mit en rage.

De toutes les personnes que je côtoyais au quotidien, je me serais attendu à ce que Drago me soutienne dans tous les cas. Qu'il me mette en garde pour que je me tienne à l'écart de Nyx me fit l'effet d'un coup de poing dans les tripes.

— Pourquoi la protégez-vous ? Est-ce à cause de ses relations avec les Lykaios, de son amitié avec votre belle-famille, ou de quelque chose de personnel ?

— Disons que c'est un peu tout ça. Elle a sa place dans mon cercle restreint, tout comme toi.

— Ce qui veut dire ?

Drago haussa un sourcil blanc et broussailleux, pour m'indiquer que j'avais dépassé les bornes.

— Il y a des choses que je garde pour moi. Tu sais comment ce jeu fonctionne. Je te dirai une chose : je ne travaillerai pas contre toi. Fais confiance au processus.

Bon sang, mais que voulait-il dire par là ?

— Le processus implique que je me marie avec la Diablesse Mykos ?

— Exactement.

— Avec tout mon respect, je ne suis pas d'accord.

— Vraiment ? Explique-moi comment tu comptes éviter un mariage qui a mis plus de cent ans à se concrétiser.

— Nous ne nous convenons pas. Nous avons des visions différentes pour notre avenir.

Bon sang, même sa famille était de cet avis et m'avait offert un foutu port pour revenir sur nos fiançailles. Mais je ne pouvais rien révéler à Drago, parce que les termes de mon accord avec les Mykos restaient entre nous.

Drago garda le silence quelques instants, le front plissé.

— Es-tu en train de me dire que, ta rencontre avec elle, c'était du business ? C'est ce que tu me dis ?

Il savait parfaitement bien que ce n'était pas le cas.

— Je ne vais pas mentir... ma fiancée est plus qu'attirante. Cependant, ce n'est pas parce que je veux que nous nous amusions au cours de l'année à venir que je veux m'attacher à elle pour le reste de ma vie.

Le durcissement de sa mâchoire m'indiqua qu'il trouvait ma réponse insuffisante, et que je l'avais plutôt énervé.

Eh bien, merde. Les choses ne se déroulaient pas comme je l'avais prévu.

— Et a-t-elle approuvé ton choix de divertissement ?

Gardant un ton neutre, je répondis :

— Nous sommes en train de régler les conditions.

— Elle n'est pas la fille naïve que le monde croit, Simon. Tu risques de te faire dépasser si tu ne fais pas attention à la façon dont tu joues tes cartes avec elle.

J'étudiai Drago.

La contrariété avait laissé place dans ses iris noirs à une lueur calculatrice ; il y avait une chose qu'il avait sans nul doute l'intention de garder pour lui.

Et son commentaire sur le fait qu'elle faisait partie de son cercle signifiait qu'il y avait de l'affection entre eux.

— Des cartes ? Êtes-vous en train de dire que c'est un requin aux cartes ?

— Sans le moindre doute. Ne joue pas contre elle à moins de prévoir de perdre.

— Je suis moins susceptible de perdre si j'y vais avec toutes les chances en ma faveur.

— Tu as plus à perdre que tu ne le crois, dit Drago en portant son verre à ses lèvres pour en boire une bonne gorgée, avant de secouer la tête. Je vais me régaler.

— Vous régaler de quoi ?

— De te voir t'écrouler aux pieds de la déesse de la nuit.

— On m'appelle « le maître des ténèbres ». L'obscurité conquiert la nuit.

— Erreur. Tu devrais réviser ta mythologie. Rien ne

conquiert la nuit. Les ténèbres sont la compagne de la nuit, tant qu'elle le permet.

Je luttai de toutes mes forces pour ne pas lever les yeux au ciel. Étais-je réellement en train de recevoir une leçon de mythologie grecque de la part d'un chef de la mafia ?

— C'est tout ce que je lui demande, un accord sur la manière de gérer nos fiançailles pour l'année prochaine.

— J'ai l'impression que tu vas suivre ton plan, en dépit des conseils que je te donne, dit Drago avant de pincer les lèvres et soupirer. Tu sauras où me trouver quand tout s'écroulera.

— Et que croyez-vous exactement qu'il m'arrivera ?

— La même chose qu'il m'est arrivé.

Il soutint mon regard, et je lus dans ses iris quelque chose comme de la résignation.

— C'est-à-dire ?

— Si je te le disais, tu changerais le résultat. Je crois que je vais le garder pour moi. C'est une leçon que tu vas devoir apprendre, mon garçon. Pour moi, cela a fonctionné. Tu n'aurais peut-être pas autant de chance.

*
**

Un peu avant 23 heures, je sortis sur le balcon de ma suite d'un hôtel appartenant à l'un des rivaux de Lykaios, et contemplai le *Strip* de Vegas quarante-deux étages plus bas. De mon point de vue, le Las Vegas Boulevard semblait être un monde à part, avec ses piétons et ses véhicules éclairés par la lueur des lampadaires et la multitude d'enseignes lumineuses.

Je pouvais admettre que ce complexe n'arrivait pas à la cheville des propriétés des Lykaios, de la vue aux prestations. Cependant, si je voulais rester sous le radar des regards attentifs des cousins de Nyx et, à terme, de ses frères, je n'avais pas d'autre choix que de séjourner dans un autre endroit.

Ma visite chez Drago n'avait rien de normal. Elle m'avait paru énigmatique et m'avait laissé une impression de trouble au creux de l'estomac. Mais, à part *Pappous*, aucun autre homme n'avait eu la capacité de s'introduire dans ma tête et de semer le doute en moi ou dans mes projets.

Qu'y avait-il de si particulier chez Nyx Mykos pour que tout le monde soit prêt à s'interposer entre elle et le monde ?

Il était évident qu'il la regardait comme si elle était sa petite-fille. C'était peut-être la raison pour laquelle il s'était montré si protecteur envers elle, et avait ressenti le besoin de me mettre en garde. Non, à en croire son expression, Drago s'attendait à ce que la situation m'explose à la figure.

Qu'est-ce qui pourrait mal tourner dans cette histoire avec Nyx, hormis le fait que sa famille découvre que l'on couchait ensemble ?

Mon téléphone vibra dans ma poche. Le sortant, je lus le message entrant sur l'écran.

NYX : *Hé, Abruti.*

Voici une réponse à ta proposition :

Va te faire voir.

Mes frères m'ont tout raconté à propos de votre marché. Tu n'es qu'un sale type.

Il gèlera en enfer avant que je ne couche avec toi.

Tu veux ce foutu port ? Alors, tu joues selon mes règles.

Et, au cas où tu n'aurais pas saisi la première fois :

Va te faire voir.

Comme si elle avait su exactement comment dissiper le malaise que Drago avait semé dans ma tête, je souris.

MOI : *Es-tu sûre de vouloir adopter cette tactique avec moi ?*

NYX : *Il y en a une autre ? Tu as de la chance, j'ai gardé ta proposition pour moi au lieu d'en parler.*

MOI : *Je suis curieux. Pourquoi tu n'as rien dit ? Aurais-tu peur que j'aie découvert quelque chose à ton sujet quand j'étais à Vegas ?*

NYX : *Tu ne sais rien de moi, Simon Drakos.*

MOI : *Je sais que, la prochaine fois que je te verrai, nous finirons la nuit quand tu jouiras autour de mon membre.*

Ouais, j'étais un sale con de me montrer aussi grossier, mais il y avait quelque chose chez cette femme qui me donnait envie de la pousser dans ses retranchements.

NYX : *Avise-toi d'approcher ton membre de moi, et je le trancherai.*

MOI : *C'est un mensonge, et tu le sais. Surtout que nous savons aussi bien l'un que l'autre que je peux t'exciter d'un simple regard.*

NYX : *Je te déteste vraiment.*

MOI : *Ça ne change rien au fait que c'est la vérité.*

NYX : *Ne pense même pas à te pointer de nouveau à Vegas comme tu as menacé de le faire la semaine dernière. Je te rendrai la vie difficile.*

MOI : *Qu'est-ce qui te fait croire que je ne suis pas déjà dans ta précieuse ville ?*

NYX : *Alors, je te suggère d'embarquer dans ton joli jet et de retourner auprès de ta débutante.*

MOI : *Mais je préfère rester ici et batailler avec toi.*

NYX : *Je suis sérieuse. Approche-toi de moi, et je te le ferai regretter.*

MOI : *Je n'attends rien de moins de la déesse de la nuit.*

NYX : *Abruti.*

Je reportai mon attention sur Kasen qui ouvrait la baie vitrée séparant le balcon et le penthouse.

Son expression disait qu'il avait des informations qu'il fallait que j'entende. M'avançant dans sa direction, je glissai mon téléphone dans ma poche. Je pouvais bien patienter quelques minutes pour contrarier Nyx davantage.

— Tu ne vas pas croire ce que je viens de découvrir, m'annonça Kasen en secouant la tête. Merde, tu avais raison à propos de tout.

— Tu veux bien développer ? J'ai raison à propos de beaucoup de choses.

— Imbécile, marmonna Kasen. Ta future épouse.

— C'est-à-dire ?

— Elle est impliquée dans le circuit de jeu clandestin jusqu'au cou.

— Comment l'as-tu découvert ?

Il me remit une enveloppe.

— Sota nous l'a gracieusement fait livrer.

Je soulevai le rabat et en sortis une carte avec une note attachée sur le dessus.

Cela reste entre nous. Ce que tu fais de l'information dépend de toi. Je te suis redevable pour avoir gardé le silence sur ta fian-cée. Je te l'aurais dit si je n'avais pas eu les mains liées. Rappelle-toi que tu devras en assumer toutes les conséquences.

Retirant le message, j'étudiai les informations sur le papier cartonné. Il indiquait un lieu, qui, fortuitement, se trouvait être une suite dans l'une des tours privées de l'hôtel dans lequel je séjournais, ainsi qu'une heure, un code pour un ascenseur particulier et un nombre : 29 millions.

— Que prévois-tu de faire ? me demanda Kasen.

Je lui souris.

— Je prévois de jouer au poker.

CHAPITRE

Huit

Nyx

— Tu vas faire un malheur.

Je reportai mon attention sur Stevie qui se postait à mes côtés.

— Oh que oui.

Souriant, je m'appuyai contre un mur, dans un coin caché de l'une des deux somptueuses suites du *Las Vegas Grand Palace Casino and Resort*.

C'était le point d'observation idéal pour profiter d'une vue imprenable sur les parties de ce soir et sur certaines des personnes les plus riches du monde jouant au poker avec de fortes mises. Les personnes présentes aux tables étaient des membres de la royauté, des stars de cinéma, des industriels, des milliardaires, et tout ce qui pouvait se trouver entre les deux.

Après la merde de la semaine dernière, je m'étais

démenée pour passer au crible ceux qui avaient été invités ce soir, en m'assurant d'apprendre absolument tout sur chacun d'entre eux. Peut-être qu'appeler certains de mes amis avec des relations qui donneraient probablement des cheveux gris à mon cher père et à mes frères en quelques secondes était un peu exagéré, mais je ne voulais pas prendre de risques.

Jamais plus je ne permettrai à une relation personnelle de nuancer mon opinion sur les gens. « Les affaires étaient les affaires. »

N'était-ce pas ainsi que mon abruti de fiancé l'avait formulé ?

Chacun de ces individus pouvait se rendre dans les salles VIP des nombreux casinos de la ville, mais aucune d'entre elles ne pouvait proposer le type de transactions secondaires qui se déroulaient à mes tables.

Il ne s'agissait pas des mises allant de quelques centaines de milliers à des dizaines de millions de dollars, sur lesquelles je prélevais un pourcentage, mais de ce qui se jouait entre deux parties de cartes, autour d'un cocktail ou lors d'une conversation.

Mes événements permettaient à des personnes qui n'auraient jamais pu se rencontrer en public de faire des affaires ou de prendre part à d'autres activités.

Si nous nous faisions prendre, nous serions tous dans de sales draps, mais personne ne dirait un mot. Nous avions tous trop de choses en jeu. Une réputation, un avenir en politique, un héritage, et pire encore, nous risquions des poursuites judiciaires fédérales et internationales.

— Une fois que tout le monde sera parti à la fin de la

soirée, me dit Stevie en me tendant un cocktail, je suggère que nous fermions boutique pendant au moins un bon mois. C'est trop tendu en ce moment, surtout avec ton fiancé bien déterminé à se glisser dans ton pantalon.

Prenant le martini, je bus à petites gorgées le puissant breuvage en fredonnant.

Akari était assise à une table à l'autre bout de la pièce, avec une lueur froide dans ses yeux sombres.

Elle attendrait que les enjeux augmentent de quelques centaines de milliers de dollars avant de passer à l'acte. Malgré toutes les fois où elle avait participé, les hommes à sa table n'arrivaient pas à faire abstraction de son apparence et de ses relations familiales, et sous-estimaient toujours sa ruse. Jusqu'à ce qu'elle les lamine.

Plus de puissance pour elle.

J'attendis qu'Akari gagne la main pour répondre :

— Pour ce que j'en ai à faire, Simon peut aller en enfer. Il a cru pouvoir me piéger pour que je couche avec lui. Qu'il aille se faire voir. Je ne suis pas inquiète. Il veut ce port, alors il va me laisser tranquille.

Je n'arrivais toujours pas à croire qu'il avait eu le cran d'essayer de me piéger.

Enfoiré.

Ensuite, il n'avait rien trouvé de mieux à répondre dans son texto que de me dire qu'il prévoyait de coucher avec moi la prochaine fois qu'il me verrait.

Abruti.

— Tony est d'accord avec moi. Pour l'instant, il vaut mieux que tu joues la fougueuse horticultrice qui aime les couteaux. *Silent Night* doit faire une pause. Ta double vie va t'attirer des ennuis.

— Je refuse de vivre dans la peur. Simon Christopher Drakos n'a aucun pouvoir sur moi.

— Tu peux te mentir à toi-même autant que tu veux, mais nous connaissons tous la vérité. S'il a vent de ça, le marché qu'il a passé avec ta famille ne changera rien. Il aura toutes les munitions nécessaires pour faire appliquer la clause de moralité du contrat.

— Ce sont des conneries archaïques.

Je croisai les bras, ressentant une furieuse envie de frapper Simon juste parce qu'il existait.

— Je partage tout à fait ton sentiment à ce sujet. Toutefois, cela ne change rien au fait que la clause fait partie du contrat. Tu ne peux pas être impliquée dans quelque chose de douteux. Et ça, ce n'est pas simplement discutable, mais carrément illégal.

— En dehors de coucher avec lui, tu as des suggestions pour régler ce problème ?

— Rien qui ne me vienne à l'esprit. Espérons que ton secret restera bien gardé, au moins encore pour une nuit.

— Que les dieux t'entendent !

À cet instant, mon téléphone vibra, annonçant l'arrivée d'un message.

Baissant les yeux, je grognai.

SIMON : *J'ai découvert un secret, Déesse. Tu veux savoir lequel ?*

— Qui est-ce ? demanda Stevie.

— Apparemment, les dieux n'écoutent pas mes prières ce soir.

— Ce qui veut dire ?

Je montrai le message à Stevie, qui éclata de rire.

— Tu vas mordre à l'hameçon ? Pour quelqu'un de sa réputation, il semble avoir un côté joueur. Du moins avec toi.

L'ignorant, je tapai ma réponse.

MOI : *Je m'en fiche éperdument. Du moment que tu restes à New York, tu peux faire ce que bon te semble.*

Presque immédiatement, il répondit.

SIMON : *Qu'est-ce qui te fait croire que je suis à New York ? J'ai laissé entendre que j'étais revenu à Vegas lors de notre dernière conversation.*

Un frisson me parcourut la colonne vertébrale.

MOI : *Laisse-moi reformuler : tant que tu restes loin de moi, je m'en fiche.*

SIMON : *Déesse, pourquoi resterais-je loin de toi ? Tu es ma fiancée. J'ai un grand intérêt pour toi.*

MOI : *Peu importe. Je suis occupée. Trouve quelqu'un d'autre à ennuyer.*

SIMON : *Trop occupée pour discuter du secret que j'ai découvert ?*

MOI : *Je m'en moque.*

SIMON : *Si c'est comme ça que tu veux la jouer… Je crois que tu devrais aller répondre à ta porte.*

La sonnette de l'ascenseur du penthouse retentit, et je me figeai.

Je jetai un regard à Stevie.

— Je croyais que Drago avait décliné l'invitation ?

— Il l'a fait.

Stevie fit un signe de tête à l'équipe de sécurité, et ils se mirent en position le long du couloir menant à l'entrée principale de la suite.

Elle et moi nous rendîmes au bar où nous gardions des moniteurs pour voir les ascenseurs.

Simon fixait la caméra. Comme s'il ne doutait absolument pas que c'était moi qui le regardais en ce moment.

Il était venu seul.

Encore une autre manière de dire qu'il ne craignait pas l'issue de cette soirée.

Les yeux toujours rivés sur l'objectif qui le filmait, il tapa sur son téléphone et un autre message arriva sur le mien.

SIMON : *Que dirais-tu d'une partie privée, Déesse ?*

Les battements de mon cœur rugirent dans mes oreilles et un vertige menaça de m'engloutir.

Ses lèvres se courbèrent aux commissures, offrant à la caméra un dernier sourire en coin avant qu'il ne s'avance vers le clavier. Il tapa un code et les portes de l'ascenseur s'ouvrirent.

— Tu ne crois pas que Drago lui aurait donné les informations, n'est-ce pas ? me demanda Stevie en posant une main sur mon épaule.

— Non, il ne m'aurait jamais trahie.

Ma relation avec Akari et la petite-fille de Drago, Lana, faisait de moi un membre honoraire de la famille, mais je l'avais aussi aidé sur un projet personnel nécessitant mes compétences horticoles.

Ce qui ne pouvait vouloir dire qu'une chose : c'était l'œuvre de l'un de ses petits-fils. J'aurais parié sur Sota.

Il ne s'était toujours pas remis du fait que j'avais refusé

de lui rendre sa Viper après qu'il l'avait perdue au cours de l'une de nos parties de poker mensuelles.

Ce n'était pas ma faute s'il était devenu arrogant et qu'il avait parié ce foutu truc.

— Tu vas gérer, me dit Stevie pour tenter de me rassurer, mais nous savions qu'en dépit de ses bonnes intentions, c'étaient des conneries.

Les portes de l'ascenseur s'ouvrirent sur le penthouse et, aussitôt, j'eus l'impression d'être à court d'oxygène.

Un frisson me parcourut l'échine quand j'entendis le timbre profond de sa voix qui disait :

— Je suis ici pour voir mon adorable fiancée. Je suis sûre qu'elle ne verra pas d'inconvénient à ce que j'observe.

— Laissez-le passer, murmura Stevie dans le micro à son poignet.

Quelques secondes plus tard, Simon arriva.

Doux Jésus. Pourquoi fallait-il qu'il soit aussi beau ?

Le costume noir, taillé sur mesure, mettait en valeur son corps bien musclé, et le col ouvert de sa chemise laissait entrevoir les tatouages gravés sur sa peau. Il dégageait une aura de danger contenu que je n'aurais pas dû trouver si séduisante.

Je resserrai les doigts autour du téléphone dans ma main quand il reporta son attention sur moi.

— Je t'ai eue, mima-t-il.

— Tu disais quoi sur le fait qu'il n'avait aucun pouvoir sur toi ?

Je fixai ses yeux verts, avec l'impression qu'il tenait tout mon monde dans ses mains. Non, ce n'était pas ça. Il le contrôlait.

Au lieu de répondre à Stevie, je restai figée sur place alors que Simon venait vers moi. La lueur sauvage dans son regard me disait qu'il me tenait exactement comme il le voulait. Captive, et à sa merci.

Une faible pulsation de désir se mit à palpiter entre mes jambes, et mes mamelons pointèrent.

Je ne savais pas si j'avais envie de fuir ou de tenir bon. Dans tous les cas, une chose était sûre, je n'allais pas en sortir indemne.

Il s'arrêta à quelques centimètres de moi, sans se soucier du nombre de personnes qui s'intéressaient à qui il était et à ce qu'il faisait dans cette pièce.

Il prit le portable que je tenais dans ma main et le rangea dans la poche de sa veste.

— Tu es à moi, Déesse.

Ma peau se couvrit de chair de poule.

— Pourquoi tu n'arrêtes pas de m'appeler *déesse* ?

— Nyx est la déesse de la nuit, dit-il en prenant mon visage entre ses mains, faisant courir son pouce sur mes lèvres. Et tu diriges *Silent Night*.

— Et qu'est-ce que ça fait de toi ?

Il se pencha vers l'avant comme s'il allait m'embrasser, mais s'arrêta à un cheveu de moi.

Ses pupilles ne devinrent pas plus froides, mais calculatrices.

— Comment m'appelle-t-on dans notre monde ? Je trouve que c'est approprié dans notre cas.

Ma respiration se fit laborieuse.

— Je suis ton maître du destin et des ténèbres.

— Tu crois que les ténèbres contrôlent la nuit ?

— Ces ténèbres le font. Elles contrôlent aussi leur destin.

— Simon, s'il te plaît, ne fais pas ça.

— Ne pas faire quoi ? Te faire jouir pour l'année à venir, ou faire jouer la clause de moralité ?

Avant que je ne puisse répondre, Akari arriva derrière nous.

— Je vois que tu t'es incrusté dans notre soirée privée.

— On dirait bien.

— Je suggère que vous ayez tous les deux une conversation sur le dépucelage et l'année à venir lors d'une partie privée à la fin de la soirée. Vous attirez l'attention.

La prise de Simon sur mon visage se resserra pendant une fraction de seconde tandis qu'il continuait à me regarder dans les yeux, et pour la première fois depuis que j'avais rencontré Akari, j'avais vraiment envie de l'étrangler.

— Je crois que c'est une idée parfaite, madame Ota, répondit-il en caressant ma lèvre inférieure de son pouce. J'apprécierais d'avoir également des informations supplémentaires au sujet de ma future femme.

— As-tu perdu tout intérêt ? lui demandai-je. Les hommes comme toi ne veulent-ils pas de femmes expérimentées ?

— Absolument pas. Cela signifie simplement que je n'aurai pas à effacer qui que ce soit de ta mémoire et que je pourrai t'apprendre tout ce que tu auras un jour besoin de savoir.

Il recula, et l'absence de son toucher me laissa une sensation de froid sur la peau.

— Je vais rester près du bar et observer comment la

maîtresse de *Silent Night* opère. On se voit à la fin de la soirée, Déesse.

Serrant les dents, j'agrippai le poignet d'Akari et la traînai en direction de ma banquière, Natty.

— C'est quoi, ton problème ? Tu avais vraiment besoin de balancer ça ?

— J'essayais d'aider. Je pensais que ça l'effraierait.

M'arrêtant quelques pas avant de rejoindre Natty, je jetai un regard furieux à Akari.

— Apparemment, ton plan s'est retourné contre moi.

— Cela valait la peine de tenter le coup, justifia-t-elle en haussant les épaules. Au moins, c'est dit. Tu ne l'aurais pas forcément partagé avec lui de ton plein gré.

— Tu n'en sais rien.

Elle leva les yeux au ciel, puis marmonna :

— Conneries.

— Je vais t'ignorer maintenant. J'ai du boulot.

Me tournant vers Natty, j'attendis qu'elle me remette son habituel compte-rendu des totaux actuellement en jeu aux tables.

— La recette est meilleure que ce à quoi nous pouvions nous attendre, m'annonça Natty en me tendant une enveloppe rouge.

Ouvrant le rabat, j'en sortis un papier et lus le nombre inscrit.

69,3 millions, sans les *buy-in*.

Eh bien, d'accord.

Simon était sur le point d'avoir une bonne idée de mon mode de fonctionnement.

Je jetai un coup d'œil dans sa direction, et en eus le souffle coupé.

Appuyé sur un coude au bar, il tenait un verre de liquide teinté de rouge, la réserve spéciale de Firewater de Penny que j'avais apportée pour ce soir.

Il avait retiré sa veste de costume, l'avait jetée sur le dossier de sa chaise et avait retroussé ses manches, révélant les tatouages sur ses bras ainsi que les muscles définis qui révélaient qu'il n'était pas qu'un homme assis derrière un bureau, mais quelqu'un qui utilisait ses mains très souvent.

Et ses mains…

Bon sang, comment pouvais-je être attirée par ses mains ? C'était peut-être à cause de leur force quand elles m'avaient tenu les poignets.

Cet homme m'embrouillait l'esprit et, maintenant, j'étais dans un sacré pétrin.

Il m'étudiait comme un prédateur traquait sa proie. C'était comme s'il voulait que j'aie un faux sentiment de sécurité, tout en sachant que je n'avais aucun moyen de m'échapper.

Quiconque jetait un coup d'œil dans sa direction savait qu'il avait jeté son dévolu sur moi. Et, pour une raison insensée, cela m'excitait.

Doux Jésus. Était-il obligé de me regarder ainsi ?

— Qui est-ce ? s'enquit Natty. Je n'ai jamais vu un homme vous retourner comme ça.

— Son abruti de fiancé, répondit Akari à ma place.

Natty toussa.

— Son quoi ?

— Vous avez bien entendu, dit Akari en se rapprochant de moi. Notre amie est fiancée.

— Attendez, commença Natty en posant une main sur mon bras, alors que je gardais les yeux rivés sur ceux de Simon. Il y a moins d'un mois, vous vous êtes plainte de désirer un homme que vous ne pouviez pas faire fuir. Et aujourd'hui, vous allez vous marier. C'était rapide.

— C'est l'euphémisme de l'année ! conclut Akari.

Simon porta son verre à ses lèvres, puis avala l'alcool avant de hausser un sourcil en signe de défi.

Cet enfoiré jouait à la bataille de regards.

Il voulait que je détourne les yeux.

Et pourquoi est-ce que je trouvais ça torride à ce point ? J'avais perdu la tête.

— Eh bien, je suppose que vous avez eu ce que vous vouliez.

— Ce qui veut dire ? demandai-je, sachant qu'il fallait que je me glisse dans la conversation, faute de quoi Akari continuerait d'ajouter son grain de sel.

Simon reposa son verre sur le dessus du bar sans détourner son regard du mien. Il y avait quelque chose dans ses iris vert foncé qui accélérait mon pouls. J'avais presque l'impression qu'il se préparait à bondir à tout moment.

— Ce n'est pas quelqu'un que vous pouvez effrayer. En fait, il est peut-être du genre à donner autant qu'il reçoit. Peut-être même plus.

Les paroles de Natty me firent l'effet d'un seau d'eau froide sur ma libido, attirant mon attention sur elle, brisant ma concentration sur Simon.

Merde. L'enfoiré avait gagné. Comme tout le reste ce soir.

Après avoir pris une grande inspiration, je déclarai :

— Je crois que nous devrions nous occuper de nos invités, et non de ma vie privée.

— Apparemment, j'ai touché une corde sensible, dit-elle, d'un ton qui laissait entendre qu'elle avait surpris l'interaction entre Simon et moi. Pour info, les étincelles qui jaillissent entre vous deux depuis qu'il est entré auraient pu mettre le feu à la pièce.

— Je suis parfaitement d'accord avec vous, Natty.

Je jetai un regard noir à Akari.

— Pourquoi sommes-nous meilleures amies ?

— Parce que personne d'autre ne pourrait te supporter.

Neuf

Simon

Une vierge.

Au début, je n'étais pas certain d'avoir correctement interprété les propos d'Akari Ota. Puis, quand Nyx les avait confirmés en évoquant une perte d'intérêt de ma part, j'avais eu l'impression qu'elle m'avait asséné un coup de poing dans les tripes.

À notre époque, comment avait-elle pu rester sans amant jusqu'à plus de vingt-cinq ans ? D'un autre côté, elle avait quatre frères surprotecteurs et un père que l'on connaissait sous le nom du Chirurgien Mykos. Si ça, ce n'était pas un moyen de dissuasion, je ne voyais pas ce qui pouvait l'être.

Même quand j'étais vierge, l'idée d'être avec une fille qui l'était ne m'avait jamais traversé l'esprit. Bon sang, ma première fois s'était déroulée avec la sœur d'un de mes gardes du corps, une étudiante qui voulait « entraîner » l'héritier des Drakos pour l'avenir.

Et je me retrouvais là aujourd'hui, à envisager sérieusement de le faire.

Je fis tournoyer le liquide ambré dans mon verre.

Un homme meilleur s'arrêterait immédiatement. Un homme meilleur lui offrirait la liberté dont elle mourait d'envie, et la laisserait trouver son futur mari idéal. Mais personne n'aurait l'idée de me prendre pour un homme correct, encore moins un homme meilleur.

La réplique bâtarde de Gio Drakos, oui.

Un homme bien, non.

Il y avait quelque chose chez Nyx Mykos qui m'attirait vers elle, et l'idée de ne pas la toucher me semblait inconcevable.

Nous n'avions pas le choix. Durant l'année à venir, il fallait que je laisse les choses se faire.

C'était peut-être sa façon de me mettre constamment au défi ou de me dire d'aller me faire voir. Son tempérament m'excitait au lieu de m'énerver, comme cela aurait été le cas avec n'importe qui d'autre.

Bon sang, pourquoi me posais-je des questions ? J'avais les cartes en main dans cette partie. Je méritais un peu de plaisir, avec toutes ces conneries que je gérais au quotidien.

Nyx fit glisser ses longs cheveux noirs sur une épaule et se pencha pour murmurer quelque chose à l'oreille d'une femme âgée, couverte de bijoux valant autant que l'argent joué aux quatre tables proches d'elle.

Dans sa façon de gérer la salle, Nyx montrait une connaissance des goûts, des aversions, des nuances et de l'humeur de chacun.

Beaucoup de joueurs étaient issus de milieux susceptibles de causer à n'importe lequel des Mykos, sinon à tous, une ou deux crises cardiaques.

Le fait qu'elle semblait avoir charmé certaines des personnes les plus dangereuses au monde, comme s'il s'agissait d'amis de longue date, était un exploit en soi.

Pendant une fraction de seconde, je me demandai ce que cela ferait d'avoir à mes côtés une femme possédant les compétences de Nyx. Elle saurait comment gérer tout le monde autour d'elle. Personne ne pourrait croire qu'elle faisait partie du décor, ou qu'elle n'était qu'un délicat trophée à exhiber.

Non, je ne pouvais pas laisser mes pensées dériver dans cette direction. Une Mykos ne pourrait qu'apporter le chaos dans mon existence. Le bon choix, c'était une femme calme qui saurait où serait sa place. Pas des conneries de diablesse.

À ce moment-là, j'entendis beugler une voix au fort accent russe :

— Nyx, je t'en prie, dis-moi que ce n'est pas vrai. Tu m'as dit que tu n'avais pas de temps pour les relations, et, aujourd'hui, j'entends dire que tu es fiancée.

Je ressentis une pointe d'irritation et je cherchai Nyx dans la pièce. Je la retrouvai près d'un groupe d'hommes et de femmes rassemblés près d'une table haute. Parmi le groupe se trouvaient quelques membres de diverses familles mafieuses de toute l'Asie.

Celui qui venait de parler devait avoir la soixantaine, et portait une alliance. Je me rendis compte qu'il s'agissait de Petre Ivanov, le chef d'un conglomérat pétrolier basé à Moscou. Même si tout le monde savait que c'était vrai, personne n'aurait jamais affirmé ouvertement qu'il dirigeait également l'une des organisations les plus vastes et les mieux financées : la Bratva de Russie.

Oui, Tyler Mykos péterait les plombs s'il apprenait que sa petite sœur bavardait tranquillement avec un homme qui avait la réputation de boire le sang de ses ennemis.

Littéralement.

J'avais fait des conneries plutôt tordues, mais ma limite, c'était le cannibalisme.

Et le fait que Nyx semblait le faire manger au creux de sa main était un spectacle à voir.

Et qu'est-ce qui n'allait pas chez moi pour que cela m'excite de voir ça ?

Cette femme me faisait perdre la tête.

— Eh bien, je nourrissais des espoirs envers vous, mais, puisque vous êtes pris, je me suis rabattue sur quelqu'un d'autre.

Nyx leva les yeux et son rictus croisa mon air renfrogné.

— *Malaya moya*, viens marcher avec moi un moment. Je veux te demander quelque chose en privé, déclara le vieil homme.

C'était sans doute sa version du chuchotement, mais il parla assez fort pour que tout le monde autour de lui comprenne qu'il fallait aller se faire voir.

Comme si c'était un signal, les gens se déplacèrent, mais avec subtilité. Nyx glissa son bras dans le sien et le guida loin du groupe. À son tour, Petre manœuvra pour qu'ils viennent vers moi.

Le vieil homme voulait que j'entende sa conversation. À mon avis, il voulait me prévenir de me tenir éloigné de Nyx, comme tout le monde l'avait fait aujourd'hui.

— Est-ce qu'il s'est passé quelque chose qui vous inquiète ce soir, Petre ?

— Non. C'est toi qui me préoccupes. J'entends des choses.

— Qu'avez-vous entendu ?

— Je suis là depuis longtemps, *Zaychik*. Je sais comment fonctionnent les familles comme les nôtres. Si ce mariage n'est pas une chose que tu désires, tu n'as qu'un mot à dire, et j'y mettrai un terme. Drakos ne me fait pas peur.

Le dos de Nyx se redressa, et je ne doutais pas qu'elle avait envie de jeter un coup d'œil vers moi par-dessus son épaule.

— Sa présence ici devrait vous apporter toutes les réponses dont vous avez besoin.

— Alors, il accepte qui tu es et ce que tu fais ?

— Aussi bien que tout homme dans sa situation le pourrait.

— Alors, j'espère que tu viendras me voir si les choses changent. Pendant que Jackson joue les entremetteurs, sache que j'ai choisi mon camp. En fait, ma famille a choisi son camp quand mon oncle Victor a volé Julia au premier Drakos.

Merde alors !

Voilà qui levait le mystère sur qui avait aidé la première héritière Mykos et son amant à se cacher aux yeux du monde. En tant que membre de la Bratva, il aurait pu disparaître, et personne n'en aurait rien su. Il était impossible que les Mykos aient été au courant de ce lien.

Auraient-ils pu l'aider à échapper au mariage et à faire croire qu'elle s'était enfuie ?

Nyx toussa et posa une main sur l'avant-bras d'Ivanov.

— Redites-moi ça ?

— Allons donc. Il faut que tu saches que les choses du passé ne sont pas toujours telles qu'elles sont présentées.

— Je ne vous suis pas.

Si ce qu'Ivanov sous-entendait était vrai, cela démontrait au moins que Nyx ne savait rien de l'histoire de sa famille.

— Dans une famille où les filles et les sœurs sont rares, les pères et les frères sont prêts à tout pour les protéger. Surtout quand il s'agit de lier cette fille à une famille réputée pour sa cruauté et son exigence implacable.

Les paroles d'Ivanov me transportèrent dans le temps, au cours d'une des nombreuses leçons que *Pappous* m'avait données sur le fait qu'il avait échoué quelque part, et élevé des hommes Drakos faibles, qui ne savaient pas gouverner à la manière de leurs prédécesseurs, et qu'il s'assurerait de corriger son erreur avec moi.

— Êtes-vous en train de me dire que tout ce que j'ai cru depuis ma naissance est un mensonge ?

— C'est à toi d'en décider. Mais je ne te conseille pas de poser la question à ta famille, faute de quoi, tu serais amenée à dévoiler qui t'a donné cette information, et cela pourrait mener à d'autres interrogations. N'est-ce pas ?

Elle soupira, puis hocha la tête comme si elle acceptait la vérité des paroles d'Ivanov.

— Cela signifie-t-il que, ma grand-tante étant aussi votre tante, d'une manière très grecque, nous sommes de la même famille ?

— D'une manière très russe, tu es de la famille. Et je veille sur les miens.

Son intonation ne souffrait aucune discussion, passant de la légèreté aux ordres et à l'attitude paternaliste.

— Est-ce pour cela que vous vouliez que Simon entende toute cette conversation ? Parce que vous veillez sur moi ? Vous vous assurez que je ne m'attire pas trop d'ennuis ?

J'avais envie de rire de son audace. Cette femme ne se laissait pas faire.

Le visage d'Ivanov se radoucit et un léger sourire effleura ses lèvres.

— Puisque tu caches tant de choses à tes frères et à ton père, je me sens le devoir de m'assurer que ceux qui t'entourent savent que tu as des relations haut placées.

— *Spasiba,* répondit Nyx en se redressant pour embrasser la joue d'Ivanov. Vous n'avez pas besoin de vous inquiéter pour moi. Ça va aller.

— Pour ton bien, j'espère que tu as raison, dit le vieil homme en me jetant un regard servant d'avertissement. J'espère vraiment que tu as raison.

⁎⁎⁎

Aux alentours de 3 h 30 du matin, tous les joueurs, y compris Akari, avaient depuis longtemps quitté le penthouse. Une équipe de nettoyage, comme je n'en avais jamais vu auparavant, travaillait pour que la suite de près de quatre cent soixante-dix mètres carrés soit comme elle était avant l'événement de la soirée. Ils se déplaçaient comme dans une danse bien chorégraphiée, les uns autour des autres, conscients des attentes et des exigences de Nyx. Ils étaient également habillés comme les autres clients de l'hôtel, et non comme une équipe de ménage.

Nyx se tenait en face de moi, de l'autre côté de la pièce, absorbée dans une conversation avec sa responsable de la sécurité et sa banquière. Quelques instants plus tôt, elles étaient sorties de la chambre principale après avoir finalisé les comptes de la soirée.

Un montant que j'estimais proche d'un quart de la valeur totale du fonds dont elle hériterait à la fin de nos fiançailles.

Pas étonnant qu'elle me l'ait proposé. Elle n'en aurait pas besoin, si cette soirée était représentative du genre de bénéfices qu'elle réalisait chaque fois qu'elle organisait un événement *Silent Night*.

Ce qui me fit me demander combien valait réellement ma fiancée. Et pourquoi elle creusait dans la terre et avait un emploi ordinaire alors qu'elle pouvait passer ses journées à se détendre et à profiter de sa vie ?

Cette femme m'embrouillait totalement.

Comme si elle avait entendu mes pensées, elle leva les yeux sur moi pendant une brève seconde avant de reporter son attention sur le groupe devant elle. Une légère chaleur colora ses joues, me laissant deviner qu'elle sentait le temps filer avant que nous nous retrouvions seuls et que nous menions notre discussion privée.

Elle avait beau vouloir le nier, il se serait passé quelque chose entre nous, que j'aie découvert son secret ou non. Cette attirance était viscérale.

Au bout du compte, nous nous serions retrouvés dans une situation où nous aurions fini par nous sauter dessus sans ménagement.

Mais, avec ce que je savais sur elle, je devrais y aller plus doucement, la séduire. Faire en sorte qu'à l'avenir elle compare à moi tout homme qu'elle accueillerait dans son lit.

Cependant, à cet instant, l'idée qu'elle se retrouve avec un autre me donnait envie de frapper quelque chose.

Décidant que j'avais suffisamment patienté, je me levai et avançai vers Nyx.

Ses yeux couleur onyx se plantèrent dans les miens, avec un mélange de méfiance et, si je ne me trompais pas, de curiosité. Les gens qui l'accompagnaient se dispersèrent pour terminer ce qu'elles avaient à faire.

— Combien de temps avant notre partie privée ? lui demandai-je en m'approchant.

Elle se lécha les lèvres, et sa respiration devint instable.

— Je n'étais pas sûre que tu sois sérieux.

— Je suis toujours sérieux quand il s'agit de poker. Je perds rarement.

— Je peux en dire autant. Mais ces jeux ne sont pas figés.

— Déclarerais-tu forfait avant même qu'une carte ne soit distribuée ?

Un feu éclaira son regard.

— Hors de question. Je vais préparer une partie sur la table à manger.

— Bien, dis-je en tendant la main pour passer un pouce sur sa pulpeuse lèvre inférieure. Quand est-ce que tout le monde partira ?

Elle déglutit alors que ses pupilles se dilataient.

— D'ici cinq minutes environ. Stevie et l'équipe font un dernier balayage du penthouse, ensuite, elles s'en iront et verrouilleront tous les accès de la suite, y compris l'ascenseur.

— Je pensais que tu tenterais de t'enfuir.

Elle releva le menton, un pli barrant son front.

— Je ne fuis rien.

— Tu pourrais changer d'avis.

— Et on ne m'effraie pas facilement.

— Nous verrons.

— Oh que oui !

Elle se retourna, mais je saisis son poignet.

— Ivanov t'a offert une porte de sortie. Pourquoi ne l'as-tu pas saisie ?

Elle me gratifia d'un sourire calculateur qui me donnait envie de lui montrer ce qu'elle pouvait faire avec sa bouche pulpeuse.

— Il voulait que tu entendes la conversation.

— Il n'est pas connu pour parler à tort et à travers. Tout ce qu'il fait, il le fait dans un but précis. Il y a une raison pour laquelle il a attendu pour te dire la vérité sur le passé, et pour l'avoir fait près de moi.

— Oui, pour t'effrayer.

— Je crois avoir déjà établi qu'on ne m'effraie pas facilement. En fait, je suis plus intrigué que jamais.

Je fis glisser ma main de son poignet vers son coude, puis vers son épaule, puis la posai sur sa nuque.

La brusque inspiration et la chair de poule qui lui hérissait les poils me procurèrent un sentiment de triomphe dans cette lutte de pouvoirs que nous semblions avoir entamée.

— Tu n'as pas répondu à ma question, Nyx.

— Tu veux dire, à propos de Petre ? dit-elle en posant sa paume sur mon torse.

— Oui.

— C'est simple : je ne me cache pas derrière les autres quand il s'agit de mes défis. Ni mon père, ni mes frères, ni personne.

— Je suis un défi ?

Je me penchai vers l'avant, frôlant sa lèvre inférieure avec mes dents, observant ses cils qui se fermaient un instant.

— Sans le moindre doute, répondit-elle dans un murmure rauque.

Quelqu'un s'éclaircit la gorge derrière nous, poussant Nyx à s'écarter aussitôt de moi. Son visage rougit sous le coup de l'excitation et de la gêne.

— Nous allons fermer et vous laisser tous les deux à votre… partie privée, annonça la responsable de la sécurité de Nyx, en nous offrant à tous les deux un sourire en coin.

— Merci.

Nyx suivit son équipe jusqu'à l'ascenseur, parlant à voix basse avec Stevie.

Quelques minutes plus tard, elle revint, l'appréhension gravée sur son visage.

— Prête à distribuer, Madame Mykos ?

Nyx

Mon cœur tambourinait dans mes oreilles tandis que nous nous dévisagions, chacun de notre côté de la pièce.

Peu importe la main que je jouais ce soir, l'issue restait la même.

Je perdais.

Bon sang, la partie avait commencé et s'était terminée au moment où il avait fixé la caméra et tapé le code des portes de l'ascenseur.

Tout ce qui s'était passé depuis, c'était qu'il avait joué avec moi, observé mes réactions, fait monter les enchères et m'avait manipulée.

C'était le summum de la manipulation mentale.

Il me tenait depuis le moment où je l'avais vu dans le jardin botanique, quand j'avais été à genoux.

Le fait que je sois plus excitée que je ne l'avais jamais été de toute ma vie m'énervait au plus haut point.

Parmi tous les hommes du monde, pourquoi les dieux avaient-ils décidé que ce serait lui qui me déclencherait ce genre de réaction ?

On pouvait me faire confiance pour trouver un abruti attirant.

Chaque petit contact m'attirait, chaque regard, chaque interaction, comme s'il voulait que j'aie envie de lui, que j'aie besoin de lui.

Abruti.

— Rien à dire, Nyx ?

— Qu'y a-t-il à dire en dehors du fait que je n'ai absolument aucune chance de gagner ?

— Comment le saurais-tu sans même avoir distribué les cartes ?

Je déglutis pour soulager ma gorge sèche.

— Parce que tu as truqué ce jeu au moment où tu as su pour moi.

— C'est à ce moment que ça s'est passé ?

Bon sang, il venait de l'admettre. Il n'était pas menteur. Je pouvais le lui accorder.

— Pourquoi me voudrais-tu, quand tu as toutes ces femmes qui se pâment devant toi ?

Il se rapprocha de moi, et ma respiration devint haletante.

— Parce que l'idée de me glisser dans ta bouche… dans ton sexe… dans tes fesses, me hante depuis que je t'ai vue, à genoux dans ce jardin botanique.

Des images de tout ce qu'il venait de dire fleurirent dans mon esprit, et je ne pus m'empêcher de me lécher les lèvres.

Plus il se rapprochait de moi, plus mon pouls s'emballait dans ma poitrine. Je sentis un vertige s'emparer de moi ainsi qu'un besoin de fuir, de m'échapper.

Au lieu de cela, je lui dis :

— Tu veux épouser une autre femme, alors comment peux-tu espérer que je sois d'accord avec ça ?

Ses mains agrippèrent ma taille et il me fit reculer jusqu'à me plaquer contre le mur.

— Qui dit que tu as le choix ? Tu veux sortir de ce mariage avec une réputation impeccable pour toi et ta famille, alors je t'aurai quand, où, et comme je veux pendant un an.

Inclinant la tête vers le haut, j'essayai de me concentrer sur son visage, et non sur la folle excitation et la panique qui parcouraient mon corps.

— Et, ensuite ?

— Tu pourras vivre ta vie. Profiter de ton club secret, de ta liberté, dit-il, ses yeux verts perçants brûlant les miens. Nous allons nous envoyer en l'air jusqu'à l'épuisement, et je retournerai à New York pour épouser la femme que j'ai choisi d'intégrer à ma vie.

Je serrai les dents.

— Tu es un abruti.

— C'est un fait que je n'ai jamais nié. C'est sans doute la chose la plus délicate que les gens disent de moi.

— Je ne suis pas une traînée.

Je repoussai sa poitrine, et, tout aussi vite, il saisit mes bras et les plaqua au-dessus de ma tête.

— Tu seras *ma* traînée, déclara-t-il, son regard vert brûlant, et ses lèvres se retroussèrent avant qu'il n'ajoute : jusqu'à la fin de nos fiançailles.

Je pris conscience que je n'étais pas offensée par cette idée, ce qui faisait de moi une parfaite imbécile.

Le désir s'accumula entre mes replis intimes, tandis que les palpitations au creux de mon ventre devenaient une douleur presque insupportable. L'envie de serrer mes cuisses l'une contre l'autre s'intensifia au point que je dus m'obliger à rester immobile.

— C'est de l'extorsion.

— Techniquement, c'est du chantage.

— Du chantage, répétai-je.

— Oui, ça, c'est le mensonge que tu pourras te raconter à chaque fois que je te prendrai jusqu'à l'épuisement.

Il se pencha vers l'avant, se rapprochant de ma bouche jusqu'à la frôler.

— Tu ne diras pas que ton corps meurt d'envie que je le touche, ou que tu deviens dingue tant tu veux désespérément que je te fasse jouir, encore et encore. Ni que tu ne peux pas imaginer retrouver ta liberté monotone, sans un homme comme moi pour te dominer. À l'intérieur. Et, à l'extérieur.

Je n'arrivais pas à respirer. Mon Dieu, je ne pouvais pas respirer.

Comment pouvait-il connaître toutes ces choses de moi ?

Qu'est-ce qui m'arrivait ?

— Tu présumes trop de choses sur moi.

— C'est ce que tu crois, ou ce que tu voudrais croire ?

Il frôla la courbe sensible de mon cou de sa mâchoire couverte d'une barbe fine, faisant se dresser mes mamelons en pic durs et insupportablement douloureux.

— Tu ne sais rien de moi.

— En es-tu bien sûre ? Tout ce que j'ai à faire, c'est glisser mes doigts entre les replis moites de tes lèvres intimes pour te faire mentir.

Comme s'il entendait ses paroles, mon ventre se contracta, et le désir inonda ma culotte.

— Dis-moi que je n'ai aucun effet sur toi. Dis-moi que je suis comme n'importe quel autre type.

Il pressa son corps dur contre le mien, et son épais membre d'acier était comme une marque au fer rouge entre nous.

— Ça ne change rien, murmurai-je, la respiration haletante. Je ne te veux pas, et tu ne me veux pas.

En fait, peut-être que mon corps le voulait, mais il était hors de question que je le dise à haute voix.

— Qu'y aurait-il de mal à ce qu'on s'envoie en l'air pour étancher le désir, et qu'on poursuive nos chemins séparément ?

— Je ne te laisserai pas me piéger dans un mariage. Si quelqu'un découvre que nous avons couché ensemble, tu auras tout à gagner.

— N'as-tu pas encore compris, Déesse ?

— Compris quoi ?

— Tu n'as pas d'autre choix que d'aller jusqu'au bout.

Il fit glisser sa bouche contre la mienne.

Je dus rassembler toutes mes forces pour ne pas gémir.

— Pour ta liberté, pour la part du fonds qui revient à ta famille. Tu m'appartiens pour l'année à venir.

Il me mordit la lèvre inférieure, lui infligeant une piqûre délicieusement perverse que je ressentis au plus profond de moi.

— Et quant à la question de te piéger… Si tu as réussi à garder le secret sur tes clubs, je suis certain que nous pourrons avoir une liaison sans que personne n'en sache rien.

Merde. Il fallait que je m'éloigne de lui. Il était bien trop puissant pour que je puisse réfléchir posément.

Je tirai sur mes bras, essayant de m'éloigner, mais sa prise se resserra et il releva la tête. Il posa sur moi ce regard pénétrant qui me disait qu'il avait vu bien trop de choses.

— Tu peux toujours dire non, et en assumer les conséquences. Je perdrai le port, mais pense à tout ce que ta famille et toi risquez. Es-tu prête à tout mettre en jeu ?

— Je te déteste.

— Je t'avais dit que ce ne serait pas la dernière fois que tu me le répèterais.

Je le fixai.

— Mais, tu veux savoir autre chose ? ajouta-t-il.

— Quoi ? demandai-je entre mes dents serrées.

— Je parie que tu es encore plus en colère contre toi-même, car l'idée que je te prenne t'excite, que je te dépucèle, comme l'a dit Akari, et que je te fasse jouir de toutes les manières possibles.

Refusant d'admettre qu'il y avait ne serait-ce qu'un mot de vrai dans tout cela, je lui dis :

— La seule raison pour laquelle je suis furieuse, c'est parce que je suis dans cette situation. J'ai réagi face à toi comme je l'aurais fait face à n'importe quel autre bel homme.

Le mensonge pesait lourd entre nous.

Une lueur de défi éclaira ses iris et mon rythme cardiaque s'emballa. Il lisait en moi sans le moindre effort. Il comprenait mes désirs.

Comment était-ce possible de se sentir à la fois piégée et d'avoir follement envie de le rester ?

Saisissant mes poignets d'une seule main, il fit glisser son autre large paume sur mon cou qu'il serra. La légère pression envoya une onde de choc dans mes mamelons, mon clitoris et mon sexe.

Oh, doux Jésus. Il m'en fallait plus.

Je haletai, puis un gémissement guttural m'échappa, trahissant tous les mots que je venais de prononcer.

— Dis-moi, Déesse, commença-t-il en resserrant les doigts sur ma peau. Combien d'hommes ont attiré ton attention d'un seul regard, ou t'ont donné envie de serrer tes cuisses l'une contre l'autre par une légère pression de leurs doigts sur tes poignets ?

Je fermai les yeux en sentant s'effondrer mes remparts sous les désirs de mon traître de corps.

— Tu as une trop haute opinion de toi-même.

— Ça s'appelle l'assurance. Je sais ce que je vaux. C'est ce que tu obtiendras de moi. Brut, pervers, indompté. Et une garantie.

— Laquelle ?

Il lécha ma lèvre inférieure.

— Je ne serai pas comme les autres amants que tu auras ensuite dans ta vie.

Je luttai de toutes mes forces pour retenir le gémissement que j'avais sur le bout de la langue.

Cette situation était mauvaise à bien des égards, mais il
avait tissé une toile autour de moi qui m'ôtait tout bon sens.

— Un an seulement. Tu gardes le silence sur tout, et,
ensuite, tu me rends ma liberté.

— Cela veut-il dire que tu es d'accord avec ma proposition ? demanda-t-il en posant son front contre le mien.
Regarde-moi dans les yeux, et dis-moi oui ou non.

Soulevant les cils, je plongeai dans ses iris vert
émeraude.

Cette attirance, cette luxure, ce besoin éperdu palpitait
dans tout mon corps. En d'autres circonstances, j'aurais
sauté sur l'occasion qu'il m'avait offerte.

— Quelle est ta réponse ?

— Tu le sais déjà. Est-ce que j'ai vraiment le choix,
comme tu l'as dit plus tôt ?

— Il y a toujours un choix.

— Simon, dis-je, incapable de cacher le désespoir dans
ma voix.

— Dis-le.

Ses doigts glissèrent le long de mon cou, entre mes
seins, faisant durcir mes mamelons, avant qu'il ne les pose
sur ma hanche.

Mon cœur tambourinait dans mes oreilles. Je me léchai
les lèvres et prononçai le mot qui scellerait mon futur pour
l'année à venir :

— Oui.

Il resta immobile, soutenant mon regard, comme pour
s'assurer qu'il avait bien entendu ma réponse.

Au moment où je commençais à croire que nous allions rester ici toute la nuit, il bougea.

Ses lèvres s'écrasèrent contre les miennes, me faisant haleter, embrasant mes pensées.

Bon sang, cet homme était comme un ouragan, mettant le feu à tous mes sens, inondant mon sexe de désir. Jamais je n'avais connu ça.

Il avait un goût incroyable, de cognac, avec un soupçon d'écorce d'orange mélangé à sa propre essence naturelle. J'avais eu beau essayer de l'ignorer, le souvenir de lui de la semaine dernière m'avait hantée, me donnant envie de le goûter. Ce baiser était comme un assaut de sensations. La pression de son corps, dur et excité, contre le mien constituait un mélange enivrant dont je deviendrais avide.

Sa langue roulait, me taquinait, me séduisait, m'amadouait et faisait grimper mon désir à un niveau insoutenable, comme il l'avait fait avec ses mots. Cet homme me submergeait, il m'enivrait ; c'était trop en même temps.

Il fallait que je reprenne un semblant de contrôle. C'était la seule manière de survivre à l'année à venir.

Je ne sais pas ce qui me prit, mais je rompis le baiser. Ignorant le fait que je haletai, en manque d'air, je lui ordonnai :

— Lâche mes mains. Je fais autant partie de ça que toi.

— Vraiment ?

Il afficha un sourire arrogant avant de libérer mes bras et de glisser ses mains le long de mon corps.

— Je crois qu'il faut qu'on établisse quelque chose.

— Quoi donc ? le défiai-je en posant les paumes sur ses épaules.

Il agrippa mes cuisses et me souleva contre le mur, tout en enroulant mes jambes autour de sa taille.

— En ce qui concerne cet accord, surtout en matière de sexe, tu ne seras jamais aux commandes. Mieux vaut t'y habituer.

— Nous verrons bien, d'accord ?

— Effectivement.

Il captura de nouveau mes lèvres, m'empêchant de répondre.

Merde.

Quelqu'un m'avait-il déjà embrassé comme ça avant ? En me dominant tout en me donnant tout.

Sa bouche dériva le long de mon cou, ma peau se couvrant de chair de poule dans son sillage. Mes mamelons se tendirent et de petits spasmes secouèrent mon intimité. Je m'agrippai à ses épaules, plantant les talons dans ses fesses, et écrasai mon clitoris douloureux sur la crête dure de l'épais renflement de son sexe, recouvert de tissu.

Un faible râle vibra dans sa gorge, provoquant une envie désespérée, différente de tout ce que j'avais connu auparavant.

Qu'est-ce qui m'arrivait ?

Il semblait y avoir un lien direct avec ma libido.

Je ne m'étais même pas rendu compte que nous étions arrivés dans la chambre principale, jusqu'à ce que je me retrouve à chevaucher les cuisses de Simon alors qu'il était assis sur le lit, et jusqu'à ce que mon corps sensible se frotte contre son torse dur.

La lumière féroce dans ses yeux émeraude, ajoutée au rougissement de son visage et à la présence dure de son érection contre mon string humide, me fit l'effet d'être une proie sous le regard d'un prédateur. Je ne savais pas si je devais fuir ou l'attirer plus près de moi.

Il pétrit les muscles de mes hanches et de mes cuisses.

— Tu es à moi, maintenant.

— Qu'est-ce que ça signifie ?

Il répondit en faisant glisser ses paumes sur mes flancs avant de s'emparer de mes seins dans un geste possessif et de pincer mes mamelons à travers le tissu de ma robe.

— Oh, mon Dieu, gémis-je en me cambrant sous l'effet du plaisir mêlé de douleur de son toucher.

— Ça signifie que… commença-t-il avant d'intensifier la pression sur mes bourgeons tendus, augmentant l'euphorie qui envahissait mon esprit. Que ce corps est à moi pour l'année à venir, et que je pourrai lui faire toutes les choses cochonnes et dépravées que je voudrai.

Ses doigts parcoururent la fermeture éclair de ma robe, l'abaissant jusqu'à ce qu'elle s'arrête à l'ourlet, ouvrant le vêtement et dévoilant mes sous-vêtements.

— Pour une femme qui n'a jamais eu d'amant, tu portes de la lingerie terriblement sexy.

La façon dont ses yeux s'assombrirent, se réchauffant presque jusqu'à l'état de fusion, avant de me dévorer du regard, me fit frissonner.

— J'aime les jolies choses. Je les porte pour moi.

Sa voix était marquée par l'excitation quand il me répondit :

— Maintenant, ce sera pour moi aussi.

Il repoussa ma robe, puis m'attira vers lui et fit

descendre sa bouche le long de mon cou, sur ma clavicule et dans le creux de mes seins.

Oh, doux Jésus.

Ma peau me brûlait, partout où il me touchait, et j'en voulais plus.

Je fermai les yeux et m'agrippai à ses épaules musclées, il fallait que je m'accroche à quelque chose.

— Simon, qu'es-tu en train de me faire ?

— Je te séduis, murmura-t-il en dégrafant mon soutien-gorge et en me l'ôtant.

Il se remit à taquiner et à triturer mes mamelons, me procurant un mélange enivrant de presque trop et pas assez de sensations.

— Qu'as-tu fait pendant cette semaine ? haletai-je.

Il m'adressa un sourire malicieux.

— Je préparais un piège.

— Eh bien, tu m'as attrapée. Tu n'as pas besoin de me séduire.

Empoignant mes cheveux, il fit basculer ma tête en arrière.

— C'est là que tu fais erreur. La séduction est toujours importante. Peu importe qu'il s'agisse d'un coup rapide et obscène pour évacuer le stress, ou de rapports sexuels lents et paresseux le matin. Si la séduction n'est pas là, le type ne vaut pas la peine que tu perdes ton temps avec lui.

— Alors, tu vas me former au type d'amants que je devrais rechercher à l'avenir ?

— Quelque chose comme ça, dit-il, alors même qu'un éclair d'irritation passait dans ses yeux. Mais, pour l'instant, le seul amant auquel tu dois penser, c'est moi.

C'était totalement surréaliste d'avoir une conversation aussi décontractée et de savoir que cette relation, ou peu importe ce que c'était, avait un terme défini.

Et comment, au cours des cinq dernières minutes, j'avais accepté cette folie.

Toutes mes pensées cohérentes se volatilisèrent à la seconde où Simon posa ses grandes mains sur mes hanches et me plaqua contre son membre épais et dur, puis le frotta de haut en bas sur mon clitoris enflammé.

— Es-tu avec moi, Déesse ?

— Ou… oui, gémis-je en m'agrippant à ses bras et en fermant les yeux, totalement perdue dans ces sensations qui parcouraient tous mes nerfs.

— Retire-moi ma chemise.

Cet ordre simple accéléra les battements de mon cœur.

— D'accord.

Je glissai de ses genoux et lui tendis la main.

Il étudia ma paume d'un air curieux avant d'y glisser la sienne et de me lever.

Avec des doigts tremblants, je tirai sa chemise de la ceinture de son pantalon et la déboutonnai lentement, sans comprendre pourquoi je me sentais si nerveuse. À mesure que chaque centimètre de sa peau dorée se dévoilait, ma respiration devenait instable et le désir qui palpitait au plus profond de mon ventre grimpait en flèche. L'excitation imprégnait ma culotte, et je ressentais le besoin urgent de serrer mes cuisses l'une contre l'autre.

Je savais, sans le moindre doute, qu'il était bien conscient de ma réaction à son égard.

Le corps de cet homme était exactement comme je l'imaginais.

Parfait. Non, le mot ne convenait pas. Incroyable.

Il avait des bras affinés et sculptés, et des abdominaux musclés que j'avais envie de caresser. Sa peau était couverte de tatouages comme de cicatrices, des petites et d'autres bien plus grandes. Ce n'était pas le corps de quelqu'un qui travaillait avec un entraîneur personnel, mais celui d'un type qui se tenait aux côtés de ses hommes.

Il retira ses chaussures avec les pieds et posa mes mains sur sa ceinture.

— Maintenant, le reste.

Je déglutis, essayant de repousser mon incertitude qui bouillonnait en moi.

Je n'étais pas tout à fait inexpérimentée, mais aucun des hommes avec qui j'avais batifolé n'égalait Simon. Bon sang, si cela avait été le cas, je ne serais sans doute plus vierge aujourd'hui.

J'étais perdue avec lui. Il me donnait envie de lui alors même que j'aurais dû le détester.

Il me dévorait de son regard affamé tandis que je lui retirais méticuleusement sa ceinture et son pantalon. La présence lourde et dure de son sexe à chaque étape était un rappel de la manière dont la nuit allait se terminer.

C'était comme s'il savait que prolonger l'inévitable intensifierait mon excitation. Il jouait avec mon esprit avant de jouer avec mon corps.

— Continue, m'enjoignit-il quand il ne resta plus que son caleçon.

En prenant une respiration hésitante, je repoussai le tissu de ses hanches.

— Et maintenant ? lui demandai-je, mais j'avançai, le prenant entre mes doigts, le caressant de la base à la pointe.

Il était dur, lisse et chaud. Tout à la fois.

Il rejeta la tête en arrière, et un gémissement guttural s'échappa de ses lèvres tandis que son bras s'enroulait autour de ma taille.

— Tu joues avec le feu, Déesse. Et tu n'es pas du tout prête pour ça.

Je le caressai de haut en bas, savourant la sensation de sa longueur d'acier.

Il repoussa mes mains, me souleva, me fit basculer sur le lit et rampa au-dessus de moi.

— Est-ce qu'il faut toujours que tu contrôles tout ?

Il mordilla ma mâchoire, envoyant un frisson le long de ma colonne vertébrale.

— Oui. Je ne sais pas faire autrement.

— Ça va changer avec moi, murmurai-je en inclinant le cou pour le laisser frotter sa barbe contre ma peau sensible.

— Ça n'arrivera pas.

Il descendit plus bas, entre mes seins, taquinant et léchant mes mamelons, puis continua plus loin, mordant les muscles de mon ventre. Je gémis et haletai, puis criai quand il fit glisser ses dents le long de l'intérieur de ma cuisse.

Mon ventre se contracta en réponse à la pression — et je sus que j'étais en train de tomber dans un foutu bourbier — dont je ne ferais plus jamais l'expérience. Je voulais qu'il me morde. Je ne savais pas comment. Mais je le savais, tout simplement.

Avant que je ne puisse lui demander de faire de mes pensées une réalité, il tira mon string de mes hanches et m'écarta les cuisses, m'exposant totalement à sa vue.

— J'ai eu envie de te goûter toute la soirée. Maintenant, j'ai ma chance.

Les premiers coups de langue firent jaillir des halètements de mes lèvres, et les suivants me perdirent dans ce nouveau et délicieux plaisir. Simon effleura, encercla, taquina mon clitoris jusqu'à ce que je craigne de devenir folle, puis il plongea un doigt dans mon sexe trempé, le recourbant vers le haut.

Comme si mon corps attendait cette stimulation supplémentaire, j'explosai. Tout en moi se contracta et fut pris de spasmes. Mon esprit se troubla, tandis que l'euphorie se propageait dans toutes les cellules de mon être.

Simon introduisit un autre doigt en moi et fit des mouvements de va-et-vient, me forçant à chevaucher sa main tandis qu'il continuait à travailler mon sexe avec sa bouche. Il poussa mon orgasme plus haut, plus haut que je ne l'aurais imaginé.

— Simon, je ne peux pas. C'est trop.

M'ignorant, il poursuivit sa plaisante torture, me laissant à peine retomber avant de me faire atteindre une autre vague d'extase.

Chaque centimètre de mon corps était couvert de sueur, et je ne réussissais à respirer que de façon très superficielle. Je tirai sur ses cheveux, délirante, désirant qu'il s'arrête tout en le menaçant de le tuer s'il osait s'arrêter.

Quand il rampa au-dessus de moi, superbement nu, un préservatif sur son membre vraiment énorme, avec une faim que je n'avais jamais lue dans le regard d'aucun autre, la seule pensée qui me vint fut que je n'avais aucun regret.

Cela n'avait peut-être pas débuté comme je le voulais, mais il n'était pas un total abruti. Pas en matière de sexe, en tout cas.

— Nous irons lentement, me dit-il tandis que le sommet de son membre reposait contre l'entrée de mon intimité, humide et douloureuse.

Je ne pus m'empêcher de lui sourire.

— Tu sais que je me suis déjà masturbée.

Il plissa les yeux.

— Vraiment ?

J'agrippai sa nuque et l'attirai vers moi.

— Avec des jouets.

— Ah oui ?

Il s'avança, me faisant gémir quand un frémissement s'empara de mon ventre.

— Oui.

— Alors, tu veux dire que tu ne veux pas que je fasse mon chemin en toi ?

Il se glissa en moi, puis ressortit pour m'allumer.

Je plantai mes talons dans ses cuisses, essayant de le pousser à avancer.

— Si, merde !

— Alors, je suppose qu'il n'y a qu'une seule chose à dire.

Je plongeai dans ses iris émeraude.

— Quoi ?

— Tu m'appartiens maintenant, Déesse.

Il s'enfonça en moi jusqu'à la garde.

— Oh, merde ! m'écriai-je en me cambrant.

Cela n'avait rien à voir avec un vibromasseur, du tout. La sensation, la plénitude, la chaleur, la pulsation.

— Est-ce que tu vas bien ?

Simon me saisit la mâchoire, m'obligeant à le regarder.

— Bon sang, oui !

Ma réponse parut l'amuser, et il secoua la tête.

— C'est mieux que tes jouets ?

— Le verdict n'a pas encore été rendu.

— Alors, faisons en sorte que le jury statue en ma faveur.

Il plaqua ses lèvres sur les miennes et imposa un rythme destiné à me faire perdre la raison. Juste au moment où je crus que j'allais le supplier de me laisser jouir, il fit rouler ses hanches d'une façon parfaite, et j'explosai autour de lui en frémissant et en me contractant.

— C'est ça. Montre-moi à quel point tu aimes ça, ronronna-t-il dans mon oreille. Putain. Tu me serres si fort. Merde. Je ne peux pas me retenir plus longtemps.

Il glissa ses doigts dans mes cheveux, dans une prise presque brutale, tandis que son autre main s'emparait de ma cuisse, la tirant fermement contre sa taille. Son rythme changea, allant de plus en plus vite, presque comme si quelque chose se déclenchait en lui.

Et, pour une raison inconnue, cette perte de contrôle et l'intensité de ses yeux alors qu'il me fixait relancèrent mon orgasme faiblissant.

Quand je sentis ses dents effleurer mon cou, je criai :

— Simon, oui, s'il te plaît ! Mon Dieu, il m'en faut plus.

Je me cambrai et plantai mes ongles dans ses épaules, avide de ce qu'il faisait à mon corps.

Il glissa ses doigts entre nos corps jusqu'à mon clitoris, le pressant entre ses articulations. La douleur mâtinée de plaisir me propulsa dans une autre vague d'extase et poussa Simon à sa propre libération.

La dernière chose que je me souviens avoir entendue avant de perdre conscience fut :

— Dans quoi me suis-je embarqué ? Tu n'es pas censée aimer mes manières.

Simon

— Des nouvelles du chargement ? demandai-je à Kasen, alors que je descendais les dernières marches de mon avion sur le tarmac des jets privés de JFK.

Je boutonnai mon manteau pour tenter de parer au froid mordant de la fin janvier, me dirigeant vers ma voiture qui m'attendait.

— Il était exactement là où tu avais prévu que notre oncle et notre idiot de cousin le cacheraient. Je n'arrive pas à croire qu'ils aient imaginé que nous ne nous intéresserions pas au chargement manquant.

— Laisse-le là. Il faut qu'ils pensent que je ne suis pas au courant. Mykos se sert de ses hommes pour garder un œil sur eux. Il a offert de les assister en matière de « protection », dis-je en mimant les guillemets en l'air.

— Mykos senior semble vouloir la tête d'Albert.

— D'après ce que j'ai appris, c'est en rapport avec une insulte personnelle proférée dans le passé. Peu importent les détails, je ne remets pas cette histoire en question. Nous avons tous intérêt à nous assurer qu'Albert et Hal n'obtiennent jamais le pouvoir. Jamais.

— En parlant de nos intérêts mutuels… Tu devrais peut-être passer plus de temps à New York.

— Ce qui veut dire ?

— Ces derniers mois, les gens commencent à remarquer tes absences prolongées. Tu ne voudrais pas attirer l'attention sur tes « activités extrascolaires », surtout de la part de sa famille.

— Je n'ai pas prévu d'aller où que ce soit ce week-end. J'ai d'autres engagements.

Une fois assis dans ma voiture, j'envoyai un message à Nyx.

MOI : *J'ai atterri. Souviens-toi des règles. Je saurai si tu as triché.*

NYX : *Je ne suis pas les règles. Tu ne t'en es pas encore rendu compte ?*

MOI : *Alors, tu devras en assumer les conséquences.*

NYX : *Je suis déjà passée par là. Je ne serais pas dans cette situation avec toi s'il n'y avait pas eu une histoire de conséquences ?*

MOI : *Tu veux dire, dans un état de confusion orgasmique dès que tu es près de moi ?*

NYX : *Apparemment, tu n'as pas eu le mémo de ce matin.*

MOI : *J'étais en retard.*

NYX : *Menteur. Tu es resté assez longtemps pour obtenir ce que tu voulais et, ensuite, pour me laisser en plan.*

Je souris, me rappelant le regard mauvais qu'elle m'avait lancé lorsque je l'avais poussée au bord de l'orgasme avec ma bouche, avant d'embrasser l'intérieur de sa cuisse, de glisser hors du lit et de sortir de son appartement pour prendre mon vol.

— Quand est-ce qu'elle arrive en ville ? me demanda Kasen, détournant mon attention de mon téléphone, me faisant réaliser que je l'avais complètement ignoré.

— Ce soir.

Ce soir, tous les membres des clans Drakos et Mykos, ainsi que ceux que nous considérions comme des alliés, se réunissaient pour officialiser mes fiançailles. Ce cirque me donnerait très certainement envie d'étrangler mon oncle pour m'avoir imposé toute cette mascarade, mais, au moins, je finirais la nuit enfoui en Nyx. Bon, d'abord, je devrais éviter l'armada qui entourait le manoir des Mykos, dans les Hamptons, pour atteindre la maison de Nyx.

— Je t'avais dit qu'elle ne ressemblait à personne d'autre.

L'affirmation de Kasen était un véritable euphémisme. Nyx n'était pas censée vouloir et aimer les choses que je désirais. Son appétit sexuel dépassait toutes mes attentes. Bon sang, elle répondait à toutes mes exigences par les siennes. Elle prenait tout ce que je lui donnais, et me suppliait de lui en donner plus.

Mon sexe frémit quand je songeai à combien elle avait aimé cette pointe de douleur à la limite de l'excès. Jamais une femme ne m'avait fait confiance avec son corps à un niveau aussi extrême.

Elle faisait ressortir un côté de moi qui me donnait envie

de la posséder. Ce qui, sans le moindre doute, me faisait passer pour un psychopathe.

Et puis, il y avait tout ce temps que nous passions ensemble, en dehors du sexe.

J'aimais vraiment être près d'elle. Nous parlions, riions, discutions.

Si quelqu'un m'avait dit que je serais impatient de me mesurer à une femme, je l'aurais frappé au visage.

C'était peut-être parce que Nyx n'en avait rien à faire de qui ou de ce que j'étais. En fait, mon statut au sein de ma famille la rebutait. Pour elle, c'était synonyme de restrictions, de règles, de rentrer dans le rang. Tout ce qu'elle fuyait comme la peste.

Elle n'avait absolument rien d'ordinaire.

De plus, le fait que, jusqu'à son départ pour Vegas, elle avait eu autant de pouvoir de décision dans l'entreprise familiale que ses frères et qu'elle comprenait ce qu'il fallait pour diriger *Mykos Shipping*, y compris le bon, le mauvais et le torride, faisait qu'elle était loin d'être une princesse.

Mais, ce n'était pas une princesse, c'était une déesse.

J'avais aussi compris que la seule raison pour laquelle elle permettait aux gens de la sous-estimer, c'était pour qu'ils ne regardent pas ses autres activités de trop près.

À mon avis, c'était un stratagème très intelligent.

Ce qui me surprenait le plus, c'était la liberté avec laquelle elle parlait de ses affaires de jeux avec moi. Comme si elle se sentait suffisamment à l'aise pour baisser sa garde, puisque j'en savais plus que la plupart des gens et que je ne risquais pas de le lui rappeler en permanence.

Je savais que j'étais un salaud de l'avoir fait chanter

ainsi, mais je n'arrivais pas à ressentir une once de culpabilité pour ça.

— Elle est vraiment différente.

Je jetai un œil à mon bracelet tressé en cuir noir et rouge. Elle l'avait acheté à une dame âgée qui vendait ses bijoux faits main à une foire artisanale locale, dans la banlieue de Vegas.

— Il faut que vous mettiez de la distance entre vous.

Cet ordre me fit plisser le front et jeter un regard noir à Kasen.

— En quoi cela te concerne-t-il ?

Ignorant ma question, il en posa une à son tour.

— T'es-tu rendu compte qu'en dehors de la semaine autour des vacances, tu as passé plus de temps avec elle ces derniers mois qu'ici à New York ?

Je réfléchis à ce qu'il venait de dire et réalisai qu'il avait raison.

— Ne me dis pas que tu es toujours énervé à cause du Nouvel An !

J'avais laissé Kasen me représenter à un bal dans les Hamptons, et décidé de fêter le passage à la nouvelle année à Vegas.

Perdu dans le corps de Nyx.

— Elle ne t'appartient pas. Ne l'oublie pas.

Je serrai les dents.

— Si, pour un an. Officiellement à partir de ce soir.

— Il faut quand même que vous gardiez une certaine distance. Surtout si ce truc qui se passe entre vous est censé être un secret. Tous les deux, vous vous montrez imprudents.

Il marquait un point. Et j'admettais sans mal qu'au cours des dernières semaines, je ne lui avais pas facilité la tâche pour effacer mes traces. En temps normal, j'aurais pris l'avion pour différents aéroports, et j'aurais ensuite conduit jusqu'à destination.

Cependant, cette conversation ne se limitait pas à susciter les soupçons des autres sur mon implication avec Nyx. Si quelqu'un en dehors des frères Mykos apprenait pour nous, il ne sourcillerait pas, sachant que nous étions fiancés. Cependant, laisser quiconque, en particulier Albert et Hal, savoir que Nyx avait une importance particulière dans ma vie, en dehors des aspects purement économiques de ces fiançailles, pourrait causer plus de problèmes que ceux que j'avais déjà traités.

Attendez. Pensais-je vraiment que Nyx importait plus que les affaires ? Merde. Il fallait que Kasen sorte de ma tête.

— Balance tout, Kasen. Quelle est la vraie raison pour laquelle tu veux que je fasse une pause avec elle ?

— Ne la laisse pas devenir ta faiblesse. Ne t'attache pas. Il faut que ça reste décontracté. C'est du business, comme tu l'avais prévu depuis le début. Ce sera mieux pour vous deux quand ça se terminera.

Le sérieux de ses paroles me fit marquer un temps d'arrêt et reprendre mes réflexions de l'instant précédent.

Ce qui inquiétait Kasen n'était pas possible. Du moins, de mon côté. Nyx et moi nous appréciions mutuellement, rien de plus.

Pour avoir une faiblesse, il aurait fallu que j'aie un cœur.

Gio Drakos m'avait battu jusqu'à me l'arracher il y a

longtemps. À ce jour, ses paroles restaient gravées dans ma tête.

— Mon garçon, je vais m'assurer que tu ne détruiras pas mon héritage, comme ton père l'a fait en épousant ta mère. Vois où ça l'a mené. Il est mort. Tu choisiras quelqu'un comme ta yia yia, une femme qui sait où est sa place. Rien n'est plus important que la famille.

— Tu n'as pas à t'inquiéter, dis-je à Kasen. Nyx et moi voulons des choses très différentes dans la vie. En plus, tu me vois vraiment épouser la Diablesse Mykos ?

— Sans le moindre doute. Et, au fond de toi, je crois que tu le vois aussi.

— Eh bien, tu as tort. La dernière chose dont j'ai besoin est de devoir me préoccuper de ses frasques privées tout en essayant de garder le contrôle de la famille et du territoire. C'est désinvolte, pas de complication autre que le besoin de garder le silence sur notre liaison au cours de l'année à venir.

— Continue à te mentir à toi-même. Dès que tu as pris l'avion pour Las Vegas, il y a trois mois pour aller la voir, elle est devenue ta perte.

— Laisse-moi t'expliquer en des termes que tu pourras comprendre : on s'envoie en l'air, on s'amuse et on part chacun de notre côté. À ses yeux, notre vie est une cage. Nyx veut sa liberté, et j'ai accepté de la lui donner. Fin de l'histoire.

Pourquoi l'idée de ne plus jamais la voir après la fin de cette année me dérangeait-elle autant ?

— Comme je l'ai déjà dit, je serai là quand ça implosera.

Nyx

Peu après 20 heures, je marchais vers le foyer surplombant la salle de bal de la maison de mes parents, située dans les Hamptons. Le terme le plus approprié pour la décrire étant « méga-manoir ».

Elle était tout ce qu'il y avait de plus grandiose, avec de grandes colonnes et de l'opulence, comme on peut en voir dans les magazines pour représenter les super riches et l'élite de New York.

Le fait que Papa détestait cet endroit m'avait toujours fait rire. Il le trouvait trop prétentieux, et pensait que c'était un gaspillage d'argent. Dès l'instant où il en avait hérité de mon *Pappous*, Steven, il avait menacé de raser l'endroit et de construire un sanctuaire pour oiseaux.

Il n'était pas aussi terrible que le croyait Papa. D'après les photos que j'en avais vues, le manoir était plutôt criard, trop doré et tape-à-l'œil. Heureusement, Maman l'avait convaincu de le garder et de simplement le rénover. Et, aujourd'hui, la demeure de famille, comme j'aimais l'appeler, était superbe, mais aussi accueillante, et elle n'avait plus rien à avoir avec la monstruosité d'avant.

D'accord, la partie principale de la maison était réconfortante.

Mais, cette pièce, me dis-je en me rapprochant de la salle de bal, c'était une autre histoire.

De là où j'étais, personne ne pouvait me voir, ce qui m'offrait les quelques minutes supplémentaires dont j'avais besoin pour arborer mon visage impassible, ma « *poker face* ».

La maison était magnifique avec son lustre élégant et ses rideaux ivoire accentuant les fenêtres du sol au plafond. La neige qui tombait en volutes douces autour des ombres des arbres dégageait une atmosphère douce et apaisante, destinée à convier tous les invités à la fête à venir.

Cependant, nous savions tous que c'était une représentation. L'histoire des Drakos et des Mykos était, au mieux, mouvementée, au pire, explosive.

L'imposture actuelle qui se déroulait à l'étage inférieur n'avait rien à envier aux performances d'acteurs primés. Si seulement je n'avais pas constitué l'offrande sacrificielle pour ce festin grec, je me serais assise dans mon coin et aurais ri aux éclats devant le ridicule de tout cela.

— Tout va bien se passer, minus, me dit mon frère, Evan, en s'approchant et en posant une main dans mon dos. N'oublie pas que, tout ça, ce n'est que du vent.

— Du vent, répétai-je. Et quand ça prendra fin, c'est ma

réputation qui sera ruinée. Est-ce que ce n'est pas toujours la femme qu'on blâme quand des fiançailles sont rompues ?

— Depuis quand est-ce que tu te soucies de ce que pensent les gens ? En outre, pourrait-elle être pire que celle de la Diablesse Mykos ?

J'inclinai la tête sur le côté.

— Tu gardes les pieds sur Terre, comme toujours.

— C'est pour ça que je suis là.

— Alors, comment ça va se dérouler ce soir ?

— Si tu étais arrivée hier, comme je l'avais suggéré, tu le saurais.

Il savait très bien que s'il s'était agi de n'importe quelle autre visite familiale, je serais arrivée tôt et j'aurais passé tout mon temps avec lui ou avec l'un de mes autres frères. Evan et moi étions les plus proches en âge, nous n'avions que deux ans et demi d'écart. Et c'était le frère qui me comprenait le mieux.

— Que puis-je dire ? Je suis une rebelle. Je ne suis pas douée pour suivre les instructions.

De plus, avec autant d'oncles, de tantes et de cousins sous le même toit, la dernière chose dont j'avais envie était de passer plus de temps que nécessaire avec eux et leur volonté de me voir aller au bout de ce mariage.

— Sans blague ! s'exclama-t-il en m'étudiant. Il y a quelque chose de différent chez toi.

— Mmh. En dehors du fait que je suis fiancée à un type que je ne prévois pas d'épouser ?

— Oui, dit-il, puis il se pencha et me murmura à l'oreille : si tu as trouvé quelqu'un, garde-le pour toi. Ne laisse personne le découvrir. Pas même Tyler, et surtout pas Drakos.

Parmi tous mes frères, Evan était le plus sensible aux changements. Peut-être parce qu'il était le bras armé de la famille et que c'était son travail de surveiller les choses.

— Es-tu en train de me dire que ça ne te dérangerait pas ?

— Pourquoi est-ce que ça me dérangerait ? Toute cette situation est une vraie connerie. Je n'apprécie pourtant pas Drakos, mais ce n'est pas juste pour lui non plus. Son oncle n'est qu'un con.

Je passai mon bras sous celui de mon frère et me collai contre lui.

— T'ai-je dit que tu es mon frère préféré ?

— Oui, ça va durer cinq secondes et ensuite tu changeras d'avis, dès que Tyler te tendra un couteau.

— J'étais une enfant quand c'est arrivé. Tu ne me lâcheras jamais avec ça.

— Jamais.

— Très bien. J'aime autant tous mes frères, mais toi, légèrement plus aujourd'hui.

— Tu n'es vraiment qu'une peste.

— Évidemment. Je suis le bébé.

— Allons-y.

Evan me tira vers l'escalier menant à la salle de bal.

Alors que nous entrions, je scrutai les visages qui me regardaient. Je connaissais beaucoup d'entre eux, et ferais la connaissance des autres plus tard.

— Ne songe même pas à t'enfuir.

— Je ne suis pas du genre à fuir. Je suis une Mykos.

— Oh que oui ! Ne l'oublie jamais.

Je relevai le menton et laissai les gens m'observer tout leur soûl. J'avais appris ce jeu de règles et de références dès mon premier souffle. Je pouvais jouer les débutantes avec les meilleures d'entre eux.

Je savais que j'étais très en beauté ce soir. J'avais demandé à l'une des créatrices préférées d'Akari de me faire une robe personnalisée, et elle ne m'avait pas déçue. Cette tenue épousait mon corps aux bons endroits, accentuant mes longues jambes et mes courbes sans en révéler trop.

Et elle avait l'avantage supplémentaire de couvrir des choses que je n'aurais pas vraiment su expliquer. J'étais passée de vierge à des semaines de sexe non-stop, de repas, de sommeil, avant de m'envoyer encore en l'air.

Certes, nous avions peut-être fait d'autres choses entre-temps, mais nous passions la majeure partie de notre temps entre les murs de mon penthouse. Les seules fois où mon sexe avait eu droit à un peu de répit, c'était quand Simon avait fait ses voyages peu fréquents à New York.

Cet homme était carrément insatiable.

J'expirai profondément, repoussant la vague d'excitation qui montait en moi.

Doux Jésus, Simon avait fait de moi une accro au sexe.

Comment étais-je censée faire pour faire comme si nous étions de parfaits étrangers alors qu'il m'avait vue dans toutes les situations compromettantes possible ?

J'allais me servir de ma « *poker face* », voilà comment.

Elle m'aidait à vider les poches des plus grands requins du monde, alors pourquoi ne pas en faire usage ici ?

Alors que nous avancions dans la foule, en continuant d'ignorer la plus grande partie de notre famille éloignée, je dis :

— Juste pour info, il n'y a personne d'autre. Je n'ai pas le temps pour ça.

Evan secoua la tête.

— Tu dois apprendre à vivre un peu. Quel est l'intérêt d'être à Vegas si tu ne t'amuses pas ?

— C'est quand, la dernière fois que tu t'es amusé, Ev ?

Il me guida dans vers l'endroit où mes parents attendaient.

— C'est une chose que nous tous, frères et sœurs, devons apprendre.

— Je propose Tyler pour le premier sacrifice dans le monde de l'amour et du mariage. Ensuite, j'y songerai peut-être.

— Il gèlera en enfer.

— Tu as sûrement… commençai-je sans terminer, quand mon regard croisa les yeux émeraude froids de Simon à l'autre bout de la salle.

Ou peut-être pas *froids*, car je savais quelle chaleur ses iris verts dissimulaient. Et sa manière de me scruter de la tête aux pieds accentua le désir qui palpitait dans mon corps quelques instants plus tôt.

Bon, il fallait que je me maîtrise.

Nous étions des étrangers. Pas deux personnes qui s'étaient envoyées en l'air comme des lapins la nuit précédente.

— Je vois que le grand méchant loup a attiré ton attention, observa Evan avant de se déplacer à l'approche de ma famille.

Je dus me contraindre à détourner le regard. Ce satané homme et son attraction magnétique sur mes sens !

— *Nyx, n'aurais-tu pas pu arriver, même quelques heures plus tôt ? Ton papa avait tellement peur que tu ne te montres pas,* me sermonna ma mère en grec, avant de m'engloutir dans une étreinte serrée. *La moindre des choses aurait été de venir dire bonjour avant d'aller te cacher dans ton cottage.*

L'un des avantages de cette propriété complètement dingue, c'était mon cottage, qui était en fait une petite maison avec deux chambres, un salon et une cuisine. À l'origine, c'était la maison du jardinier, mais Papa me l'avait offerte, avec la serre attenante, quand j'étais partie à NYU.

En fait, chacun des enfants avait sa maison sur la propriété. C'était en quelque sorte un complexe, même si aucun d'entre nous n'y vivait à plein temps.

— *Je suis désolée, Maman. Tu sais qu'il vaut mieux faire profil bas, après ce qu'il s'est passé à Noël,* lui répondis-je en grec, sachant qu'elle restait plus calme quand nous parlions dans notre langue maternelle.

Pendant la semaine que j'avais passée avec ma famille pendant les vacances, nous avions eu notre brunch annuel des Mykos, où mes nombreuses tantes, dont tante Teresa, avaient décidé de me donner des leçons de vie. Un désastre complet.

Je pouvais trouver quelques points positifs à cet événement : la nourriture fut incroyable, et je ne fus pas la cause du drame.

Enfin, pas techniquement.

— *Ce sont tes fiançailles*, dit Maman en secouant la tête. *Il n'est pas question de profil bas. Tu es le centre de la fête. C'est cet idiot qui doit faire profil bas.*

Elle pointa Tyler du doigt et lui jeta un regard furieux. Très bien, donc, parler grec ne fonctionnait pas.

— Elle le méritait, intervint Tyler, plissant le front.

Je levai les yeux au ciel.

— Je suis parfaitement capable de défendre mon honneur. Tu as aggravé la situation.

— Cette vieille chauve-souris a suggéré que tu séduises cet abruti pour verrouiller le mariage. Qu'attendais-tu de moi ?

— Que tu ne t'engages pas dans une conversation avec une folle, intervint à son tour Evan, ce qui fit serrer les dents à Tyler.

Ce dernier aurait complètement pété les plombs s'il avait découvert ce qui s'était passé le week-end qui avait précédé ma visite à la maison, ou ce qui continuerait à se passer au cours de l'année à venir.

Même si la possibilité que tout se solde par un mariage ne serait jamais, jamais une option.

Je n'étais pas une épouse de la haute société, et Simon était trop... hum... *Simon.*

— Cessez de raconter des idioties, et laissez-moi serrer mon bébé dans mes bras avant que je ne doive la confier à Drakos pour l'année.

— Mmh, Papa, dis-je en l'étreignant, avant de murmurer à son oreille. Tout est faux, tu te souviens ?

— Pas aux yeux du monde. Il faut que cela semble réel.

— Qu'est-ce que tu ne me dis pas ? S'est-il passé quelque chose ?

Il leva les yeux vers Tyler et vers Evan, puis vers Nico, qui venait d'arriver avec Damon.

— C'est entre Drakos et nous.

Une tristesse que je ne comprenais pas envahit les traits de Papa.

— Depuis quand ne suis-je pas incluse dans la conversation ?

— Depuis que tu as décidé d'en sortir, et de sortir de notre monde, répondit Tyler. On ne peut pas avoir le beurre et l'argent du beurre, Nyx. Soit tu es dans le business, soit tu ne l'es pas.

— Tu n'es pas obligé d'être un con, Ty, répliqua Damon en s'approchant de moi, me prenant la main. C'est pour cette raison que nous voulions que tu viennes tôt.

— Non, je comprends.

Ils seraient toujours ma famille, mais, une fois cette année écoulée, le monde dans lequel j'avais grandi ne ferait plus partie de ma vie. Il faudrait que je m'y habitue. J'avais beau détester les règles et les désagréments, c'était ce que j'avais connu.

— Alors, est-ce que cela signifie que je dois agir comme les autres princesses pendant un an ? demandai-je à Tyler avec un sourire en coin.

Je vis le soulagement sur son visage, et compris qu'il s'était inquiété de ma réaction à cette nouvelle.

— La dernière chose que nous voulons, c'est que tu sois autre chose que toi.

— Alors, quoi ?

— Nous allons rencontrer ton fiancé et ta nouvelle belle-famille.

Je passai mon bras sous celui de Tyler.

— Je te suis.

— Tu vois, je savais que tu me laisserais tomber pour lui, intervint Evan.

Je lui jetai un regard noir par-dessus mon épaule.

— Tu veux mener ce cirque de dingues ?

— Pas moyen. Ty peut s'en charger.

— Merci, abruti.

— Non, c'est comme ça qu'on appelle son nouveau fiancé.

Mon Dieu, que j'aimais ma famille. Personne en dehors de notre cercle de sept personnes n'aurait pu croire que mes frères et mon père étaient autre chose que des hommes d'affaires qui ne riaient jamais, prêts à vous frapper au visage plutôt que de discuter. Alors qu'en réalité, ils étaient amusants et complètement débiles la plupart du temps. Enfin, pas Papa, mais mes frères, sans le moindre doute.

Alors que nous nous dirigions vers Simon, il s'éloigna du groupe de personnes qui l'entouraient et s'avança vers moi.

Il m'observa, presque avec méthode, comme si j'étais une chose qu'il devait comprendre.

Quand je m'approchai, il lécha légèrement ses lèvres et mon pouls s'emballa. Ma respiration se fit haletante, alors que je me rappelai ce que cette bouche diabolique m'avait fait sur le comptoir de ma cuisine ce matin.

Merde. Cet homme m'avait fait chanter contre du sexe et, aujourd'hui, j'en étais devenue accro. Sacrée expérience intellectuelle.

Quand nous nous arrêtâmes, à une trentaine de centimètres l'un de l'autre, ses lèvres se recourbèrent légèrement quand il dit :

— Bonjour, Olympia.

Je plissai les yeux, sachant qu'il se foutait de moi.

— Je m'appelle Nyx, abruti.

Tyler toussa, et je pus presque entendre mes autres frères gémir derrière dans mon dos, accentuant la mortification de mes parents.

Simon me prit la main, m'attirant plus près de lui, sans se soucier que ce comportement ne soit pas approprié.

Se penchant comme pour m'embrasser la joue, il murmura :

— Je vais me venger pour ça, Déesse.

— C'est toi qui as commencé.

— Il y a toujours des conséquences.

— Il faudra que tu contournes les gardes qui sont sur la propriété et autour de mon cottage avant de pouvoir faire quoi que ce soit.

— Défi accepté.

Il frôla ma joue de ses lèvres, laissant sa barbe frotter ma mâchoire juste un instant, envoyant un frisson le long de ma colonne vertébrale.

Il m'offrit son coude.

Après que j'eus glissé mon bras sous le sien et que je fus tournée, il parla sur un ton qui n'était destiné qu'à mes oreilles.

— Il est temps de rendre les choses officielles. Et, plus tard dans la soirée, tu t'excuseras pour m'avoir traité d'abruti devant nos familles.

— C'est bien d'avoir de l'espoir.

Je levai les yeux vers lui avec un sourire en coin.

Ce fut alors que je remarquai que mes frères nous regardaient tous en nous suivant, à la fois curieux et totalement fascinés.

Mon rythme cardiaque s'emballa.

J'accélérai le pas, forçant Simon à suivre et à mettre de la distance entre nous et ma famille.

— Un problème ? demanda Simon avec une pointe d'humour dans la voix.

— Je crois que nous sommes trop à l'aise l'un avec l'autre, et que ça se voit dans notre comportement. J'aurais peut-être dû me comporter plus comme une garce avec toi.

— C'est ça que tu veux faire ? Je vais jouer le jeu, mais souviens-toi que je te rendrai coup pour coup.

— Non. C'est épuisant. En plus, ce n'est pas moi. Je le fais pour garder les vautours à l'écart.

— D'ici un an, tu n'auras plus jamais à t'en soucier.

— Si seulement c'était vrai.

Il inclina la tête en me guidant vers la zone du hall principal où la réception avait lieu.

— Tu veux développer ?

— Je serai peut-être partie de la maison, mais d'autres comme toi me tourneront toujours autour.

— Ce qui veut dire ?

— Simon, ce n'est pas seulement ma part du fonds que

tu obtiens en m'épousant réellement. N'as-tu pas fait des recherches sur moi ?

— J'ai supposé que tu aurais un héritage de ton père, mais ça ne m'a jamais intéressé.

— Tu ne ressembles vraiment à personne que je connaisse. C'est presque un secret de polichinelle dans la communauté.

— Je n'écoute pas les ragots.

— Si je te le dis, ne t'avise pas de te faire des idées. Je suis bien claire ?

— Je ne reviens jamais sur ma parole.

Je voyais bien que je l'avais offensé, mais je voulais m'assurer qu'il comprenait ce que je ressentais face à cette situation.

— La personne que j'épouserai aura accès à une partie de *Mykos Shipping* par mon intermédiaire.

— Tu veux dire que c'est une dot ?

— Mon Dieu, non. Au cas où tu ne l'aurais pas encore compris, ma famille n'est pas le modèle grec typique. Les dots ne font pas partie de notre vocabulaire.

Il s'arrêta d'un coup, se tournant légèrement.

— Tu possèdes une partie de *Mykos Shipping*, n'est-ce pas ? Non seulement tu veux échapper à ces conneries de règles de la société, mais tu veux aussi t'éloigner des enfoirés qui pensent pouvoir obtenir une partie de l'entreprise de ta famille en te piégeant par le mariage. C'est pour ça que tu ne cesses de dire que je vais te piéger.

— Les hommes comme toi ont des objectifs précis, dis-je avant de déglutir. L'argent, le pouvoir, la position. Tout est question de business. Tu l'as dit toi-même, tu es la réplique de Gio Drakos, et il avait la réputation d'étendre son empire, quel qu'en soit le prix.

Il plissa les yeux.

— Nous avons déjà établi que tu n'es pas la femme que je prévois d'épouser. Et je n'ai pas besoin de l'entreprise de ta famille.

— Alors, je suppose que nous nous comprenons.

— Je suppose, oui.

— Nous allons nous envoyer en l'air, nous servir l'un de l'autre et, ensuite, tu me libéreras.

— Exactement.

*
**

Deux heures plus tard, je sortis dans le solarium qui surplombait la pelouse arrière de la maison. Tous les faux-semblants et les bavardages incessants, y compris les opinions de chacun sur mes fiançailles, de la famille aux invités occasionnels, avaient eu raison de moi.

Je n'étais plus la version plus jeune de moi, celle qui était capable de l'ouvrir et de dire aux gens où ils pouvaient se mettre leurs pensées. Déménager à Vegas m'avait appris à afficher ce que j'appelais « mon sourire commercial », tout en m'imaginant couper des têtes avec un couteau ou deux.

J'avais désespérément besoin d'une boisson forte, mais, comme il n'était pas convenable pour une dame de boire de l'alcool en public, il me fallait quelques minutes, seule, loin des regards attentifs de mes tantes, des matrones de la haute société, des mondaines et de tous ceux qui n'étaient pas capables de me comprendre.

Tous les gens présents ici ce soir ne me détestaient pas et ne m'avaient pas fait la vie dure. Ces amis ne comprenaient pas pourquoi j'avais accepté ça, et je ne doutais pas qu'ils allaient essayer de me coincer tôt ou tard. Ce qui me donnait une autre raison de me cacher dans cette pièce, loin de l'agitation des événements de la soirée.

Même si les choses avaient fini par se calmer.

Simon et moi étions passés par la mascarade des fiançailles officielles : présentation de la famille, dîner, puis cérémonie finale où Simon m'avait offert une bague.

Nous étions restés formels et nous étions tenus à l'écart l'un de l'autre après la discussion au sujet de mon héritage, et, dans un sens, cela avait été pour le mieux. L'envie de le poignarder éloignait mes envies de luxure.

Je jetai un œil à ma bague de fiançailles et secouai la tête. Elle était belle et unique, j'en avais eu le souffle coupé quand il l'avait glissée à mon doigt.

C'était un modèle que j'aurais pu choisir moi-même, non conventionnel et différent de tout ce que portaient les autres femmes. Il m'avait offert une bague avec un diamant d'un bleu profond en forme de poire, entouré de diamants blancs.

Cet abruti m'énervait pour ensuite me donner quelque chose que j'aurais voulu porter si toute cette histoire avait été vraie.

J'avais envie de lui demander s'il l'avait achetée, ou s'il avait délégué la tâche à Kasen, mais j'avais gardé mes pensées pour moi parce que je connaissais déjà la vérité.

Je n'étais pas censée apprécier Simon. Ce n'était pas censé être drôle, quelque chose que j'appréciais et que j'attendais avec impatience quand il était parti.

J'expirai profondément alors qu'une boule se formait au creux de mon ventre.

Dans quel pétrin m'étais-je fourrée ?

Il fallait que je mette de la distance entre nous. Je ne pouvais pas oublier mon objectif. Je ne pouvais pas le laisser m'embrouiller le cerveau. Je savais qu'il ne fallait pas. Mon avenir impliquait une vie loin de tout cela.

— Tu admires ton nouveau bijou ? demanda une voix depuis l'entrée du solarium.

Je levai la tête et trouvai Camilla Santos, avec un groupe de femmes que je supposais être son entourage actuel, derrière elle. Son mépris à mon égard transparaissait dans les quelques mots qu'elle avait prononcés, me rappelant son comportement pendant tout le lycée.

Cela avait été l'une des raisons de mon départ. Les gens avaient vraiment besoin de grandir.

Peut-être aurais-je pu éprouver un peu d'empathie pour le fait qu'elle pensait avoir perdu son futur mari.

Techniquement, je n'étais pas censée savoir que Camilla était la femme que Simon avait choisi d'épouser. Ce petit bout d'information n'était pas de notoriété publique. Cependant, pour m'empêcher de finir un jour dans une situation où mon manque d'informations m'aurait aveuglée, mes frères m'avaient tout dit de Simon Drakos lors de nos fiançailles. Ce qui incluait sa vie amoureuse et ses perspectives d'avenir.

Je jetai de nouveau un œil à ma bague.

— En fait, c'est le cas.

— À ta place, je ne prendrais pas trop mes aises. Laisse-moi t'expliquer comment les choses fonctionnent avec les hommes Drakos.

D'accord, peut-être n'allais-je pas ressentir la moindre empathie pour elle, après tout.

Simon

Un peu avant une heure du matin, je traversai le couloir menant à la chambre de Nyx. Le bruit de l'eau qui coulait m'indiqua qu'elle venait de rentrer et, avec un peu de chance, je pourrais sauter dans la douche avec elle.

Je m'étais attendu à ce que la sécurité de la propriété des Mykos me pose problème, mais ce que j'avais vu dépassait de loin tout ce que l'on pouvait trouver dans une enceinte familiale.

Cet endroit était mieux verrouillé que Fort Knox.

Heureusement, mes gars avaient été là pour m'aider et m'avaient indiqué à quel moment bouger. Ensuite, les compétences en cambriolage que j'avais acquises auprès de quelques amis de choix m'avaient permis d'entrer dans la maison de Nyx.

Alors que je me glissais dans sa chambre, j'entendis la

douche s'éteindre et elle, bouger dans la salle de bains. Quelques secondes plus tard, elle entrait dans la pièce, enveloppée dans une serviette, puis s'arrêta brusquement, l'air renfrogné.

— Pourquoi es-tu dans mon cottage ?

Cette hostilité était la dernière chose à laquelle je m'étais attendu quand j'avais franchi les portes, quelques instants plus tôt.

De la surprise, oui. De la colère, non.

Qu'est-ce qui avait bien pu se passer entre le moment où j'étais parti régler quelques affaires avec ma famille et maintenant ?

Peut-être était-elle encore furieuse de notre échange qui avait eu lieu plus tôt dans la soirée.

L'ignorant, j'allai m'adosser à l'un des grands montants de son lit géant.

— Laisse-moi répéter. Pourquoi es-tu dans mon cottage ?

— Tu veux me dire pourquoi tu es si énervée contre moi ?

Elle retira la serviette éponge de ses cheveux, la jeta sur une chaise voisine et plissa les yeux.

— Combien de femmes est-ce que tu t'envoies en ce moment ?

— En ce moment même, je ne m'envoie personne de manière active.

Elle contracta la mâchoire.

— Avec combien de femmes as-tu couché depuis que nous avons commencé à nous envoyer en l'air ?

Les vautours lui tournaient déjà autour et lui murmuraient à l'oreille… Pourtant, elle n'était en ville que depuis quelques heures.

— Est-ce important, vu que ce ne sont pas de vraies fiançailles ?

Elle s'avança vers moi et me repoussa tout en essayant de tenir sa serviette contre sa poitrine.

— Si tu crois que je vais te laisser mettre ton membre en moi pendant que tu te tapes d'autres femmes, tu te plantes.

Mais, avant qu'elle ne puisse me pousser à nouveau, je l'agrippai et plaquai son dos contre moi.

— Mettons les choses au clair, dis-je en attrapant la ceinture d'un peignoir drapé au bout de son lit. Mon membre va laisser une empreinte permanente en toi au cours de l'année à venir.

— Continue de rêver, abruti, répondit-elle en me donnant un coup de coude dans l'estomac.

— Je n'ai pas besoin de rêver. C'est un fait.

Avant qu'elle ne comprenne ce que j'allais faire, je tirai ses bras dans son dos et enroulai la soie autour de ses poignets, faisant tomber sa serviette sur le sol.

— Mais qu'est-ce… ? s'exclama-t-elle, me jetant un regard furieux par-dessus son épaule, alors qu'elle se débattait contre mon emprise. Je te déteste vraiment en ce moment.

Sa respiration devint haletante et ses pupilles se dilatèrent lorsque je pris son visage dans mes mains et approchai ma bouche de la sienne.

— Je suis sûr que tu continueras à dire ça pendant longtemps encore.

Aussi furieuse qu'elle soit, je savais que la rougeur de sa

peau ne se justifiait pas seulement par l'embrasement de sa colère.

Elle voulait s'envoyer en l'air.

Je l'avais vu au moment où nos regards s'étaient croisés dans la salle de bal.

Bon sang, je l'avais vu dès que j'avais posé les yeux sur elle, à Vegas, trois mois plus tôt.

La faim, l'excitation, l'envie. Elle était encore plus attirante maintenant.

Ses cheveux mouillés retombaient tout autour d'elle ; elle était nue, son corps tonique était chaud après sa douche, ses mains étaient attachées dans son dos et elle était en colère comme une vipère, prête à me dévorer.

Je n'avais qu'une envie, la pencher sur son lit et la prendre jusqu'à ce qu'elle se soumette à chacune de mes exigences.

Un faible gémissement s'échappa de ses lèvres avant qu'elle ne réalise ce qu'elle venait de faire et ne s'interrompe.

— Simon, je le jure devant Dieu, si tu ne me détaches pas, je te botterai le cul.

— Pour commencer, dis-je en soutenant son regard d'un air de défi, j'adorerais te voir essayer.

Elle serra les dents, prête à répliquer, mais je repris la parole.

— Ensuite, cette situation t'excite, alors n'essaie même pas de prétendre le contraire. J'ai suffisamment couché avec toi pour savoir que tu préfères un peu de douleur à la douceur. En fait, tu voudrais que je t'emmène même au-delà de « un peu de douleur ». N'est-ce pas toi qui aimes crier « mords-moi, étrangle-moi, fais quelque chose pour me faire jouir » ?

Elle déglutit, mais garda les lèvres pincées.

Me souvenir d'elle en train de me supplier transforma mon membre en un poids métallique dans mon pantalon.

— Et troisièmement, je te détacherai une fois que j'aurai clarifié quelque chose.

Je pris ses bras dans une main et agrippai ses cheveux avec l'autre, tirant sa tête en arrière.

— Tu es à moi et je peux faire ce que je veux de toi. C'est le marché. En échange de mon silence sur les activités de ton club, j'ai le droit de te prendre quand je veux, où je veux, comme je veux.

— C'est ce que tu crois. Vas-y et essaie de prouver que je fais quoi que ce soit. Pour le moment, *Silent Night* n'existe pas.

— C'est comme ça que tu veux la jouer ?

— Oui, murmura-t-elle.

— Ce gentleman, que tu as menacé d'un couteau le week-end de notre rencontre, sera plus que ravi de chanter les louanges de tes activités. Je peux t'en assurer.

— Continue de rêver. Tout ce que j'ai à faire, c'est de glisser les bons mots dans les bonnes oreilles, et il ne verra plus jamais le lever du soleil. Tu ne peux pas m'effrayer avec cette merde.

— Tu prendrais un risque encore plus grand. Est-ce là le comportement d'une femme moralement chaste ?

— Une femme moralement chaste ne te laisserait pas t'approcher à moins de trente mètres d'elle.

— Et nous savons que je me suis retrouvé profondément

en toi. Dans chaque partie de toi. Ta bouche, ton sexe, tes fesses.

Je mordis le bas de sa nuque, là où elle portait déjà ma marque.

— Je t'ai pilonnée. Je t'ai fait me supplier. Je t'ai fait jouir. Je t'ai donné envie de plus. Je parie que, même maintenant, tu es trempée, tu désires mes doigts, ma bouche, mon membre.

Relâchant ma prise sur ses mains liées, je fis glisser ma paume sur sa taille, sur son ventre ferme et tonique, jusqu'à ses magnifiques seins nus.

Un gémissement s'échappa de ses lèvres quand je saisis et pinçai son téton froncé.

— Je te déteste pour me donner envie de toi, alors que tu t'envoies d'autres femmes.

— Quand t'ai-je déjà donné la moindre indication sur le fait que j'avais l'intention de m'envoyer quelqu'un d'autre que toi ? Et quand aurais-je eu le temps de me taper une autre, durant les heures qui se sont écoulées entre le moment où j'ai quitté ton lit ce matin et maintenant ?

— Tu n'as pas besoin de me le dire. Ta future épouse et son entourage en ont révélé beaucoup. Peut-être que je devrais les écouter et te garder comme partenaire secondaire pour l'année, et trouver l'homme que je veux vraiment quand je serai à Vegas.

Je resserrai ma prise dans ses cheveux et un gémissement douloureux lui échappa.

— Le seul homme avec qui tu vas coucher, c'est moi. Est-ce clair ?

Faisant glisser ma main de sa poitrine jusqu'à son entrejambe, je la posai sur son sexe humide, et grognai entre mes dents serrées :

— Ça, c'est à moi. Si tu fais ne serait-ce qu'imaginer laisser un autre toucher ce qui m'appartient, je l'éliminerai. Ton père est connu sous le nom du Chirurgien, mais je suis les ténèbres. Il n'y aura plus rien à trouver quand j'en aurai terminé.

Elle remua ses poignets liés, agrippant mon sexe tendu et couvert de tissu, tout en soutenant mon regard.

— Alors, tu ferais mieux de te rappeler que si tu enfonces ton membre dans une autre, non seulement je la tuerai, mais, je te tuerai toi aussi.

L'intensité de ses iris onyx — et le fait qu'il ne faisait aucun doute qu'elle mettrait sa menace à exécution, ou du moins qu'elle ferait de son mieux — m'excitait plus que n'importe quelle autre femme que j'avais un jour rencontrée.

Je ne savais jamais ce que j'allais découvrir d'un moment à l'autre avec elle.

Parfois elle était calme et douce et, à d'autres moments, elle était sulfureuse et volcanique.

— Alors, je suppose que nous avons un accord.

Je nous fis tourner jusqu'à la positionner vers le lit et la poussai en avant, l'obligeant à tomber à plat ventre sur le matelas couvert d'une couette douce.

Elle me jeta un regard noir quand je grimpai sur elle et coinçai ses jambes entre les miennes.

— Tu es un véritable abruti.

— Je ne l'ai jamais nié.

Je me débarrassai de mes chaussures, retirai ma veste de

smoking que je jetai sur le sol. Puis je me penchai jusqu'à ce que ma bouche frôle son oreille.

— Mais, n'oublie jamais ceci : tu es celle qui a revendiqué les droits exclusifs sur le membre de cet abruti pour l'année à venir. Maintenant, tu vas devoir vivre avec les problèmes qui viennent avec l'homme qui y est attaché.

— Cesse de parler et sers-toi de ce membre que j'ai revendiqué. Si tu m'avais prise comme il se doit ce matin, peut-être serais-je de meilleure humeur et aurais-je pu mieux gérer cette garce.

— Je suis certain que tu l'as gérée comme il faut. Comme tout ce que tu fais. De plus, dis-je en frottant ma barbe le long de sa gorge, ce qui couvrit son cou de chair de poule et la fit respirer plus vite. Tu n'as pas mérité mon membre.

— Bien sûr que si ! s'exclama-t-elle, arquant le cou tandis que ses paupières s'alourdissaient. Je me suis présentée à une fête de fiançailles dont je n'ai jamais voulu, j'ai géré les deux côtés de nos familles, et ton amoureuse et sa clique qui m'ont détaillé tes activités parallèles. Le tout après avoir passé la journée dans un état de frustration sexuelle intense. Tu devrais me couvrir de diamants pour n'avoir tranché la gorge de personne ce soir.

— Tu veux des diamants, Déesse ?

Je reculai et déliai ses poignets. Je relevai sa main gauche et la plaçai au-dessus de sa tête, bien en vue.

— Il n'est pas assez gros ?

Elle garda le silence pendant quelques secondes.

— Il est magnifique. Je suis surpris que ce soit quelque

chose que j'aie vraiment envie de porter. Qui l'a choisi ? Toi, ou Kasen ?

Pourquoi s'imaginait-elle que Kasen choisirait quelque chose pour elle ?

— Elle était à ma mère.

Merde. Qu'est-ce qui me poussait à lui avouer une telle chose ?

— Pourquoi m'offrir une bague qui a une valeur sentimentale pour toi ?

Je m'étais posé la même question.

De qui me moquais-je ?

Je n'imaginais pas voir Nyx porter quelque chose de traditionnel, ou ce que n'importe quelle mondaine aurait eu à son doigt.

Ce fut alors que je m'étais rappelé la bague de Maman, et sus qu'elle était parfaite pour Nyx.

Maman avait fait sensation lorsqu'elle, une bibliothécaire modeste et opiniâtre, avait épousé Papa. D'après les souvenirs que j'avais d'elle, elle ne se laissait pas faire, même quand se taire lui aurait rendu la vie bien plus facile.

Il paraissait logique d'offrir la bague d'une rebelle à une autre rebelle.

Elle était fabriquée avec une combinaison d'un rare diamant bleu intense et de diamants blancs sans défaut, qui valaient une petite fortune. D'après ce que mon père m'avait dit, il l'avait gagnée lors d'une partie de poker.

C'était définitivement un bijou approprié pour Nyx.

— Aux yeux du monde entier, ceci est réel, l'informai-je. T'offrir la bague de Maman rend la chose crédible.

Elle se tut de nouveau, fermant le poing pour passer le pouce sur les diamants blancs et bleus avant de parler.

— Ça me semble raisonnable.

— Maintenant, nous devons revenir à la conversation précédente.

Tordant son corps pour me faire face, elle me sourit.

— Tu veux parler de me couvrir de diamants ?

— Non. De te faire gagner mon membre.

La rougeur de son visage s'accentua et un pli se forma entre ses sourcils, m'indiquant qu'elle préparait quelque chose.

— Il faut qu'on mette les choses au clair.

— Ah oui ?

— Oui. Je n'ai pas besoin de gagner quoi que ce soit. Tu es venu ici dans un but précis. Soit tu t'y mets, soit tu dégages. Je m'occupais de moi avant toi. Je peux recommencer.

J'agrippai ses cheveux, lui tirant la tête en arrière, et un faible gémissement de désir coula de ses lèvres.

— Eh bien, avant que je « m'y mette », comme tu le dis, laisse-moi te rappeler quelque chose que tu n'as pas encore bien saisi.

Poussant mes genoux entre les siens, je glissai un bras autour de sa taille, l'obligeant à se relever, tout en maintenant ma prise dans sa crinière humide.

— Je ne serai jamais un homme que tu pourras contrôler, Nyx Mykos.

Je frôlai de mes dents toute la longueur de son cou, puis mordit ce même endroit où elle portait les marques d'une ecchymose qui s'estompait. Elle datait d'une séance où elle m'avait supplié de lui faire mal pendant qu'elle jouissait.

— Oh, mon Dieu, Simon.

Elle agrippa ma nuque tandis que son autre paume pétrissait les muscles de ma cuisse à travers le tissu de mon pantalon.

— Rappelle-toi… si je te cède, c'est parce que j'en ai envie, et c'est dans un but précis, lui dis-je, abaissant ma main de son ventre jusqu'aux replis de son sexe trempé, que je frottai en la taquinant de deux doigts. Le pouvoir que tu as, c'est celui que je te donne.

— Tu… Tu veux tout prendre de moi et ne rien me donner en retour.

Elle laissa retomber sa tête, fermant les yeux.

Elle ne savait pas que tout ce que je venais de dire, c'étaient des conneries. Elle avait tout le pouvoir. Bientôt, elle s'en rendrait compte.

— Je vais te donner ta liberté.

— Je t'en prie, ne romps pas cette promesse.

Ses lèvres tremblèrent quand elle prononça ces mots, et je compris à quel point elle considérait le mariage comme un piège.

Merde.

J'aurais dû être celui qui s'inquiétait de cette merde, pas l'inverse.

Je plongeai jusqu'aux jointures dans son sexe moite, faisant des va-et-vient. Elle cambra le dos, et poussa un gémissement guttural alors que ses ongles longs marquaient la peau de ma nuque.

— Tu n'as rien à craindre. Même si tu tombes amoureuse de moi, je ne romprai pas ma promesse.

Bon sang, pourquoi ces mots résonnaient-ils comme un mensonge à mes oreilles ?

Je perdais vraiment les pédales aujourd'hui.

Elle posa la paume sur ma main, qui se trouvait entre ses jambes, interrompant mon geste.

— Et si c'est toi qui tombes amoureux ?

Me libérant de son corps, j'agrippai ses hanches et la fis basculer sur le dos. Dieu, qu'elle était magnifique, avec ses joues rougies, sa respiration haletante et les pupilles dilatées par le brouillard de désir et d'excitation.

— Que je tombe amoureux est une chose dont tu n'auras jamais à t'inquiéter. En fait, il n'y a pas la moindre chance que ça arrive.

Elle releva le menton.

— Pourquoi ?

— Parce que je n'ai pas de cœur. Comme je te l'ai dit, je suis la création de Gio Drakos. Avoir un cœur impliquerait d'avoir des faiblesses.

— Et tu ne peux pas en avoir, conclut-elle.

Quelque chose qui ressemblait à de la tristesse passa dans son regard, mais disparut tout aussi vite.

Je hochai la tête.

— Alors, je n'ai rien à craindre, affirma-t-elle en empoignant ma chemise pour m'attirer vers elle. Ce n'est que du sexe.

Simon

Je regardai fixement les yeux de Nyx, remplis de désir, sans comprendre ce qui m'arrivait.

Sa manière d'accepter facilement notre situation et le fait que je ne pourrais jamais l'aimer, que nous avions une date limite, que ce n'était que du sexe, me laissaient une impression de malaise au creux de l'estomac.

Qu'est-ce qui n'allait pas chez moi ?

— C'est plus que du sexe, Déesse.

Je la vis plisser le front.

— Quelle étiquette y mettrais-tu, alors ?

Je l'embrassai, mordant sa lèvre inférieure en la pinçant suffisamment pour qu'elle reste enflée.

— C'est du sexe torride, vicieux et dépravé qui te laisse parfois des bleus et t'oblige à porter des robes conçues spécialement pour masquer les marques laissées par nos activités.

Son froncement de sourcils s'estompa alors que ses lèvres se relevaient et qu'elle touchait l'endroit où je l'avais mordue il y a quelques minutes.

— Je ne vois pas trop comment j'aurais pu l'expliquer à mes parents ou à mes frères.

— C'est toi qui l'as demandé.

— Effectivement, confirma-t-elle en frottant son corps nu contre le mien. Fais-le encore.

En entendant sa voix chargée de désir, mon sexe fut prêt à sortir de mon pantalon, et je la tirai vers moi.

Me penchant sur elle et l'encerclant de mes bras, je la contemplai.

— Tu es insensée, Olympia Nyx Mykos. Je n'ai jamais rencontré une femme comme toi. Tu es incroyablement fascinante.

Un sourire éclata sur son visage, la faisant passer de la beauté qu'elle était déjà à la déesse dont je lui donnais le nom.

— Je crois que c'est le plus beau compliment qu'on m'ait jamais fait.

— Tu préfères être fascinante que belle ?

— Bon sang, oui ! La beauté est éphémère. Je préfère être quelqu'un de notoire et de mémorable.

Je la fixai, et le nœud au creux de mon ventre se resserra. Pendant une seconde, je crus entendre l'avertissement de Kasen dans un coin de ma tête.

« *Elle ne t'appartient pas.* »

Bien sûr que si.

Repoussant mes pensées, je me concentrai sur la femme que je tenais dans mes bras.

— Alors, tu as définitivement atteint ton objectif. Il n'y a personne d'autre comme toi. Est-ce qu'on pourrait arrêter de parler, et nous envoyer en l'air ?

Elle pinça les lèvres, essayant de réfréner un sourire, puis hocha la tête, enroulant les bras autour de mon cou.

Il n'y eut plus aucun mot alors que nous nous perdions dans l'ivresse de nos bouches, savourant, goûtant, profitant.

Ses doigts tiraient sur mes vêtements à la recherche de ma peau, et elle me fit haleter quand ses ongles griffèrent mes abdominaux.

— Si je peux gérer les bleus et les morsures, tu peux gérer les griffures.

— Ce n'est pas comme ça que ça fonctionne. En plus, tu m'as supplié pour les avoir.

Saisissant ses mains, je pris la ceinture de son peignoir, l'enroulait autour de ses poignets, puis, l'attachai à l'un des montants de son lit.

Alors que je m'en éloignai, elle me jeta un regard furieux, avec un mélange de désir et de contrariété.

— Ne t'avise pas de me laisser encore en plan.

J'entrepris de me débarrasser de mes vêtements et je retins un sourire.

— J'ai dû contourner une armée d'agents de sécurité pour atteindre ta porte d'entrée. Il est hors de question que je m'en aille sans t'avoir prise.

— Alors, va droit au but, Drakos.

Elle seule était capable de me donner des ordres, alors

même qu'elle était attachée et étendue comme un sacrifice sur un lit.

Jamais une femme ne m'avait fait rire pendant l'amour. Il y avait beaucoup de jamais et de premières avec elle.

J'entendis de nouveau résonner la voix de Kasen dans ma tête.

« *Ne la laisse pas devenir ta faiblesse. Ne t'attache pas. Il faut que ça reste décontracté. C'est du business, comme tu l'avais prévu depuis le début. Ce sera mieux pour vous deux quand ça se terminera.* »

— Simon ? Pourquoi tu me regardes comme ça ?

Mon esprit revint à la déesse devant moi, et je rampai au-dessus d'elle, saisissant ses chevilles, attirant son sexe contre mon membre tendu.

— Oh, mon Dieu…

Un gémissement s'échappa de ses lèvres, et elle rejeta sa tête en arrière.

Me penchant en avant, je calai un bras près de son épaule et serrai sa gorge avec ma main.

— Tu m'appartiens, Déesse.

Elle remua les hanches, effleurant de son sexe moite le sommet de mon pénis douloureux.

— Prends-moi et arrête de parler.

— Est-ce que tu m'as entendu ?

Je me frottai contre elle, sans lui offrir cette pénétration dont elle mourait d'envie.

Un miaulement lui échappa avant qu'elle ne supplie :

— Simon, je t'en prie.

— Tu dois d'abord me répondre.

Son regard se connecta au mien, laissant passer quelque chose dans ses profondeurs noires, et elle secoua la tête.

— C'est temporaire.

J'augmentai la pression sur son cou, observant ses pupilles qui se dilataient et son souffle qui se faisait haletant.

— Pour l'instant, tu m'appartiens, corps et âme.

— Non. Tu n'auras que mon corps. C'est du business mêlé de chantage, tu te souviens ?

Alors que j'étais sur le point de lui expliquer comment fonctionnaient les choses dans cette relation, elle accrocha ses jambes à l'arrière de mes hanches et, d'une rapide cambrure de son bassin, s'empala sur mon sexe.

— Déesse ! m'exclamai-je avant de serrer les dents.

Cette femme allait me tuer.

— J'ai dit : « arrête de parler ».

Je laissai retomber mon front sur le sien, et ma prise sur sa gorge se resserra alors que je ressortais jusqu'à la pointe de mon membre.

— Tu veux t'envoyer en l'air ?

— Oui.

— Alors, c'est exactement ce que nous allons faire, dis-je en m'enfonçant brutalement en elle, lui arrachant un cri. Quand nous en aurons terminé, tu me sentiras à chaque pas.

— Je t'en prie, gémit-elle.

Et je fermai les yeux, me demandant pourquoi rien de ce que je disais ne la repoussait.

Au lieu de trop me concentrer sur ce sujet, je me déplaçai, agrippai ses hanches pour l'ajuster selon un angle parfait, et lui imposai un rythme dur et implacable.

Comme si c'était tout ce qu'elle attendait, elle ferma les paupières et cria :

— Oui, Simon ! Encore. Donne-m'en plus !

Mon Dieu, elle était tellement belle, avec son visage rougi, ses mamelons érigés en bourgeons raidis et son corps luisant de sueur. J'aurais pu la regarder tous les jours.

— Qu'est-ce que tu veux, Déesse ?

Je fis rouler mes hanches de la manière qu'elle aimait, mais juste assez pour la taquiner.

Son sexe frémit et m'inonda tandis qu'elle agitait ses bras liés contre le montant au-dessus de sa tête.

— N'importe quoi, fais quelque chose pour me faire décoller. Arrête de me torturer.

Elle planta les talons dans le matelas et balança la tête d'un côté à l'autre.

Je tendis le bras et détachai ses mains. Immédiatement, elle passa les bras autour de mes épaules et se cambra contre moi. J'empoignai à nouveau ses cheveux, inclinai son cou et frôlai de mes dents l'endroit qu'elle aimait que je morde.

— Merde, Simon, fais-le !

Au moment même où je la mordais, je glissai mes doigts entre ses lèvres intimes et saisis son clitoris gonflé, lui procurant une dose supplémentaire de douleur qu'elle adorait.

Son corps entra en éruption. Elle haleta et gémit des mots incohérents, me griffant les bras et le dos. Son sexe inonda mon membre de son excitation tout en le serrant si fort que je pouvais à peine bouger en elle.

Je continuai de la pénétrer, l'amenant deux fois encore à dépasser le point de rupture, puis je laissai sortir ma bête, sans me soucier de savoir si les gardes qui patrouillaient dehors nous entendaient.

Quand je jouis enfin, je sus deux choses.

D'abord, il fallait que je convainque Nyx de revenir sur la promesse que je lui avais faite, parce que j'avais bien l'intention de la garder.

Ensuite, j'espérais que, quand tout se saurait, je ne déclencherais pas une nouvelle guerre qui prendrait un siècle à s'achever.

*
**

Un peu avant l'aube, un message fit sonner mon téléphone pour m'avertir que c'était le changement d'équipe de sécurité autour du domaine des Mykos. Ce qui signifiait que je devais quitter le lit de Nyx et sortir de la propriété.

Je baissai les yeux sur la tête de Nyx, pressée contre ma poitrine, et sur son délicat corps nu, enroulé autour du mien.

L'idée de la quitter me mettait en rage. C'était peut-être parce que j'avais pris l'habitude de passer tellement de temps avec elle que c'était devenu notre routine.

Non. Notre routine, c'était que je la prenne jusqu'à ce

qu'elle perde conscience et que nous poursuivions notre journée. Elle, aux jardins botaniques, et moi, dans le bureau de son penthouse pour travailler.

Je repoussai un cheveu égaré derrière son oreille et secouai la tête.

Elle était une diablesse, mais pas le genre que tout le monde voulait dépeindre. Elle ne rentrerait pas dans le moule, et il était apparu évident à la fête que son refus de se conformer faisait d'elle une cible.

Et je ne comprenais pas pour quelle raison Camilla aurait dit à Nyx que j'allais m'envoyer en l'air à tout va dans son dos. Pour autant que le monde entier le sache, Nyx et moi étions prêts à nous marier, et Camilla n'avait pas la moindre chance. Elle avait forcément une arrière-pensée pour faire ce genre de vacherie.

Mon instinct me disait que son père, Kes Santos, était derrière tout ça. J'avais chargé certains de mes hommes d'enquêter au sujet de cet enfoiré une fois que je serais parti.

Nyx remua, et sa main glissa du haut de mon torse vers mon abdomen, pour s'arrêter juste au-dessus de mon aine. Mon membre se réveilla et je fermai les yeux.

Ce n'était pas le moment.

Mon téléphone bipa de nouveau et je compris qu'il fallait que je bouge, faute de quoi je risquais de voir un ou tous les Mykos débarquer. D'après les informations transmises par mon équipe, tous les frères étaient arrivés sur le domaine ce matin pour un brunch avec leurs parents.

Peut-être que Nyx était différente parce que sa famille l'était. Les Mykos passaient du temps ensemble, comme les familles normales. Enfin, des familles normales, non mafieuses, qui ne devaient pas se réunir à cause d'un ordre ou d'un devoir.

Ils appréciaient la compagnie les uns des autres, passaient du temps ensemble en dehors des affaires et des obligations. Elle exagérait peut-être, mais Nyx m'avait juré que son père commencerait à bouder si elle ne lui rendait pas visite une fois par mois ou plus. La dernière chose qu'on attendait du Chirurgien Mykos, c'était qu'il boude.

Cette famille partageait un type d'intimité et un lien que je ne pouvais pas comprendre.

Non, ce n'était pas vrai. J'avais eu une vie plutôt normale jusqu'au meurtre de mes parents. Avec Gio pour grand-père, personne ne pouvait prétendre que quelque chose était typique. Mais, ma mère avait fait de son mieux pour que la simplicité fasse partie de notre vie, des dîners chaque soir aux activités extrascolaires auxquelles les deux parents participaient.

Je reçus un texto sur mon téléphone.

KASEN : *Lève ton cul. Il faut que tu prépares un sac. Nous avons des problèmes à régler qui nécessitent toute ton attention.*

Une seconde plus tard, la photo d'un bateau à moitié achevé et en flammes apparut sur mon téléphone.

Bon sang, c'était vraiment génial…

MOI : *Demande au pilote de préparer le jet. Je suis en route. C'était Albert ?*

KASEN : *Mes tripes me disent que c'est soit Albert, soit Hal. Pour le moment, on a besoin que tu ramènes ton cul en Grèce.*

MOI : *Je suis en route.*

Avec un soupir, je posai mon téléphone sur le côté et me dégageai de la chaleur de Nyx pour sortir du lit.

— Quand est-ce que tu reviens à Vegas ?

— Je ne suis pas sûr. Je te le ferai savoir dès que j'aurai réglé certains problèmes professionnels. Cela pourrait durer une à deux semaines, voire plus.

— Des problèmes ? répéta-t-elle en s'asseyant, remontant le drap autour de sa poitrine. Je vois.

La froideur de son ton me poussa à marquer un temps d'arrêt.

— Qu'est-ce que tu vois ?

— Tu veux que je croie que tu ne vas pas aller t'envoyer en l'air ?

— Oui.

Elle ferma les yeux, détournant le visage de moi.

— Ne me mens pas, Simon. Je préférerais que tu me déballes tout. Je sais comment fonctionnent les hommes comme toi.

— Tu veux m'expliquer ce que signifie « les hommes comme moi » ?

— J'ai grandi dans ce monde. J'ai tout vu et tout entendu.

Je grimpai sur le lit et la bloquai avec mon corps.

— Il me semblait que nous avions réglé cette question hier soir. La seule personne avec qui j'ai l'intention de coucher, c'est toi. Et la seule personne avec qui tu vas coucher, c'est moi.

— Tu vas passer plus de deux semaines sans sexe ?

— Non, absolument pas.

Elle plissa les yeux, mais, avant qu'elle ne puisse dire quoi que ce soit, je repris la parole.

— Je ne prévois pas de rester loin de ton sexe étroit plus de deux semaines, maximum.

— Es-tu en train de me dire que tu vas prendre l'avion entre deux problèmes à gérer pour venir coucher avec moi ?

— C'est exactement ce que je dis.

— Ça va devenir ennuyeux. Surtout avec ton emploi du temps chargé.

— Est-ce un défi, madame Mykos ?

— Effectivement, monsieur Drakos.

— Défi accepté.

— Et comment vas-tu expliquer tes voyages aux gens ?

— Je vais leur laisser croire que j'ai une liaison. Mais il se trouve simplement que, cette liaison, je l'ai avec ma fiancée.

CHAPITRE
Quinze

Nyx

— Excusez-moi, madame Mykos. Il y a un M. Drakos qui vous demande.

Je levai les yeux de mes formulaires de commande de fournitures pour me concentrer sur l'une des préposées du jardin botanique de l'*Ida*, qui se tenait dans l'entrée de mon bureau.

— Merci, Janice. Dites-lui que je serai là dans quelques instants.

Elle hocha la tête et partit.

Je fronçai les sourcils et vérifiai mon téléphone, sachant qu'il était impossible que j'aie manqué un message ou un appel de Simon. Mais, au cours des cinq dernières semaines, notre communication était passée de longs appels téléphoniques à rien du tout pendant la journée, et le badinage sexy par texto auquel j'étais habituée s'était mué en messages d'une ou deux lignes, sans aucune mention de visites ou de quoi que ce soit d'autre que les futurs événements formels.

Les voyages pour venir me voir toutes les deux semaines qu'il avait évoqués n'avaient jamais eu lieu. La seule explication qu'il m'avait donnée impliquait des conneries à propos de négociations qui nécessitaient une attention non-stop, faute de quoi, celles-ci tomberaient à l'eau.

Quel genre de négociations prenait cinq semaines ?

Bon sang, nous ne nous étions même pas vus lors de ma visite mensuelle à ma famille, à New York.

Quelque chose avait changé, mais je ne comprenais pas quoi. Il avait érigé cette frontière entre nous, me faisant comprendre très clairement qu'il avait décidé qu'il valait mieux mettre fin à l'aspect physique de notre relation.

Cet abruti n'était même pas capable de me le dire en face.

Enfoiré.

C'était peut-être une bonne chose.

L'attirance que je ressentais pour lui avait commencé à m'embrouiller la tête, et je ne pouvais pas m'autoriser à m'attacher. J'avais un objectif, et il compliquerait les choses en m'obligeant à brouiller les lignes.

Sortant mon téléphone, j'envoyai un message à Simon.

MOI : *Hé, abruti. Depuis quand est-ce que tu as appris les bonnes manières, et à demander la permission de me parler ? Tu ne passes pas simplement par le côté employé des jardins pour exiger mon attention ?*

Presque aussitôt, les trois points se mirent à bouger.

SIMON : *Je n'ai aucune idée de ce dont tu parles. Je suis en négociations depuis cinq heures.*

MOI : *Alors, quel M. Drakos est ici pour me voir ?*

SIMON : *Je n'en ai aucune idée, mais je suis sur le point de le découvrir. Ne t'avise pas d'aller voir qui que ce soit.*

MOI : *N'avons-nous pas déjà établi que je ne suis pas douée pour suivre les instructions ? Surtout celles qui sont données par des salauds qui ont des bâtons dans le derrière, qui coupent la communication et qui décident que je ne vaux pas la peine de perdre leur temps.*

SIMON : *Si tu poses un pied hors de la sécurité de ce jardin, je te jure que je vais tellement faire rougir tes fesses, que tu vas le regretter.*

La menace de le voir me toucher les fesses fit grimper la température de mon corps.

Reprends-toi, Nyx. C'est fini.

MOI : *Pour ça, il faudrait que tu sois au même endroit que moi. Et ce n'est pas le cas.*

SIMON : *Ne me teste pas, Déesse.*

MOI : *Je ne suis pas ta déesse, je ne suis rien du tout pour toi. Et pour info, si je suis capable de gérer l'abruti des Drakos, je peux gérer n'importe qui.*

SIMON : *C'est ce que tu penses être en train de faire ? Me gérer ?*

MOI : *En fait, je ne veux pas te gérer du tout. Je ne veux rien avoir à faire avec toi.*

SIMON : *Tu vas faire beaucoup de choses avec moi quand j'arriverai jusqu'à toi. Surtout si tu n'écoutes pas ce que je te dis.*

MOI : *Nous sommes en train d'envoyer des messages, pas de parler. Je n'entends rien de ce que tu dis, abruti.*

Presque immédiatement, mon téléphone sonna. Mon côté méchant voulait le laisser tomber sur messagerie vocale, mais mon côté idiot décrocha.

— Qu'est-ce que tu veux ? aboyai-je dans mon téléphone.

— Tu vas faire ce que je dis, Déesse.

Sa manière de prononcer ces mots me rappela une autre fois où il avait employé cette phrase exacte, m'ordonnant de me mettre à genoux et de le sucer.

Mon traître de corps réagit, et je me mordis l'intérieur de la joue au lieu de me concentrer sur mes mamelons qui se dressaient et sur mon sexe qui devenait moite.

À travers mes dents serrées, je lui dis :

— Ne fais pas ça.

— Faire quoi ?

Il laissa sa voix faire ce truc qui augmenta la douleur au plus profond de mon ventre.

— Tu m'as déjà fait comprendre que tu en avais fini avec moi, alors arrête de te foutre de moi.

— C'est ce que tu penses ?

— C'est ce que je sais. Je suis une grande fille, et je sais comment les choses fonctionnent.

— C'est surprenant, parce que je suis le premier homme à t'avoir touchée, à t'avoir prise, à avoir joui en toi.

Je fermai les yeux. Je détestais avoir à ce point envie de cette ordure.

— Qu'est-ce qui te donne l'impression que j'en ai fini avec toi, même de loin ?

Je changeai mon téléphone d'oreille.

— Tes actes.

— Je m'occupais d'affaires. Des affaires que j'aimerais sacrément pouvoir confier à quelqu'un d'autre sans causer plus de chaos.

— Je m'en moque.

— Menteuse. Tu te demandes dans qui j'ai enfoui mon membre au cours des cinq dernières semaines. Tu veux connaître la réponse ?

— Je n'ai pas le temps pour tes conneries, lui dis-je, appuyant mes doigts sur l'arête de mon nez. Va te faire voir. J'ai du boulot, et je dois me débarrasser d'un autre Drakos.

— Tu ne vas pas le voir. C'est un ordre.

Mon tempérament fut piqué au vif.

— Écoute, enfoiré, je ne reçois pas d'ordres de toi. Tu n'es pas mon père. Tu n'es pas un de mes frères. Tu es mon faux fiancé avec qui j'avais l'habitude de m'envoyer en l'air. Écoute-moi bien, j'*avais* l'habitude de m'envoyer en l'air avec toi. Tu n'as pas ton mot à dire dans ma vie. Maintenant, va te faire voir, Drakos. J'ai des choses à faire.

Je raccrochai, reposai le téléphone et fermai les yeux un instant, sachant que j'avais fait la seule chose que je n'aurais pas dû faire. Je m'étais attachée.

Merde. Merde. Merde.

Je m'étais attachée à cet enfoiré, et cela me faisait un mal de chien qu'il me m'ignore.

Mieux valait m'en occuper maintenant que de tout remettre en question plus tard. Il fallait que je garde en tête qu'il représentait tout ce que je détestais dans le monde dans lequel j'avais grandi. Les règles, les attentes, les faux-semblants.

Je voulais une vie normale, un boulot normal, quelque

chose loin de la folie de mon enfance. Je voulais quelqu'un qui m'accepterait telle que j'étais, qui ne voudrait pas que je rentre dans un moule, qui me voudrait pour moi, qui me ferait passer en premier, ou qui me placerait au moins sur sa liste de priorités.

Peut-être que voir mes parents m'avait abîmée. Papa et Maman étaient tombés amoureux quand ils étaient adolescents, mais on avait attendu d'eux qu'ils épousent des personnes différentes. Puis, le jour du mariage de Maman, Papa l'avait enlevée. Cela avait provoqué un énorme scandale, mais, au final, un autre avait éclipsé l'incident et les gens l'avaient oublié.

Enfin, en dehors du fait que Maman était la plus grande faiblesse de l'homme connu sous le nom du Chirurgien Mykos. Papa n'hésitait jamais à dire qu'il pourrait réduire le monde en cendres s'il arrivait quoi que ce soit à Maman. C'était sans doute pour cela qu'il s'assurait qu'elle bénéficiait d'une protection jour et nuit. Parfois, j'avais l'impression qu'il allait trop loin, mais Maman semblait toujours trouver des moyens de contourner le problème.

En parlant de moyens, il fallait que je découvre qui, dans le clan Drakos, voulait me voir. Simon m'avait clairement fait comprendre qu'il n'avait pas cette information.

Je me levai de mon bureau et sortis par l'arrière des jardins. À côté de grands hibiscus en fleurs se tenait un homme de la même taille et de la même corpulence que Simon. Le style vestimentaire était presque le même, sauf que ce type semblait avoir un côté vaniteux : les étiquettes de créateurs étaient bien visibles sur ses chaussures et sur sa ceinture, alors que Simon portait des vêtements que tout le monde savait faits sur mesure qui n'avaient pas besoin d'étiquettes.

Quand j'aperçus le visage de l'homme, je reconnus le jeune cousin de Simon, Hal. Ça n'avait aucun sens. D'après ce que Tyler m'avait dit à son sujet, au mieux, ces deux-là se détestaient les bons jours. Simon ne m'avait même pas présentée à lui ni à son oncle, Albert, à la fête de fiançailles.

Il y avait quelque chose de bizarre chez lui, comme s'il savait qu'il n'était pas censé être dans le coin. Son regard scrutait les environs en permanence. Ce fut à cet instant que je remarquai le jeton de poker qu'il faisait tourner entre ses doigts. Mon cœur s'emballa.

C'était l'un de ceux dont je me servais pour les événements *Silent Night*. L'emblème personnalisé, avec la lune et les étoiles, y était gravé, représentant l'ancienne déesse de la nuit.

Nous comptions chaque jeton à la fin d'un événement. Couvrir nos arrières était une priorité. Et la seule fois où un jeton avait disparu depuis que j'avais commencé à organiser mes événements, à l'âge de dix-huit ans, ce fut après la nuit où David avait joué contre les membres de la famille royale du Moyen-Orient que je lui avais déconseillé d'approcher.

Aujourd'hui, Hal Drakos l'avait en sa possession. Cela signifiait qu'il voulait quelque chose de moi.

Merde.

Sortant mon téléphone, j'envoyai un message à Stevie pour l'informer que j'avais localisé le jeton manquant. Aussitôt, elle me répondit.

STEVIE : *Soit tu demandes à ton fiancé de s'en occuper, soit tu vas devoir dire la vérité à tes frères. Je suis certaine qu'ils prendront grand plaisir à le gérer à leur manière.*

MOI : *Leur demander de résoudre mes problèmes signifie que je suis liée à leur monde.*

STEVIE : *Quand vas-tu te rendre compte que c'est aussi ton monde ? Tu ne peux pas simplement décider de le quitter, quoi que tu en penses. De plus, ce que tu fais, ce n'est pas vraiment respecter la loi. Si tu voulais vraiment avoir une vie normale, il faudrait que tu deviennes propriétaire de ton magasin de fleurs, ou peut-être professeur d'université.*

MOI : *Est-ce qu'on pourrait éviter les leçons pour le moment ? Nous avons d'autres priorités sur lesquelles concentrer notre attention. Je devrais peut-être le rencontrer et découvrir ce qu'il veut.*

STEVIE : *C'est une mauvaise idée, à un niveau épique.*

Je soupirai. Une fraction de seconde plus tard, un autre message arriva.

STEVIE : *J'envoie Tony. Il va garder un œil sur ta fausse future belle-famille. Ramène ton cul ici.*

Merde. Stevie se montrait vraiment autoritaire quand elle était en mode protectrice.

Moins de trente secondes plus tard, Tony se tenait devant moi, me bloquant complètement à la vue de Hal ou de quiconque. L'inquiétude que je lus sur son visage me fit retenir la remarque narquoise que j'étais sur le point de faire.

— Nyx, vous devez suivre les ordres et retourner à l'intérieur. Avec les merdes qui se passent chez les Drakos, la dernière chose que nous voulons, c'est faire de vous une cible.

J'avais envie de lui demander plus d'informations, mais j'étais certaine qu'il ne me les donnerait pas. Surtout si Tyler ou Papa lui avaient dit de ne rien me répéter.

Une boule s'installa au creux de mes tripes.

Ce serait ainsi que les choses continueraient de se dérouler quand je m'éloignerais de tout. Je ferais toujours partie de la famille, mais je serais à part. Plus jamais je ne serais membre du cercle intime. Plus jamais je ne serais celle qui donnerait à Papa ou à mes frères une perspective en dehors des opérations quotidiennes de l'organisation.

Avec un soupir, je repoussai la mélancolie. Je me tournai vers les bureaux du jardin et y entrai, Tony juste derrière moi.

— Vous pouvez toujours changer d'avis.

Les paroles gentilles de Tony firent naître un malaise dans ma poitrine.

— Je ne sais plus ce que je veux.

— Est-ce à cause de Drakos ou de votre famille ?

— Drakos n'a rien à voir avec ça. C'est terminé entre nous.

Le simple fait de le dire me laissait un goût amer dans la bouche.

— À votre place, je n'en serais pas si sûr.

Je lui jetai un regard noir par-dessus mon épaule.

— Moi si. Est-ce que vous pouvez faire en sorte qu'un jet me ramène à la maison ? Je veux voir ma famille.

— Alors, vous allez enfin leur dire ? Ce serait peut-être mieux ainsi.

— Non.

— Alors, parlez du jeton à Drakos.

Je secouai la tête.

— Il n'y a rien sur le jeton qui puisse remonter jusqu'à moi. Il ne porte que l'emblème du club. Qu'il le garde. Si je ne supporte pas les conneries de celui avec qui je suis fiancée, je ne supporterai pas celle de celui-là.

— Alors, en attendant, je vais doubler votre sécurité. Je préfère faire preuve de prudence.

Le ton direct de Tony quand il avait prononcé ces mots me donna envie de rire.

Je hochai la tête en signe d'assentiment.

— Pourquoi ai-je l'impression que vous allez me mettre sous surveillance vingt-quatre heures sur vingt-quatre ? Comme vous l'avez fait quand je me suis faufilée hors de la maison pour faire peur à Teresa, qui avait volé ma broche.

Tony garda une expression imperturbable, en dehors du léger tressaillement de ses lèvres.

— Parce que vous posez tout autant de problèmes aujourd'hui qu'à l'époque.

Nyx

Vingt-quatre heures après avoir quitté Vegas, je sortis sur le patio chauffé qui menait à la serre reliée à mon cottage. Il était un peu plus d'une heure du matin, et j'avais eu beau essayer, le sommeil semblait me fuir.

Stupides fuseaux horaires.

En général, creuser un peu la terre apaisait mon esprit et m'aidait à me détendre suffisamment pour glaner quelques heures de sommeil avant le brunch géant que mes parents organisaient toujours lorsque les cinq enfants étaient en ville en même temps.

Ouvrant les portes vitrées, je pénétrai dans la pièce chaude et humide et humai l'air, m'imprégnant de l'essence riche et terreuse de l'endroit. Il n'y avait rien de tel que l'odeur des plantes, des fleurs, de la nature. Mes frères n'avaient jamais compris ma fascination pour la nature, mais, d'aussi loin que je m'en souvienne, j'avais toujours aimé regarder les choses pousser.

Je me rendis dans la partie la plus reculée de la serre, là où je gardais mes fournitures, et commençai à me dépouiller de mes vêtements jusqu'à ce que je n'aie plus que mon peignoir et ma chemise de nuit.

Étirant largement mes bras, je tournai en rond. Mon Dieu, que j'aimais cet endroit.

Si je le voulais, je pouvais faire la roue ou courir les fesses à l'air ici, et personne ne sourcillerait. C'était mon lieu sûr, mon sanctuaire. Un lieu où réfléchir et me recentrer.

C'était ce que je devais faire maintenant.

Un peu plus tôt dans la soirée, certains de mes vieux amis s'étaient réunis dans un club du coin pour une soirée amusante au cours de laquelle nous avions évoqué notre passé et nos frasques à l'université. Nous avions beaucoup trop bu et ri trop fort. Cela avait été libérateur, mais la boule dans mon estomac ne s'était pas atténuée.

Au lieu de m'inquiéter que Hal ait le jeton de poker que David avait dérobé lors d'une de mes parties, mes émotions étaient tourmentées par un homme qui faisait Dieu savait quoi en ce moment.

Foutu Simon.

Toute cette situation était si anormale et, même en sachant que rien ne serait jamais sorti de notre relation, je ne pouvais m'empêcher de me sentir amère face à la façon dont il m'avait traitée.

Abruti.

Oui, c'était ce qu'il était. Un foutu abruti, pour ne pas s'être montré franc avec moi.

La prochaine fois que je verrais Akari, je prévoyais de lui demander de prendre son conseil et se le fourrer là où je pensais.

Je sursautai en entendant la porte de la serre grincer derrière moi et, avant de me rendre compte que j'avais bougé, j'attrapai un couteau du bloc de boucher sur la table près de moi, et le lançai vers la porte, enfonçant l'acier dans le cadre.

— Putain, Déesse ! C'est comme ça que tu accueilles chaque invité ?

Les battements de mon cœur résonnèrent dans mes oreilles alors que je fixais le visage de Simon.

— Les indésirables. Je n'étais pas obligée de manquer mon coup.

La colère irradiait dans tous mes nerfs. Comment osait-il entrer dans ma serre après son manège qui durait depuis cinq semaines ?

Et pourquoi fallait-il qu'il soit aussi beau ?

— Je suis sûr que non, dit Simon en entrant, fermant la porte puis la verrouillant derrière lui. Mais je suis ravi que tu l'aies fait.

— Je ne veux pas de toi ici.

Je bougeai, reculant légèrement.

— Est-ce que j'ai l'air de m'en soucier ?

— Tu devrais. Cela pourrait mal se terminer.

— Pourquoi ? Est-ce que tu prévois de me jeter d'autres couteaux ?

Ses yeux s'enflammèrent, envoyant un frisson dans ma

colonne vertébrale, me donnant envie de me gifler parce que j'avais toujours ce genre de réaction physique en sa présence.

Je reculai d'un pas de plus alors que ma respiration se faisait haletante.

— Si ma famille te trouve ici avec moi, elle te tuera.

— C'est la dernière chose qui se produirait si elle nous trouvait ensemble, et tu le sais, dit-il tandis que les coins de ses lèvres se courbaient. Qui est le Drakos qui est venu te voir ?

Je faillis lui répondre, mais décidai de le garder pour moi. Le jeton n'avait pas d'importance, et je n'allais pas devenir un pion dans cette histoire entre Simon et son cousin.

— Je ne l'ai jamais rencontré.

— Tu m'as vraiment écouté ?

— Parfois, je peux me montrer accommodante.

Il hocha la tête, mais je n'étais pas certaine qu'il croyait un mot de ce que je disais.

— Je suis allé à Vegas. Tu n'y étais pas.

— P… Pourquoi y serais-tu allé ?

J'étais incapable de dissimuler la confusion dans ma voix.

Cela n'avait aucun sens. Il m'avait larguée.

Il s'avança, et ses yeux verts semblaient comme en fusion, tels ceux d'un prédateur prêt à dévorer sa proie.

— Mon projet initial était de faire un arrêt ici pour me rafraîchir avant de prendre un autre vol pour venir te voir, mais notre coup de fil a changé les choses.

Je levai la main dans une tentative futile pour le repousser, et continuai de reculer.

— Tu t'es montré clair sur le fait que c'était fini entre nous, tu te souviens ?

— Vraiment ? Ou bien est-ce une supposition de ta part ?

Je relevai le menton.

— C'était un raisonnement déductif.

— Eh bien, trouvons un autre raisonnement.

Il s'avança très rapidement, arrivant sur moi et me plaquant contre le treillis de fer du mur, si vite que j'eus à peine l'occasion de souffler.

Je m'agrippai à ses avant-bras, incapable de faire autre chose, alors que l'intensité de sa présence submergeait mes sens.

— Sais-tu ce que j'avais envie de faire après avoir passé presque toutes mes journées depuis plus d'un mois à Thessalonique, à gérer une situation de merde après l'autre ?

Ses négociations se déroulaient en Grèce ? Cela signifiait qu'il y avait un problème avec les ports et tous les constructeurs. Pourquoi me l'avait-il caché ?

Au lieu de lui poser mes questions, je répondis à la sienne :

— Quoi ?

— Je voulais me perdre dans ton corps. Je voulais te raconter des trucs stupides et me disputer avec toi, juste pour t'entendre me menacer de me trancher la gorge.

Ses mots étaient empreints d'une certaine panique.

— Ce n'est pas une vraie relation, Simon. Nous avions l'habitude de coucher ensemble, rien d'autre.

— Tu m'appartiens, Déesse. J'ai été clair à ce sujet lors de notre première nuit ensemble, il y a plus de quatre mois. Et quand il est question de nous envoyer en l'air, il n'est pas question de parler au passé. Notre accord porte sur une année à compter de nos fiançailles.

Sa main remonta jusqu'à mon cou tandis que l'autre se glissait autour de ma taille. Ma respiration s'accéléra, et le désir inonda mon ventre.

— Les quatre-vingt-dix jours précédents ne font pas partie de l'équation. Ce qui signifie que j'ai encore onze mois pour faire de toi ce que je veux.

— Si c'est vrai, alors tu dois régler cette histoire de chaud et froid. Je ne le supporterai pas.

— Ah oui ?

Il inclina ma tête sur le côté, effleurant mon cou de ses dents, puis mordit, m'offrant ce plaisir mêlé de douleur que je désirais tant.

Je criai puis murmurai :

— Je te déteste d'utiliser mon corps contre moi alors que je ne représente rien pour toi.

— Es-tu en train de dire que je compte pour toi ?

Il souleva mes mains de ses bras et enroula mes doigts autour des barreaux de métal au-dessus de ma tête.

— Je ne te laisserai pas compter. C'est physique, rien de plus.

— Physique, répéta-t-il d'un ton moqueur, alors que sa paume glissait de ma gorge pour saisir mon sein, avant qu'il ne pince mon mamelon entre son pouce et son index.

— Mon Dieu, Simon.

Il se rapprocha de moi, son membre dur et épais formant comme une marque au fer rouge entre nous.

— Dis-moi, Déesse, me demanda-t-il en augmentant la pression. Est-ce que tu t'es languie de moi, de mes caresses, de ma bouche, de mon membre ?

Je ne pus retenir un gémissement.

Il descendit la paume plus bas, entre mes jambes, rassemblant le tissu de ma chemise de nuit.

J'avais tellement besoin de ça.

Il lécha le contour de mon oreille, couvrant mon corps de chair de poule.

— N'as-tu pas de réponse à me donner ?

Si je niais, il saurait que je mentais. Je le désirais de tout mon être, et le détestais pour ça. La sensation de son toucher, de son odeur, de sa présence. Il m'embrouillait la tête comme jamais personne d'autre ne l'avait fait.

J'étais devenue dépendante.

— C'est temporaire. Ce sont tes conditions en échange de ma liberté, répondis-je, relâchant une main pour glisser mes doigts dans les mèches de ses cheveux. N'était-ce pas ce que tu as dit ?

Il exposa lentement la peau de mes jambes jusqu'à atteindre mes hanches.

— Tu détestes vraiment cette vie, n'est-ce pas, Nyx ?

— J'adore ma famille.

Je fermai les yeux et me cambrai quand sa bouche glissa de ma gorge au creux de mes seins, et que les doigts d'une main passaient sous ma culotte, trouvant mon sexe trempé.

— Ce n'est pas ce que je t'ai demandé, insista-t-il en

taquinant mon clitoris gonflé, l'entourant, le frottant, l'effleurant. Qu'est-ce qui fait que tu la détestes à ce point ?

— Je suis un pion dans le jeu de tout le monde. Y compris le tien, y compris celui de ta famille.

Il arracha mon string de mes hanches, le laissant glisser le long de mes jambes, et sans y penser, j'en sortis, le repoussant sur le côté. Juste après, j'entendis le glissement de sa ceinture, et aussitôt mon sexe se contracta, avide de sentir le sien en moi.

— Mais mes jeux, tu les aimes beaucoup, affirma-t-il en relâchant sa prise sur moi. Donne-moi tes poignets.

Quand je suivis ses instructions et que je lus la convoitise féroce dans ses yeux sombres, j'eus l'impression de contempler un dieu grec sur le point de me ravir.

Merde. Cet homme transformait mon corps en un brasier de flammes au moindre regard, ou au moindre contact, et il éveillait des parties de moi que je ne pouvais pas me permettre de libérer sans risquer de me briser le cœur.

C'était temporaire, il fallait que je m'en souvienne. Son chemin était synonyme de chaînes.

Il souleva mes bras, enroulant à nouveau mes doigts autour du métal, puis lia mes poignets aux barreaux épais du treillage.

Reculant, il se lécha les lèvres, et passa son pouce sur les miennes.

— Tu es la reine dans ce jeu, Déesse. Tu ne l'as pas encore compris ? C'est pour ça que des gens comme Camilla ont peur de toi. Et pour ça qu'ils te donnent du fil à retordre.

— Je suis l'anomalie dont personne ne parvient à trouver le sens.

Il passa sa chemise par-dessus sa tête et la jeta au sol, puis déboutonna son jean pour libérer sa magnifique érection moite. Il remonta ma chemise de nuit autour de ma taille et souleva mes jambes pour les caler autour de ses hanches.

— Ça va être brutal et rapide. Tu es avec moi ?

— Simon, je suis toujours avec toi. Tu sais combien j'aime ça.

Juste au moment où il glissait son membre entre mes lèvres intimes, et s'alignait avec l'entrée trempée de mon intimité, il me demanda :

— Ce serait si mal de m'épouser ?

Une boule se forma dans ma gorge et une pression s'accumula dans mon cœur tandis que je me plongeais dans ses intenses yeux émeraude.

— Oui, murmurai-je, et je ressentis la brûlure de sa question au plus profond de mon cœur. Tu veux que je sois quelqu'un que je ne suis pas.

Je vis quelque chose qui ressemblait à de la douleur traverser son magnifique visage juste avant qu'il ne s'enfonce en moi, me faisant haleter et me cambrer.

— Simon !

— C'est ce que tu crois, ou ce que tu as envie de croire ?

Il se retira presque entièrement avant de se renfoncer en moi.

Je me cambrai contre lui, j'avais besoin de la friction de chacun de ses coups de reins.

— Est-ce important ? Nous voulons des choses différentes.

— Vraiment ?

Il me prenait brutalement, sans ralentir le rythme. Quelque chose changeait entre nous, une chose à laquelle je ne pouvais pas donner d'importance.

— Ouvre les paupières, m'ordonna-t-il, et je me rendis compte que j'avais essayé de tout bloquer sauf les sensations qui me parcouraient le corps.

Nous nous regardâmes dans les yeux pendant qu'il entrait et sortait de moi ; sa respiration était irrégulière, son visage rougi et ses pupilles si dilatées qu'elles semblaient noires. La douleur des barreaux qui s'enfonçaient dans mon dos ajoutait un plaisir pervers que j'appréciais, sans comprendre pourquoi. Chaque coup de reins et chaque mouvement de ses hanches touchaient des endroits qu'il était le seul à connaître et faisait grimper mon besoin.

— Je t'en prie, le suppliai-je. J'en ai besoin.

— C'est ça. Supplie-moi.

Je me tordis, me débattant et secouant mes bras liés.

— Je t'en prie, Simon, laisse-moi jouir.

Plantant mes talons dans ses fesses, je tentai de le rapprocher de moi pour me procurer la friction supplémentaire dont j'avais besoin pour décoller.

Il libéra un de mes flancs et fit remonter la paume de sa main le long de mon corps jusqu'à empoigner mes cheveux et me tirer la tête en arrière.

— C'est ça que tu veux ?

Il fit rouler ses hanches exactement comme j'en avais besoin.

Mes parois intimes frémirent et se contractèrent.

— Oui, plus fort. Tu sais que j'ai besoin que ce soit plus fort.

— Si je te prends comme tu en as envie, ta famille t'entendra.

Il approcha sa bouche de la mienne et mordit ma lèvre inférieure. Ses coups de reins s'intensifièrent.

— Ils vont m'entendre te prendre. T'entendre me supplier de le faire. Ils sauront que tu n'es pas l'innocente qu'ils croient. Ils sauront que je t'ai corrompue. Ils sauront à quel point ton intimité se moule sur mon membre. Alors, tu n'auras pas le choix.

Je haletai quand mon sexe se contracta autour de sa verge épaisse.

— Arrête de dire des conneries comme ça, et prends-moi ! Je ne suis pas la femme que tu veux épouser. Ce rôle revient à quelqu'un comme cette garce de Camilla.

— C'est à moi de décider à qui appartient ce rôle, pas à toi, affirma-t-il, tandis que son martèlement devenait de plus en plus brutal, me poussant de plus en plus haut vers l'apogée que je désespérais d'atteindre. Ton avenir est entre mes mains.

— Nous savons tous les deux que je ferais une piètre épouse. Je ne rentre pas dans le moule. Je te causerais trop d'ennuis. En plus, tu as promis.

Ses yeux verts se plongèrent dans les miens pendant une fraction de seconde, puis il hocha la tête et murmura :

— Tu pourrais toujours me libérer de cette promesse.

Ce fut à cet instant qu'il toucha le bourgeon de nerfs sensibles enfoui au creux de moi, et j'explosai. La bouche de

Simon se plaqua sur la mienne, étouffant mon cri. Mon sexe frémit et se contracta autour de lui, et l'extase envahit toutes les parties de mon corps.

Il continuait de me marteler. Sa main empoigna mes cheveux dans un étau serré, tandis que les doigts de l'autre s'enfonçaient dans ma hanche et ma fesse. Son souffle devint irrégulier et son membre plus épais et plus dur. Quelque instant plus tard, il explosa, serrant les dents avec mon nom sur les lèvres.

Simon

— Il faut qu'on discute, Drakos, furent les premiers mots que j'entendis en pénétrant dans l'*Ida Resort et Casino*.

Hagen Lykaios se tenait devant moi, avec un air renfrogné sur le visage qui m'indiquait qu'il voulait soit me tabasser, soit me tuer.

Lequel des deux ? Je n'en étais pas sûr.

La dernière chose que je voulais, c'était qu'une autre complication se dresse entre Nyx et moi. Depuis mon retour de Grèce, chaque fois que je me retournais, l'univers trouvait un obstacle ou un autre à mettre en travers de mon chemin, pour s'assurer que je passe le moins de temps possible avec elle.

D'abord, j'avais eu des problèmes avec les fournisseurs pour la construction de mes navires, puis j'avais dû gérer des merdes en continu, qui tentaient de saper mon entreprise.

Tout ce que je voulais, c'était une foutue pause.

Et maintenant, c'était son cousin surprotecteur qui voulait me faire la morale.

Le type mesurait un mètre quatre-vingt-dix, avec une carrure de bagarreur, et aurait intimidé quiconque n'avait pas été élevé par un enfoiré tout aussi effrayant.

Le fait que Penny Lykaios, une femme de la taille d'un lutin qui dépassait à peine un mètre cinquante-cinq, ait pu l'épouser et tenir bon était la preuve de sa force et de sa volonté. Selon Nyx, c'était Penny qui dirigeait le foyer des Lykaios, même si Hagen agissait comme s'il contrôlait les choses.

— Lykaios, le saluai-je avant d'ajouter que j'avais d'autres affaires à régler d'abord.

Comme la déesse qui m'attendait dans sa baignoire.

La photo qu'elle m'avait envoyée, quelques secondes avant que je franchisse les portes de l'hôtel, me brûlait la poche.

— Ça peut attendre.

Je haussai un sourcil.

— Je ne suis pas comme ces crétins auxquels tu peux donner des ordres.

— Et je suis propriétaire de ce complexe. Si tu veux t'approcher de ma petite cousine, je te suggère de trouver un moment pour discuter avec moi, répliqua Hagen avec un sourire. À moins que tu ne préfères que cette conversation se déroule en présence de ses frères ? À mon avis, je suis un moindre mal.

Je soutins son regard, sans rien dire pendant un moment, puis je hochai la tête.

— Je t'accorde dix minutes.

— Allons-y.

Hagen fit volte-face et partit en direction du casino.

— Nyx sait-elle que tu endosses le rôle du grand frère protecteur ? demandai-je tandis que mon équipe de sécurité et moi suivions Hagen dans le casino.

— À toi de le lui dire. C'est ta fiancée.

Hagen fit un signe de tête à un préposé qui montait la garde près d'une série de panneaux de verre.

L'homme inclina la tête à son tour et passa une carte dans la fente entre deux sections. Un faux mur s'ouvrit sur un couloir menant à une zone de réception géante, avec des bureaux à l'arrière.

Cet endroit était moderne et luxueux. Et la technologie conférait à l'endroit l'allure d'une entreprise informatique qu'au centre névralgique d'un complexe hôtelier et casino.

— Allons dans mon bureau. De cette manière, nous aurons de l'intimité.

Une fois à l'intérieur, Hagen me proposa un verre.

— Non, ça ira. Je préfère que tu ailles droit au but.

— Fais comme tu veux.

Nous prîmes place dans un coin salon, près d'un ensemble de fenêtres donnant sur un jardin extérieur soigné, avec des fontaines et des lumières stratégiquement disposées. Cela donnait l'illusion d'une boîte de nuit en plein air, sous serre, sans la musique forte.

Une fois assis, Hagen se pencha en avant et me lança un regard noir.

— Je sais que tu couches avec elle. Cela signifie-t-il que tu as l'intention d'aller jusqu'au bout du mariage ?

Eh bien, voilà qui était direct.

D'un autre côté, je ne m'attendais pas à moins de la part de l'ancien exécuteur de Drago. L'homme avait la réputation de ne pas baratiner.

Hagen était lié à la mère de Nyx, alors je me demandai pourquoi il n'avait pas révélé ma relation avec elle à sa famille. C'était peut-être par courtoisie envers Drago ou envers sa cousine, ou peut-être un peu des deux.

— Je ne la forcerai pas.

Enfin, peut-être que si, mais je ne lui dirais pas.

De qui me moquais-je ? Personne ne pouvait contraindre Nyx à faire quoi que ce soit.

— Ce n'est pas ce que je t'ai demandé.

— C'est sa décision.

— Cela veut-il dire que tu la laisserais partir si elle disait non ?

Mon estomac se contracta à cette simple idée, mais j'arborai une expression aussi impassible que je le pouvais.

— Je ferai tout ce qui est en mon pouvoir pour la faire changer d'avis.

Hagen sourit.

— Bonne chance ! Ce n'est pas quelqu'un qu'on peut aisément influencer.

— Je le sais mieux que tu ne l'imagines. Elle est particulière quand il s'agit de ses projets.

— Alors, permets-moi de te donner ce conseil.

J'attendis qu'il termine.

— Fais ce que ma *Starlight* a fait pour moi. Elle m'a

accepté tel que je suis. Elle connaissait mon passé et elle a compris que certains aspects de ma vie resteraient liés à lui.

Il parlait de la mafia.

Nyx y était née, et elle parlait de quitter ce monde, tandis que Penny avait choisi d'y entrer.

— Je ne veux pas qu'elle change, dis-je en soutenant le regard bleu et froid de Hagen. Et je ne lui ai jamais demandé de le faire.

— Qu'en est-il de cette parfaite débutante dont on disait que tu l'avais choisie avant les fiançailles ? D'après ce que j'ai entendu, elle cochait toutes les cases de ta liste et c'était presque une affaire réglée, jusqu'à ce que ton oncle décide de te mettre des bâtons dans les roues pour déjouer tes plans.

Je repensai à mon plan de départ, et à la manière dont j'avais prévu que ma vie se déroulerait. Camilla venait du bon milieu, elle avait les relations sociales et connaissait les règles. Elle aurait incarné l'épouse parfaite.

Mais, l'idée de me retrouver avec quelqu'un comme elle après tout ce temps passé avec Nyx me donnait l'impression de devoir choisir entre une vie de restrictions et d'obligations, et une remplie de rires et de liberté.

Liberté.

Était-ce ce que Nyx ressentait ? Était-ce la raison pour laquelle elle voulait si désespérément partir ? Pourquoi avait-elle choisi Vegas ?

Bon sang, pourrais-je l'inciter à me choisir ?

Un meilleur homme dirait que non.

Merde.

Je ne pouvais pas la laisser partir.

— J'accepte Nyx telle qu'elle est. Mieux vaut avoir quelqu'un qui est capable de poignarder un homme dans le ventre plutôt qu'une personne qui doit être secourue en permanence.

— Alors, la seule chose que j'ai à te dire, c'est « bonne chance », dit Hagen en se levant de son siège. Tu vas en avoir besoin. Un Mykos, c'est un défi à relever. Toi, c'est à toute la famille à laquelle tu devras faire face.

⁂

Quinze minutes après avoir quitté Hagen, j'arrivai au penthouse de Nyx dans la tour résidentielle de l'*Ida*.

Tony et Stevie se tenaient devant sa porte. Tous deux s'entretenaient comme s'ils tentaient de prendre une décision. Ils patrouillaient rarement à l'étage de Nyx ensemble. Si l'un travaillait, l'autre était *off*. Les soirées de jeu de Nyx étaient la seule exception, et la prochaine n'aurait pas lieu avant un mois.

Stevie contracta la mâchoire, soupira, puis hocha la tête.

D'accord, c'était intéressant.

Les deux reportèrent leur attention sur moi et se rapprochèrent.

Mais qu'est-ce que… ?

Combien de personnes me bloqueraient dans ce fichu hôtel ?

— Nous aimerions te parler.

Stevie ajusta sa position, de la manière qu'elle avait toujours quand elle était sérieuse.

En temps normal, j'aurais dit quelque chose pour agacer l'ancienne championne de MMA. Mais ces deux-là avaient une chose à me dire, et j'avais le sentiment que Nyx ne voulait sans doute pas que je sois au courant.

— Est-ce qu'il s'est passé quelque chose ? demandai-je.

— On pourrait dire ça.

Stevie sortit son téléphone, puis me montra une vidéo provenant des images de surveillance des plafonds de l'hôtel.

On y voyait Hal, dans les jardins botaniques, faisant les cent pas tout en faisant tourner entre ces doigts ce qui ressemblait à un jeton de poker venant d'une partie de *Silent Night*.

Au loin, je vis Nyx sortir par la porte des employés du jardin.

Comment avait-il obtenu l'un de ces jetons ?

À la seconde où Nyx avait parlé de l'autre Drakos, le jour où j'avais pris l'avion pour revenir de Grèce, j'avais su qu'il s'agissait de Hal. Personne d'autre ne voulait déconner avec moi ou s'en prendre à quelqu'un que je considérais comme mien.

Albert me détestait par principe, parce que je me tenais entre lui et l'héritage familial. Il ne faisait aucun doute que si j'avais été le fils d'un frère cadet, il ne m'aurait pas accordé la moindre attention. Quant à Hal, c'était une histoire complètement différente. Cet enfoiré me détestait déjà avant la mort de mes parents. Nous n'avions que quelques mois d'écart et, dans mon souvenir, tout avait toujours été affaire de compétition.

Peut-être était-ce la faute de Gio, qui s'attendait à ce que ses petits-fils soient parfaits.

Non, ce n'était pas la seule raison. Hal poussait les choses à un niveau extrême. De la manière de nous habiller, à courir après les mêmes filles au lycée, jusqu'à préparer le même diplôme à l'université. Il fallait qu'il fasse tout en plus grand, en plus vicieux et en mieux.

Et il remettait ça.

Stevie passa à la vidéo suivante.

Sur celle-ci, on voyait Hal au loin, mais Nyx était juste devant, au centre. Elle le reconnaissait, puis se tournait et s'arrêtait pour appeler quelqu'un. Ensuite, on voyait Tony arriver.

Bon sang, mais pourquoi ne m'avait-elle pas parlé de ça ? Nous discutions tous les jours. Elle avait de vrais problèmes.

Je levai la tête.

— J'en ai vu assez.

— Nous n'avons même pas abordé le problème de fond. Cette vidéo vient de l'une des personnes qui l'ont suivie pour nous. Je me suis dit qu'il valait mieux ne pas impliquer les Lykaios pour avoir à expliquer pourquoi j'avais besoin d'images de quelqu'un d'autre que Nyx.

Elle passa au fichier suivant.

Cette vidéo montrait la colère de Hal quand Nyx n'était pas venue, et le montage le suivait à travers l'hôtel jusqu'à ce qu'il atteigne la tour résidentielle, où la sécurité l'avait refoulé.

— Il faut que vous gériez ça, dit Tony en s'avançant à côté de Stevie. Je veille sur elle depuis sa naissance, et je ne la laisserai pas devenir un pion dans cette guerre que vous planifiez avec votre famille.

Je gardai le silence quelques secondes, contemplant l'écran. Tout à coup, je remarquai la date et l'heure.

Ce n'était pas récent, cela datait d'un foutu mois. Je serrai les dents.

Elle m'avait dit n'avoir jamais rencontré l'autre Drakos. Elle n'avait peut-être pas menti, mais elle avait su de qui il s'agissait, et ce que signifiait l'objet qu'il avait à la main. Et elle me l'avait caché. Pourquoi m'aurait-elle caché une chose pareille ?

Nous étions allés si loin dans cette histoire entre nous et, pourtant, elle refusait toujours de me céder du terrain dans sa vie.

Hal n'hésiterait pas à utiliser tous les moyens nécessaires pour ruiner sa réputation ou la détruire, si cela lui ouvrait la voie dans la famille.

J'étais la seule personne à pouvoir la protéger de lui. Bon sang, son langage corporel montrait qu'il avait une peur bleue de se faire prendre.

Pourquoi ne pouvait-elle pas me faire confiance ?

Si seulement elle l'avait fait, j'aurais été en possession de ce satané jeton maintenant.

Repoussant la vague d'émotions qui bouillonnait en moi, je demandai :

— Vous voulez bien m'expliquer pourquoi personne n'a cru bon de me parler de ça ?

— Maintenant, tu le sais, répondit Stevie.

— Conneries. Qu'est-il arrivé ?

— C'est ça qui est arrivé, répondit Tony en me tendant un petit paquet.

À l'intérieur se trouvait le jeton de poker d'une des soirées de jeu de Nyx et une photo d'elle, plus jeune, avec David. Sur la table, derrière eux, se trouvaient les mêmes jetons. Apparemment, Nyx ne semblait même pas consciente que la photo ait été prise. Et d'après ce que je savais de ses parties, les appareils électroniques étaient confisqués à l'entrée.

Elle avait fait confiance à ce connard. Il était son ami et il s'était foutu d'elle.

— Il y a aussi un mot.

Vous n'auriez pas dû me poser un lapin. Que ferait votre fiancé s'il était au courant de vos activités ? Négocions.

H.

La rage me dévora les tripes, et je dus rassembler toute ma volonté pour ne pas donner l'ordre de les éliminer tous. Il voulait se servir de Nyx pour un objectif plus important.

Il faudrait qu'il me passe sur le corps d'abord.

Non.

C'était *moi* qui lui passerais sur le corps.

Je le tuerais avant qu'il ne la touche.

Je levai les yeux vers Stevie et vers Tony.

— L'a-t-elle vu ?

— Pas encore. C'est arrivé il y a une heure. Avec la sécurité accrue, nous ouvrons tous les colis qui lui sont adressés, expliqua Stevie.

— J'ajoute mes gars à votre équipe.

— Elle va te faire vivre un enfer. Surtout que nous avons déjà doublé sa protection.

— Je n'ai aucun doute à ce sujet, mais elle s'en accommodera.

— Bonne chance pour gérer cette situation.

Le sourire sur le visage de Stevie me disait qu'elle pensait que j'étais dans le pétrin avec Nyx, mais elle ignorait à quel point j'étais énervé en ce moment.

Je pris le jeton et m'avançai vers sa porte.

— Oh, je suis sur le point de m'en occuper.

Entrant dans son appartement, je déboutonnai ma veste et m'en débarrassai, la jetant sur le dossier du canapé du salon de Nyx, en chemin vers sa chambre.

La porte était entrouverte et sa station de radio préférée jouait de la musique. J'entrai. Des parfums de lavande et d'eucalyptus flottaient dans l'air et une serviette était drapée sur l'accoudoir d'un fauteuil.

Jetant un œil à l'intérieur de la salle de bains, je ne pus m'empêcher de secouer la tête en voyant l'énorme baignoire qui occupait le centre de la pièce.

Cette femme adorait prendre de longs bains et, apparemment, cela impliquait qu'il lui fallait quelque chose d'assez grand pour accueillir cinq personnes. Avant elle, je n'avais jamais passé de temps à me prélasser dans une baignoire. Je voyais cela comme une perte de temps.

Je prenais une douche et j'allais travailler. C'était plus efficace.

Aujourd'hui, j'adorais prendre des bains, de préférence avec une Nyx mouillée et nue dans laquelle je pouvais m'enfoncer jusqu'à la garde.

Ce que je ne pouvais pas faire à cause de toutes les interruptions.

Ce qui me ramena à ma mission.

M'assurer que Nyx ne me cache plus jamais rien, surtout quand il s'agissait de sa sécurité.

Je scrutai le balcon à travers les fenêtres ouvertes, et aperçus Nyx qui portait un peignoir, appuyée contre la balustrade constituée d'un demi-mur, en buvant un verre de vin. Derrière elle, sur une table, il y en avait un autre.

Bon sang, qu'elle était belle ! Les lumières du *Strip* de Vegas en dessous d'elle lui conféraient un éclat irréel.

Saisissant la ceinture de son peignoir, elle la détacha et jeta la soie derrière elle, dévoilant un ensemble de lingerie qui l'exposait plus qu'il ne la couvrait.

Aussitôt, mon sexe tressauta et, pendant une fraction de seconde, j'eus envie de changer d'avis concernant mes plans pour elle.

Peut-être que, si je pouvais obtenir qu'elle se plie à mes conditions, alors je reconsidérerais la question.

J'en prenais plein les yeux. Je savais bien que, d'ici demain matin, je l'aurais prise jusqu'à en perdre la raison.

Elle reporta son attention sur moi alors que je franchissais la porte qui donnait sur la terrasse depuis la chambre.

Elle plissa le front, et inclina la tête sur le côté, comme si elle sentait que quelque chose n'était pas tout à fait normal.

— Qu'est-ce qui ne va pas ?

Sortant le jeton de ma poche, je le fis tourner sur la tranche sur la table.

— À toi de me le dire.

Dix-Huit

Nyx

Oh, doux Jésus. Je n'en croyais pas mes yeux. La dernière fois que j'avais vu ce jeton, c'était dans la main de Hal, et maintenant, il tournait sur la table de mon patio.

Et d'après le regard vert froid et sans émotion que Simon me jetait, j'étais vraiment dans la merde.

— C-comment… ?

— Comment se retrouve-t-il en ma possession ? demanda-t-il en abattant la main sur le jeton avant de s'avancer vers moi, faisant s'emballer mon rythme cardiaque. Il est arrivé dans un paquet qui t'était destiné, aujourd'hui, avec une photo de toi datant de tes années universitaires.

— Ce n'est pas possible, répondis-je en secouant la tête.

Carrément impossible. Je faisais fouiller les gens avant

les événements. Même aujourd'hui, je m'assurais que tout le monde passe par un scanner électronique.

Il hocha la tête en s'approchant.

— Ton vieil ami David a pris une photo de toi lors de l'une de tes parties.

— L'enfoiré. Comment a-t-il pu faire passer quelque chose ?

Je fermai les yeux pendant quelques secondes, essayant de me creuser la tête pour savoir quand cela aurait pu se produire.

Puis, je me souvins de la fête où il s'était pointé à la dernière minute. Il était arrivé juste avant de jouer. Comme une idiote, je l'avais cru quand il avait affirmé avoir laissé ses clefs et son téléphone dans la corbeille à l'entrée.

C'était un menteur depuis le début.

Serrant les dents, je grognai :

— Je déteste vraiment ce type.

— Je vais m'occuper de cette situation. Pour l'instant, il faut que j'en gère une autre.

Ma respiration devint instable, et je battis en retraite en reculant d'un pas. Et sans la moindre logique, le fait qu'il soit à ce point en colère et qu'il avance vers moi fit pointer mes mamelons et palpiter mon clitoris.

— Quelle autre situation ? lui demandai-je, sachant pertinemment qu'il parlait de moi.

Quand il fut juste devant moi, il posa les mains sur ma taille et me repoussa contre le mur de la terrasse.

— La situation où la femme qui est dans ma vie a décidé de ne pas m'informer que l'un de mes ennemis est en possession de quelque chose qui peut lui faire du mal, expliqua-t-il, se penchant jusqu'à ce que son visage ne soit qu'à un souffle du mien. Une chose qui pourrait avoir des conséquences importantes pour elle et sa famille si elle était rendue publique.

Il saisit ma mâchoire, mordant ma lèvre inférieure assez fort pour me procurer une délicieuse sensation de piqûre. Le mélange de plaisir et de douleur explosa au creux de mon intimité, et mon sexe se couvrit d'excitation.

Pourquoi aimais-je tant qu'il devienne agressif comme ça ?

— Une chose qui pousserait les gens à me dire de mettre un terme à ce que j'ai avec elle.

Mon désir se refroidit alors que je me concentrai sur la dernière partie de sa liste, et une boule se forma au creux de mes tripes.

Je n'étais pas prête à ce que cela se termine. J'avais encore neuf mois.

Oh, mon Dieu, qu'est-ce qui m'arrivait ? L'idée que nous prenions des chemins séparés n'était pas censée me faire mal à ce point.

Je déglutis pour essayer d'apaiser la brûlure au fond de ma gorge, et murmurai :

— Je suis désolée.

— Oh, oui, tu vas être désolée, me dit-il en me tournant face à la ville. Les mains sur le bord du balcon, et ne les bouge pas.

— S-Simon… dis-je d'une voix tremblante, dévoilant mon incertitude.

— Tu te rappelles quand j'ai dit que je ferai ce que je veux, quand je veux, comme je le veux ?

— Oui.

— On y est.

— Que vas-tu faire ?

Il enroula mes cheveux autour de son poing, puis plaqua son corps excité contre mon dos, me prenant en sandwich entre lui et le demi-mur du balcon.

— Tu vas devoir le découvrir.

La douleur au creux de mon ventre se mua en un feu ardent tandis que mes seins devenaient lourds et gonflés.

Il frôla ma gorge avec sa barbe, s'arrêtant à cet endroit qui me plongeait dans un bonheur exquis. Au lieu de lécher et de sucer comme je m'y attendais, il contourna la jonction de mon cou et de mon épaule.

Je ne pus retenir un gémissement, fléchissant les doigts contre la pierre.

— Simon…

Il leva son regard vert perçant vers le mien, et la légère courbure de ses lèvres me fit comprendre que c'était exactement la réaction qu'il attendait.

Ordure.

Il remonta la paume de sa main libre le long de mon ventre, saisissant mon sein à travers l'étoffe de mon déshabillé. Puis, il pinça mon mamelon presque trop douloureusement, me faisant hoqueter.

Un frisson me parcourut l'échine, tandis que mes muscles les plus intimes convulsaient et se contractaient.

— Tu aimes cette pointe de douleur, n'est-ce pas, Déesse ? demanda-t-il en passant à l'autre sein, lui infligeant la même merveilleuse torture.

Je fermai les yeux, perdue dans les endorphines qui envahissaient mon organisme.

— Je n'en savais rien avant toi.

— C'est ça. Ce corps m'appartient.

Sa paume redescendit sur mon buste jusqu'à l'ourlet de soie qui couvrait à peine mes cuisses.

Plongeant la main dessous, il agrippa le devant de mon string, et avant que je ne puisse lui dire d'arrêter, d'un coup sec, il l'arracha de mes hanches.

— Tu es dingue ? Cet ensemble a coûté une fortune.

— Demande-moi si j'en ai quelque chose à faire.

Il glissa deux doigts entre les replis de mes lèvres intimes, moites et gonflées, emprisonnant mon clitoris entre ses jointures.

Oh, mon Dieu… Mes jambes faiblirent, sachant ce qui allait arriver. Je comprenais enfin son jeu.

Il prévoyait de me torturer avec du sexe.

— Tu vois, continua-t-il en accentuant progressivement la pression des phalanges qui tenaient mon bourgeon en otage, ma femme se foutait de savoir ce que ça aurait pu lui coûter si ce salaud avait mis la main sur elle.

— Est-ce que je suis ta femme ?

La seconde suivante, je criai tandis qu'une douleur aiguë, mêlée de plaisir, se propageait en moi. Ma respiration se bloqua dans ma poitrine, et mes jambes flanchèrent. Seul le corps de Simon me maintenait debout. Quand il libéra enfin mon bourgeon de nerfs palpitant, je soupirai de soulagement, et faillis le supplier de recommencer.

— Pose-moi à nouveau la question.

La colère dans sa voix me surprit.

Sachant qu'il valait mieux ne pas obéir à son ordre, je lui demandai :

— Est-ce que ça veut dire que tu es mon homme ?

Il enfonça deux doigts profondément dans mon sexe trempé, et parla dans mon oreille :

— Je suis les foutues ténèbres de tes nuits.

Il entama des va-et-vient, frappant tous les bons endroits en moi. Mon ventre se contracta et inonda sa main.

— Je suis le maître de ton avenir, continua-t-il.

Il changea de rythme, puis ralentit, m'empêchant d'accéder à l'apogée que je m'efforçais d'atteindre.

— Je suis ton maître du destin.

Il modifia à nouveau son tempo, faisant remonter mon désir ; cette fois, il courba les doigts et fit grimper mon excitation de plus en plus haut. Et, comme il venait de le faire, juste au moment où je fus sur le point de voler en éclats, il me fit redescendre.

— Merde, Simon ! Laisse-moi jouir ! criai-je.

— Non.

— Abruti.

— Je ne l'ai jamais nié, affirma-t-il en me tirant la tête en arrière ; le désir brûlait dans ses yeux émeraude. Et je suis l'abruti dont tu as revendiqué le membre comme t'appartenant.

Il plaqua sa bouche sur la mienne et reprit son va-et-vient avec ses doigts. Son goût, sa colère, son désir augmentaient mon désir.

Il répéta sa torture trois fois : m'amener au bord de l'extase avant de me laisser retomber dans le néant.

— Simon, je t'en prie, le suppliai-je, incapable d'en supporter davantage.

— Non, répliqua-t-il en ajoutant un troisième doigt, torturant mon clitoris sensible. Seule ma femme mérite de jouir.

J'étais à peine capable de respirer, mon esprit s'embrumait.

— Je suis ta foutue femme. Tu le sais.

— Vraiment ? Parce que cela voudrait dire que tu m'en informerais s'il t'arrivait des merdes. Que tu me ferais confiance s'il t'arrivait quoi que ce soit.

Il se libéra de mon corps et démêla ses doigts de mes cheveux, reculant d'un pas.

Je me tournai pour lui faire face.

Nous nous fixâmes pendant quelques secondes. Ce fut alors que je vis la touche de tristesse dans ses yeux, semblables à des pierres précieuses, qui ne laissaient jamais rien transparaître.

Oh merde, je l'avais blessé.

Cet homme, que tout le monde pensait dépourvu de sentiments ou d'un cœur, semblait ressentir plus que quiconque ne l'aurait cru.

Moi, en particulier. Peut-être que cette histoire n'allait pas que dans un sens, après tout.

— Je suis désolée.

Je tendis la main pour la poser sur sa joue, mais il referma les doigts autour de mon poignet.

— Plus jamais tu ne compromettras ta sécurité.

— J'aurais dû t'en parler.

Son autre main se posa sur ma taille, et il m'attira vers lui.

— Je ne l'ai jamais rencontré.

Je soupirai :

— Mais je t'entends.

— Maintenant, il faut qu'on établisse autre chose.

— Quoi ?

— Que quelqu'un d'extérieur à nos équipes le sache ou non, nous sommes ensemble.

Un frémissement ébranla mon cœur.

— Simon, nous avons une date de fin.

Un pli apparut sur son front, comme s'il voulait contester.

— Date de fin ou non, nous sommes un couple. Est-ce clair ?

Je déglutis, sachant que cette voie ne pouvait mener qu'à un chagrin d'amour plus tard, mais incapable de faire autrement que d'accepter ce qui m'arrivait.

Je hochai la tête.

— Pour le reste de cette année, nous sommes ensemble.

Repoussant la douleur engendrée par mes mots, je posai une main sur son épaule et me hissai sur la pointe des pieds, posant mes lèvres sur les siennes.

Au début, il résista, puis, quelque chose changea. Sa bouche prit le relais alors qu'il relâchait mon poignet, faisait glisser ses paumes jusqu'à l'avant de mon déshabillé, saisissait l'étoffe et déchirait le tissu délicat sur le devant.

Je hoquetai, rompant notre baiser.

Le désir presque violent et sauvage que je lus sur le visage qui me dévisageait aurait dû m'effrayer. Au lieu de cela, il provoqua un spasme au plus profond de mon ventre et accentua encore davantage le besoin inassouvi de jouir.

Cet homme était trop beau pour son propre bien, et possédait cette capacité à faire ressortir un côté de moi dont j'ignorais l'existence.

Il balança mon très coûteux haillon sur le sol, avant de m'attraper de nouveau par la taille et de me faire reculer jusqu'à ce que mes fesses se heurtent au demi-mur du balcon de ma terrasse.

— Tourne-toi. Je vais te prendre sous les yeux de la ville.

Au sérieux de son regard, je compris qu'il ne plaisantait pas.

Oh bordel ! Nous allions vraiment le faire.

Certes, il venait de me pénétrer avec ses doigts, au point de provoquer une frustration atroce, mais le demi-mur dissimulait la partie inférieure de mon corps. Et seuls les gens qui vivaient à un niveau supérieur, dans la tour en face de la mienne, auraient pu voir la main de Simon entre mes jambes.

Avec moi nue, et Simon derrière moi, personne n'aurait le moindre doute sur les activités qui se déroulaient sur ce balcon.

Et pour une raison complètement dingue, toute cette idée m'excitait au plus haut point.

— Déesse, je t'ai donné un ordre.

Ma peau se couvrit de chair de poule, et ma respiration se fit par à-coups tremblants.

Mon Dieu, comme j'aimais quand sa voix devenait grave comme ça.

Je suivis ses instructions, agrippant le rebord du demi-mur en béton.

Quand il arriva derrière moi, je sentis qu'il était entièrement vêtu, et une pointe de déception me pesa sur les épaules. J'adorais le sentir peau à peau, et il le savait.

— Simon ? l'appelai-je entre deux respirations difficiles.

— Tu n'auras que mon membre. Tu te retiens, je me retiens.

Eh bien, merde. Il était encore en colère.

J'entendis le bruit de sa fermeture éclair qui s'abaissait, puis je sentis la longueur d'acier de son érection imposante nichée dans le creux de mon dos.

Il écarta légèrement mes jambes avec son pied, puis fit glisser la tête lisse et bulbeuse de sa verge le long des lèvres moites de mon sexe. Il se frotta d'avant en arrière, s'assurant de toucher mon clitoris hypersensible à chaque passage.

Je fermai les yeux, me délectant de cette torture hypnotique.

Et, tout d'un coup, il s'enfonça en moi.

— Oh, mon Dieu, Simon, criai-je, totalement prise en sandwich entre lui et le mur.

L'abrasivité de sa fermeture éclair sur mes fesses et la sensation de son érection épaisse et dure au fond de moi constituaient un mélange enivrant de plaisir et de douleur.

Il voulait que je ressente l'inconfort, que je sache qu'il y avait une barrière entre nous.

La douleur que j'avais lue dans ses yeux un peu plus tôt me revint à l'esprit, et je compris quelque chose. Toute cette histoire, c'était une question de confiance.

Il avait prononcé ces mots, et je comprenais enfin. Il voulait ma confiance totale.

Je lui faisais confiance avec mon corps, pour faire des choses qui bousculaient les limites conventionnelles dans tous les sens. Mais, quand il s'était agi de son cousin, je l'avais gardé pour moi. Il l'avait pris comme une question de confiance. Il pensait que je ne le croyais pas capable de gérer la situation.

Cette histoire de relation était compliquée.

Il se retira jusqu'à la pointe et se renfonça en moi, amorçant un rythme doux et régulier, destiné à faire monter lentement mon désir, ce qui m'empêchait presque à coup sûr de jouir sans son aide.

Ma punition était loin d'être terminée.

Mon sexe débordait de désir, imprégnant son membre à chaque va-et-vient, et mes seins étaient douloureux.

Sans m'en rendre compte, je gémis :

— Il m'en faut plus.

— Je le sais, répondit-il entre deux halètements. Moi aussi.

Il posa la main sur ma gorge et ma mâchoire, et inclina mon menton. Je plongeai dans ses sombres yeux verts, rendus brumeux par le désir.

Il était impossible que j'y voie ce que je croyais y déceler.

La brûlure que j'avais ressentie au fond de ma gorge, la nuit dans ma serre, revint, et je me mordis la lèvre inférieure pour l'empêcher de trembler.

Il frotta son pouce sur ma bouche et, en même temps, il changea de rythme. Mon vagin frémit d'abord par petits spasmes, puis par ondulations, et le plaisir qui grandissait dans mon corps me submergea.

— Oh, Simon, gémis-je, incapable de faire plus que m'appuyer contre le mur et d'encaisser la force de chacun de ses coups de reins. J'y suis presque.

— Tu es à moi, Déesse. Je protège ce qui m'appartient. Il faut que tu me fasses confiance.

— C'est le cas.

— Es-tu à moi ?

L'intensité dans son regard fit basculer mes sentiments.

— Ou-ou-oui. Je suis à toi.

Comme si c'était ce qu'il voulait entendre, sa bouche s'empara de la mienne dans un baiser affamé. Il fit rouler ses hanches d'un manière idéale afin de caresser ce point au creux de mon ventre, et j'explosai.

Je criai, fermant les yeux. Mon intimité se resserra sur la largeur de son sexe, et le soulagement total procuré par cette cruelle torture se répandit dans mon organisme.

Mes doigts se cramponnèrent au bras que Simon maintenait autour de ma taille, et je sus que s'il ne m'avait pas serrée contre lui, je serais tombée par terre. Le plaisir qui se déversait dans mon corps était trop intense.

— Putain ! Tu me serres si fort.

Je ne pouvais pas répondre, car les muscles de mon sexe continuaient à se contracter en vagues incessantes et rythmées, me coupant le souffle.

Alors que mon orgasme diminuait, il me poussa en avant et imposa un rythme intense et brutal qui était fait pour lui. Mais, comme toujours, plus sa prise sur mes hanches et ses coups de reins devenaient agressifs, plus je désirais ce côté de lui.

Mon intimité se contracta, et un sifflement s'échappa des lèvres de Simon.

— Tu es à moi, définitivement.

Il continua ses va-et-vient et ses coups de reins, brutaux et implacables. Mon corps, si bien préparé par mon précédent orgasme, explosa. L'extase m'envahit tandis que mon sexe serrait le membre épais et dur de Simon.

À peine une seconde plus tard, j'entendis « Putain, putain, putain » pendant que Simon jouissait profondément en moi.

Nous savourâmes tous deux nos orgasmes, en haletant et en gémissant. Bruyamment, sans nous soucier de savoir si quelqu'un pouvait nous entendre.

Levant mon visage vers le ciel nocturne, je pris une bouffée d'air et acceptai cette foutue vérité.

J'étais amoureuse de l'abruti derrière moi.

Dix-Neuf

Simon

— Tu vas le retrouver, ou est-ce que tu vas le laisser courir ? me demanda Kasen, alors que je pénétrais dans le luxueux gratte-ciel où Nyx était en plein milieu d'un de ses événements *Silent Night*.

— J'y vais. Santos croit que j'ignore qu'il travaille avec Albert.

Cet enfoiré pensait pouvoir jouer sur les deux tableaux, agissant comme s'il était un allié tout en se plaçant en tant que second d'Albert et de Hal.

Après l'incident entre Nyx et Camilla, j'avais tout voulu savoir d'elle et de son père. C'était intéressant de voir combien d'informations on pouvait obtenir des filles qui avaient été trahies par une amie. Apparemment, Camilla en avait laissé un paquet dans son sillage depuis vingt-sept ans.

L'enquête avait aussi fait le jour de multiples voyages de Kes Santos hors du pays, dont l'un à Thessalonique, où j'avais passé ce foutu mois à renégocier des contrats avec différents partenaires maritimes.

Je ne doutais pas qu'il avait joué un rôle dans bon nombre de mes soucis.

— Il s'est attaché à ton idiot de cousin. Je suppose qu'il essaie de lui refiler sa fille en cadeau.

Je haussai les épaules.

— Bonne chance à lui.

— Je comprends donc que la débutante ne t'intéresse plus ?

— Hal peut l'avoir. J'ai une déesse.

Kasen appuya sur le bouton pour appeler l'ascenseur privé qui donnait accès au penthouse, levant les yeux vers la caméra. Nous entrâmes dans la cabine quand les portes s'ouvrirent.

Alors que l'ascension commençait, Kasen secoua la tête.

— Est-ce que tu as conscience de la merde que tu es sur le point de déclencher, si tu fais ce que je crois que tu vas faire ?

— Je ne déclenche rien du tout. Je termine quelque chose.

— Ils vont considérer que tu l'as volée et que tu as rompu votre accord.

— Je ne romps rien si elle me choisit.

— Et tu es certain qu'elle va te choisir ? Surtout après s'être montrée aussi catégorique sur le fait de quitter cette vie ?

Je repensais à la manière dont les choses avaient changé

entre nous, depuis cette nuit sur sa terrasse, un mois plus tôt. Bon sang, le changement avait même débuté dans sa serre des Hamptons.

Elle en savait autant sur moi que j'en savais sur elle. C'était comme si nous pouvions baisser la garde l'un avec l'autre.

— Elle me choisira.

En tout cas, je l'espérais.

Si elle hésitait, je lui ferais comprendre qu'il n'y avait pas moyen d'échapper à sa vie. Elle vivait une existence clandestine, même ici à Vegas.

Une foutue botaniste le jour, et organisatrice de parties de poker à gros enjeux la nuit.

Son monde n'avait rien de normal, quoi qu'elle en pense. Elle s'était créé une illusion de la vie qu'elle pouvait mener, et elle le savait.

Si elle était ma femme, je pourrais la protéger. Personne n'oserait la toucher.

Je tuerais de mes mains celui qui essaierait.

Ce qui plaçait Hal en tête de liste pour l'avoir menacée.

— Quelle que soit sa décision, tu devras affronter les hommes de sa vie. Tu as signé un contrat. Tu abandonnerais le port pour elle ?

L'ascenseur s'arrêta et les portes s'ouvrirent.

— Sans la moindre hésitation, répondis-je en entrant dans le penthouse.

— Tu ne rends jamais les choses faciles, hein ? Je rassemblerai l'équipe de nettoyage pour s'occuper du carnage quand le Chirurgien aura mis la main sur toi.

— Abruti, marmonnai-je en pénétrant dans la salle de

jeu, m'arrêtant brusquement et plissant les yeux. Bordel, mais c'est qui ?

Un enfoiré avait la main posée sur la taille de Nyx et lui murmurait quelque chose à l'oreille.

Elle éclata de rire en rejetant la tête en arrière. D'autres personnes l'imitèrent. Puis, le crétin lui passa la main dans le dos, comme s'il avait le droit de la toucher.

— Vu qu'on vient juste d'arriver, je n'en ai pas la moindre idée, me répondit Kasen en posant une main ferme sur mon épaule. Ne tuons personne.

Stevie s'approcha, un sourire sur le visage.

— Ne te mets pas dans tous tes états. Il flirte avec tout le monde. Il est inoffensif.

— C'est plus qu'un flirt.

— Il doit avoir oublié la règle primordiale qui consiste à ne jamais flirter avec la fiancée d'un mafieux. Oh, attends. Tu construis des bateaux, c'est ça ?

Je lui lançai un regard froid, le genre qui flanquait la trouille à la plupart des gens. Apparemment, il semblait avoir aussi peu d'effet sur elle que sur Nyx.

— Je préfère qu'on parle de syndicat. Et la navigation est mon activité principale.

Je repoussai la main de Kasen et m'avançai vers Nyx.

Alors que je m'approchai, elle reporta totalement son attention sur moi. Le sourire sur ses lèvres quand elle me vit aurait dû apaiser l'irritation qui me titillait l'esprit, mais mon agacement persista.

— Salut. Tu es en retard.

Je lui offris ma main.

— Viens avec moi. J'aimerais te parler en privé.

Elle fronça les sourcils, mais glissa sa paume dans la mienne.

— Est-ce que tout va bien ?

— Ça va aller. De quel côté se trouve la chambre principale ?

— Au bout du couloir, à gauche.

M'arrêtant devant la porte vitrée de la chambre ultramoderne, je lui ordonnai :

— Quand nous entrerons là-dedans, ne prononce pas un mot. Fais simplement ce que je te dis.

Sa respiration se bloqua, et elle leva les yeux sur moi.

— Ici ?

— Pas un mot.

Je tournai la poignée, et nous entrâmes.

J'appuyai le bouton pour teinter les parois de la chambre vitrée avant de la verrouiller pour être certain que personne ne puisse nous déranger.

Elle posa sur moi ses yeux sombres. Aussitôt, sa respiration se fit haletante et une rougeur envahit ses joues.

Plaçant mes mains sur ses hanches, je la fis reculer jusqu'à ce qu'elle soit plaquée contre le rebord du banc de la fenêtre donnant sur l'horizon de Vegas et sur le *Strip*.

Cet endroit était un véritable rêve pour les voyeurs qui souhaitaient que les gens puissent voir à l'intérieur tout en observant l'extérieur. Les murs de la suite étaient tous constitués de vitres, à l'exception de ceux de la salle de bains.

C'était sans le moindre doute une chose que Nyx allait apprécier, surtout après cette nuit, un mois plus tôt sur sa terrasse.

Néanmoins, à cet instant, je tenais à faire comprendre quelque chose à ma fiancée, et cela se ferait sans le moindre spectateur.

— Si...

Je l'interrompis, posant mon pouce contre sa bouche.

— J'ai dit « pas un mot ».

Elle agrippa mes avant-bras tandis que le désir emplissait son regard onyx et qu'une légère rougeur naissait sur ses joues.

La paume de ma main descendit le long de son cou jusqu'à sa gorge, que je pressai légèrement, et je regardai ses pupilles se dilater. Elle lécha ses lèvres pulpeuses, me renvoyant à la manière dont elle me fixait pendant qu'elle me suçait en profondeur.

Mon érection durcit comme de la pierre dans mon pantalon, ce qui me fit grincer des dents.

Oui, ce serait sans nul doute au programme pour plus tard.

Me penchant en avant, je l'embrassai. Pour commencer, en frôlant doucement ses lèvres pulpeuses, avant d'approfondir l'étreinte, la goûtant, la savourant, me noyant en elle.

Mon Dieu, cette femme me donnait envie d'elle jour et nuit.

Quand elle recula, ce fut avec un sourire diabolique au coin des lèvres.

Et ce fut comme si elle avait lu mes pensées à peine un instant plus tôt. Elle inversa nos positions, me plaquant contre la vitre, puis se laissa tomber à genoux.

— Putain, Déesse...

— Chut. Tu as dit « pas un mot ».

Ses doigts se mirent à la tâche sur ma ceinture, libérant le cuir de ses entraves avant de s'attaquer à la fermeture de mon pantalon.

Tout du long, elle me palpait et me caressait à travers le tissu de mon pantalon.

Quand elle libéra mon érection dure et douloureuse, j'étais prêt à l'empoigner par la nuque et me perdre dans sa gorge.

Cette sorcière jouait les prolongations pour me torturer.

— N'oublie pas, la vengeance est un plat qui se mange froid.

Je glissai mes doigts sous ses cheveux épais et empoignai sa nuque.

Elle saisit mon membre qu'elle caressa de haut en bas, puis serra la base juste avant de se pencher et de lécher la goutte au sommet.

— Des promesses, des promesses, ronronna-t-elle, une lueur diabolique dans le regard.

— Déesse, mieux vaut que mon mem…

Je rejetai la tête en arrière quand elle m'engloutit, m'avalant profondément et me laissant frapper le fond de sa gorge, juste avant de déglutir.

Putain, j'adorais quand elle faisait ça.

Je passai les doigts dans ses cheveux, tentant de mon mieux de la laisser contrôler le rythme. Elle entreprit des mouvements de haut en bas, léchant et caressant la veine sous mon sexe.

Elle faisait tout ce que j'aimais.

Elle était parfaite.

Ma respiration devint de plus en plus irrégulière à

mesure que mon envie augmentait, et je ressentis le besoin familier de changer son rythme, de la prendre plus fort, d'empoigner ses cheveux et de revendiquer sa bouche. Au lieu de cela, je me retirai d'elle et la relevai.

La retournant, je la hissai sur le banc. Je passai les mains sous sa robe, saisis les côtés de sa culotte et la fis glisser sur ses hanches. Une fois son string retiré, je le jetai sur une chaise voisine.

Puis, je posai la main sur son sexe et le trouvai trempé. Elle ferma les yeux et gémit, en tendant la gorge. Penché vers l'avant, je mordis la jonction entre son épaule et son cou, lui offrant la douleur qu'elle recherchait.

Je baissai complètement mon pantalon, agrippai ses hanches en me plaçant entre ses jambes et, l'instant d'après, je pénétrai sa chaleur.

— Simon ! cria-t-elle.

Je lui imposai un rythme implacable, la prenant avec l'intensité du désir qu'elle avait fait naître avec sa bouche, et de l'envie que j'avais ressentie de la marquer depuis que j'avais vu cet abruti flirter avec elle.

Ses doigts s'enfoncèrent dans mes épaules et les miens dans ses hanches.

Nous nous regardions droit dans les yeux sans échanger un mot. Les émotions virevoltaient dans ses iris, et désormais, je comprenais que je ne renoncerais jamais à cette femme.

Elle m'appartenait. Au diable les conséquences.

Gio Drakos avait échoué. Je n'étais pas comme lui.

Mon père n'avait pas négligé ma famille en épousant ma

mère. C'était Gio qui avait laissé tomber mon père en n'acceptant pas son épouse.

Nyx me faisait *ressentir*. Comment cela avait-il pu se produire ?

Remontant la main le long de son corps, j'empoignai ses cheveux, fis basculer sa tête en arrière, et plongeai dans ses prunelles couleur d'onyx.

— Tu m'appartiens. Est-ce que tu comprends ?

— C'est juste…

— Ne mens pas, Nyx.

Je resserrai mon poing dans ses cheveux, et ajustai mes coups de reins. Un gémissement lui échappa.

— Je le vois dans ton regard. Je le vois depuis cette nuit dans ta serre.

Ses lèvres se mirent à trembler, et elle ferma les paupières un bref instant.

— Que crois-tu voir ?

— Que tu sais que tu es à moi. Que tu m'appartiens. Que je vais te garder.

Je déplaçai mes doigts de sa hanche pour caresser son clitoris gonflé avec mon pouce. Elle se mit à se cambrer à chaque mouvement.

— Oh, mon Dieu ! s'écria-t-elle. Je ne te laisserai pas me piéger.

— Est-ce vraiment un piège si tu veux que je te garde ?

Je m'abaissai vers elle pour mordre sa lèvre inférieure enflée avant de relâcher ses cheveux et de reposer ma paume sur sa hanche.

— Simon, ne dis pas des choses comme ça. Ça m'effraie,

ça me perturbe, et ça me donne envie de choses que je ne devrais pas vouloir.

Au moins, je n'étais pas le seul à avoir ces pensées.

Cessant le mouvement de mes hanches, j'osai :

— Dis-moi que tu ne le ressens pas chaque fois que nous sommes séparés. Ou quand nous sommes ensemble. Dis-moi que tu peux t'en aller.

Elle déglutit et garda le silence quelques secondes, tandis qu'une foule d'émotions traversaient son visage.

Elle finit par parler :

— Est-ce qu'on pourrait en discuter quand on aura fini de s'envoyer en l'air ? Je n'arrive pas à réfléchir.

Elle planta ses ongles dans la peau de ma nuque et ses talons dans mes cuisses, pour me pousser à accéder à sa demande.

Je soutins son regard sombre, rempli de passion, sachant qu'elle n'avait aucune idée de la tempête qui faisait rage en moi, ou du fait qu'elle était devenue une partie de ma vie dont je n'étais pas certain de pouvoir me passer.

Respirant profondément, je chassai mes pensées conflictuelles au fond de mon esprit et me concentrai sur la superbe femme dans mes bras.

— Es-tu en train de me dire que tu voudrais que je me taise et que je te saute ?

— Exactement.

— Tes désirs sont des ordres.

Je passai un bras autour de sa taille, ressortis mon membre presque entièrement et pénétrai à nouveau son sexe détrempé.

— Oui ! haleta-t-elle, rejetant la tête en arrière. Comme ça.

Elle relâcha sa prise sur ma nuque et s'appuya d'une main sur le rebord dans son dos, s'en servant comme d'un levier pour répondre à chacun de mes coups de reins.

Cette femme n'avait rien à avoir avec ce à quoi je m'attendais. Comment avait-elle pu s'incruster sous ma peau à ce point ?

— J'y suis presque. Oh, mon Dieu !

Son sexe frémit avant de se contracter et de m'inonder de son excitation.

— C'est ça, jouis pour moi.

J'exécutai ce mouvement de hanches qui la ferait basculer, et presque aussitôt, elle se désagrégea.

— Simon ! cria-t-elle, le corps cambré, me griffant les épaules, son intimité serrant mon membre comme dans un étau.

Bon sang, qu'elle était magnifique !

Il n'y avait rien de plus beau que de la voir basculer.

Les spasmes de son vagin stimulaient mon envie de jouir, mais je ne voulais pas que cela se termine.

— Encore un, ordonnai-je en glissant les doigts dans ses cheveux, attirant sa bouche vers la mienne.

— Je ne crois pas que je puisse.

— Bien sûr que tu peux, murmurai-je contre ses lèvres, une seconde avant de me retirer et de plonger à nouveau en elle, nous faisant tous les deux haleter.

Aucun de nous ne parla quand nos corps prirent le dessus et emplirent la pièce des bruits de nos ébats.

Quand elle jouit une seconde fois, je la suivis presque

immédiatement, la serrant contre moi, sachant que j'avais fait la chose que *Pappous* m'avait dit de ne jamais faire.

Je venais d'offrir au monde une faiblesse à utiliser contre moi.

Sauf que, je serais capable de réduire le monde en cendres pour la protéger. Et, contrairement à mon père, j'étais en mesure de le faire.

Simon

— Tu veux bien me dire de quoi il s'agit ? me demanda Nyx alors que mon sexe ramollissait en elle et que j'essayais de reprendre mon souffle.

Je la tenais toujours contre moi, et je gardai le silence quelques secondes. Je ne trouvais pas les mots pour m'exprimer clairement, sans avoir l'air d'un homme de Cro-Magnon.

Finalement, après avoir rassemblé mes idées, je lui dis :

— Personne ne touche à ce qui est à moi. Est-ce clair ?

Elle leva la tête, avec un air renfrogné sur son beau visage rougi.

— C'est parce que Dustin a flirté avec moi. Tu es sérieux ?

— Aussi sérieux qu'une crise cardiaque.

— Je ne comprends toujours pas.

— Quand tu te promèneras dans ta salle de poker ce soir, et qu'un enfoiré décidera de faire le beau devant toi, tu devras te rappeler certaines choses.

— Comme ?

— Tu devras te rappeler qui vient de jouir en toi. Celui dont la semence vient de te marquer, à qui tu appartiens.

— Tout ça, c'était de la jalousie ? Tu voulais marquer ton territoire ?

Je resserrai ma prise sur son cuir chevelu tandis que je bougeai et me retirai d'elle.

— Tu sais pertinemment que c'est plus que ça. Il est hors de question qu'on termine ça.

— Simon, ne dis pas de choses que tu ne penses pas, me dit-elle en se mordant la lèvre comme elle le faisait quand elle essayait de retenir ses émotions. Il y a trop en jeu.

Elle repoussa ma poitrine et je la relâchai, la laissant s'éloigner de moi. La panique inscrite sur ses traits m'informa de la guerre qui faisait rage en elle. Si seulement elle avait pu comprendre que j'étais pris dans les mêmes montagnes russes. La même peur, les mêmes inquiétudes, les mêmes besoins.

Cette femme me donnait envie de choses que je n'aurais jamais cru avoir avec une autre. Je résistai à l'envie de la toucher : cela ne ferait que la faire fuir, au vu des tourments qui l'envahissaient.

Au lieu de faire un commentaire, je m'habillai et allai m'appuyer contre la paroi extérieure de la chambre.

Tout à coup, elle regarda entre ses jambes, puis posa un regard noir sur moi par-dessus son épaule.

Je n'aurais pas dû trouver cela aussi sexy, de voir ma

semence s'écouler d'elle. Je l'avais marquée d'une manière primitive.

Elle m'appartenait. Jamais je n'avais désiré une femme comme je la désirais.

— Un problème ? lui demandai-je avec un rictus, sachant que cela l'agacerait.

— Abruti, marmonna-t-elle en prenant un mouchoir dans une boîte sur une table voisine.

Après s'être nettoyée, elle redressa sa robe et prit une grande inspiration apaisante.

Se tournant face à moi, elle planta ses yeux dans les miens. Il n'y avait plus une trace d'agacement, mais une totale vulnérabilité.

— Peux-tu supporter d'être avec quelqu'un qui a ce genre de réputation, qui n'est pas parfait, qui a ses propres opinions ?

J'avançai vers elle, prenant soin de marcher lentement, comme si elle pouvait s'enfuir à tout moment.

Arrivant devant Nyx, je posai un doigt sous son menton et l'obligeai à croiser mon regard.

— J'ai acquis un certain goût pour une déesse, connue pour pointer des couteaux sous la gorge des gens et pour me traiter d'abruti en permanence.

Elle déglutit, comme si une boule s'était formée dans sa gorge.

— N'as-tu pas dit que tu voulais quelqu'un qui connaisse tous tes secrets ? Je sais tout.

— Je t'ai dit que je veux quelqu'un avec qui partager mes secrets, et qui m'accepte.

— Ai-je fait quoi que ce soit pour te changer ? lui demandai-je en frottant mon pouce sur sa lèvre inférieure. Peu importe ce que tu crois, un imbécile ordinaire ne peut pas te donner ce que tu désires. En plus, il n'aura jamais le pouvoir de te protéger.

— Mais, avec toi, je devrais abandonner tout ça, et la vie que j'ai construite. Cela implique de retourner dans une cage.

— Ce n'est pas plus une cage que celle dans laquelle tu te trouves. Tu ne peux pas échapper à tes gardes ou à la surveillance vingt-quatre heures sur vingt-quatre. Surtout pas avec ton boulot secondaire. Et il y a aussi le fait que tu sois une Mykos, ce sera ainsi pour le restant de tes jours. Rien que cela, c'est un collier dont tu ne pourras jamais te défaire. Où que tu ailles, quelqu'un pourrait se servir de toi contre ta famille.

— Et toi ? Qu'en est-il de toi ? Je deviendrais une faiblesse que les gens pourraient utiliser contre toi.

— Je vais m'assurer que personne ne puisse t'atteindre, alors ce n'est pas un sujet.

— Simon, dit-elle, posant la main sur mon poignet. Donne-moi une vraie raison pour laquelle cela en vaudrait la peine.

Elle voulait les mots. Comment allais-je pouvoir dire quelque chose que j'étais incapable de verbaliser, même si j'essayais ?

Alors que j'ouvrais la bouche pour répondre, on frappa à la porte, laissant planer entre nous le lourd poids des mots que je n'avais pas prononcés.

Je baissai les yeux sur elle, puis reportai mon attention

sur la porte quand on frappa un autre coup. Stevie cria depuis l'autre côté :

— Les gars, la prochaine partie va commencer. Il nous faut Nyx sur place.

— Nous poursuivrons cette conversation à la fin de la soirée.

Je m'écartai d'elle, et allai récupérer ma veste là où je l'avais jetée en entrant dans la chambre.

Fouillant dans la poche intérieure, j'en sortis une pochette noire, et me tournai vers elle.

— Tiens, j'ai quelque chose pour toi.

Avant qu'elle ne puisse bouger, je glissai un collier en platine, avec un grand pendentif en diamant en forme de larme, autour de son cou.

Soulevant le bijou, elle l'examina.

Elle pinça légèrement les lèvres, m'indiquant qu'elle avait percé le secret à l'intérieur du pendentif au bout de la chaîne.

— Tu n'aimes pas ? La plupart des femmes aiment recevoir des cadeaux de leur fiancé.

— Tu n'es pas aussi habile que tu le penses, lança-t-elle en haussant un sourcil. Un traceur. Vraiment ?

— Oui.

Je soutins son regard couleur d'onyx.

— Avec les merdes qu'il y a en ce moment avec Albert et Hal, je ferai ce qui est nécessaire pour m'assurer que tu es en sécurité.

— Ce qui veut dire que tu as découvert que des personnes que tu croyais être tes alliées ne le sont pas ?

— Tu sembles en savoir plus sur mes affaires que tu ne le devrais.

— Je suis au courant de beaucoup de choses.

— Alors, tu comprends mon inquiétude pour ta sécurité.

— Ce qui s'est passé plus tôt n'a rien à voir avec ma sécurité.

— Non, il s'agissait de te faire comprendre à toi, ainsi qu'à quiconque regarderait dans ta direction, que tu m'appartiens.

— Les hommes possessifs sont repoussants.

Je sentis que la tension et le poids émotionnel de notre conversation de quelques instants plus tôt remontaient.

— Dit la menteuse dont le sexe est trempé de ma semence.

— Tu es incorrigible.

Elle secoua la tête.

Je haussai les épaules, l'attirant à moi pour un baiser rapide, avant de me diriger vers la porte et de la laisser passer.

Quand elle fut à mi-chemin du couloir, je l'appelai :

— Déesse ?

— Oui, répondit-elle, jetant un œil par-dessus son épaule, et j'eus l'impression que mon cœur cessait de battre.

Bon sang, j'aimais cette femme, et elle n'en avait pas la moindre idée.

— Tu voulais une raison.

Elle hocha la tête.

— Je t'en donnerai une après la fermeture. Ensuite, tu prendras ta décision. La balle est complètement dans ton camp.

— Vraiment ?

— Oui.

Ses lèvres tremblèrent pendant une fraction de seconde, puis elle hocha la tête, se tournant pour aller dans le salon principal du penthouse.

*
**

Deux heures après avoir laissé Nyx terminer sa soirée de jeu, j'arrivai devant une rangée d'entrepôts dans une banlieue près de Las Vegas. Je savais deux choses sur la réunion qui allait avoir lieu dans les prochaines minutes.

Tout d'abord, c'était une énorme perte de temps, mais nécessaire pour tenir Santos en laisse. Ensuite, ce dernier ne savait pas qu'en ce moment même un groupe de mes hommes était en train de vider son entrepôt maritime, où Albert avait stocké ma cargaison manquante.

J'avais peut-être échoué à devenir la réplique exacte de Gio Drakos, mais j'avais hérité de sa patience envers les gens et de sa capacité à les regarder tresser eux-mêmes la corde pour se pendre. Une fois mon chargement en sécurité, je laisserai mes lieutenants s'occuper de la prise de contrôle du territoire de Santos.

Cet enfoiré ne s'était pas rendu compte qu'il s'était mesuré au mauvais Drakos.

— Cet endroit est trop calme, remarqua Kasen quand la voiture s'arrêta, tandis que nos hommes se mettaient en position.

— C'est exactement ce à quoi je pensais. Toi aussi, tu as

l'impression que c'est un genre de coup monté ? Non, en fait, je suis certain que c'est un coup monté.

— Albert doit savoir que nous sommes sur le territoire de Drago. Toute action menée contre toi revient à lui déclarer la guerre à lui aussi.

Mes pensées se tournèrent vers Nyx.

— Nous savons déjà que ni Albert ni Hal ne comprennent l'ordre des choses. Assure-toi que tout va bien au penthouse.

Je saisis mon revolver et le rangeai dans la ceinture de mon pantalon.

Il était hors de question que je prenne des risques.

— Elle va te rendre tes billes. Son équipe est capable de tout gérer.

— Contente-toi de le faire. Il y a quelque chose qui ne tourne pas rond dans tout ça. Laisse-moi envoyer un message à Sota. Autant me montrer trop prudent et appeler des renforts, que de finir mort sur le territoire de Drago.

Après avoir envoyé mon message à Sota, je sortis de ma voiture et m'avançai vers les portes métalliques où aurait lieu le rendez-vous qu'avait indiqué Santos.

Je serrai les dents quand je ne vis rien d'autre qu'une chaise au centre d'un espace vide.

— Il y a une enveloppe sur le siège, remarqua Kasen qui alla la chercher.

Il l'ouvrit, en sortit le contenu et leva un regard furieux vers le mien.

— Il faut qu'on retourne à Vegas, maintenant, dit-il en s'avançant vers moi à grands pas. Garde ton sang-froid.

Je lui pris la pile de papiers et y jetai un œil tandis qu'une rage inédite m'envahissait.

— Je vais le tuer. Je vais tous les tuer jusqu'au dernier.

Il y avait des photos de Nyx et de moi datant de notre soirée sur le balcon de son penthouse. Tous les détails intimes de ce qui s'y était passé y figuraient.

Je contractai la mâchoire en voyant une autre photo datant de ce soir, prise à travers les fenêtres du salon de la suite où se trouvait Nyx à cet instant. Elle se penchait en arrière pendant que je l'embrassais.

Celui qui avait pris ces clichés disposait d'un objectif longue portée : quelqu'un l'avait donc renseigné sur notre localisation. Et personne n'aurait dû savoir pour la partie, en dehors des personnes que Nyx avait invitées et de nos équipes de sécurité.

Je jetai un œil au mot qui était joint. Il aurait pu tout aussi bien pu sceller les certificats de décès de mon oncle et de son maudit fils.

Les ténèbres ont-elles trouvé leur nuit ? Est-elle ta faiblesse ? Ou est-elle une récompense pour tout ce qui vient avec elle ? Rappelle-toi, il y aura toujours un autre Drakos dans les parages pour te remplacer si tu n'arrives pas jusqu'à l'autel.

Albert

J'en avais ma claque de ces merdes. Il n'était plus question d'attendre. Plus de planification. Il voulait une guerre ? Il allait avoir sa foutue guerre. Mais, d'abord, je devais m'assurer que personne ne toucherait ma femme.

— As-tu réussi à joindre quelqu'un ? m'enquis-je en me dirigeant vers la sortie de l'entrepôt.

Kasen secoua la tête.

— Il y a quelque chose qui cloche. Personne n'arrive à entrer en contact avec qui que ce soit du penthouse. Nos hommes auraient dû faire leur rapport en quelques secondes, et on est sur des ondes radio.

Je m'empoignai la nuque, et j'avais à peine franchi le seuil de la porte quand j'entendis :

— Bonjour, mon neveu.

Kasen et quelques-uns de mes autres lieutenants se jetèrent devant moi pour m'empêcher de prendre la balle qui m'était destinée.

En une seconde, le chaos régna. Mes hommes entrèrent en action tandis que je roulais sur le côté, sortais mon arme et me préparais à mettre fin à cette connerie, une fois pour toutes.

Le passé ne comptait plus, pas plus que venger mes parents et Gio. Il s'agissait de mon présent et de mon avenir.

Nyx.

Nyx

Je soupirai quand le dernier membre de l'équipe de nettoyage sortit de la suite, un peu après 2 heures du matin. La partie de ce soir semblait m'avoir fatiguée davantage que d'habitude. Peut-être était-ce à cause des émotions qui me remuaient depuis la conversation intense que j'avais eue avec Simon.

Merde. La dernière chose à laquelle je me serais attendue dans ma vie, c'était de vouloir la passer en tant que moitié d'un chef de syndicat.

Il n'était pas censé avoir de l'importance pour moi. L'idée de ne pas l'avoir dans ma vie n'aurait pas dû me donner envie de pleurer. Il m'avait fait chanter pour me faire accepter cette merde.

Portant mon verre à mes lèvres, j'avalais une bonne

gorgée de whisky. L'alcool doux et puissant me réchauffa, et m'offrit un léger sentiment de calme.

Stevie vint vers moi, et me fit un signe de tête indiquant qu'elle et son équipe avaient sécurisé notre recette pour l'événement de ce soir.

— Tu veux regarder un film, comme au bon vieux temps, en attendant qu'il arrive ? lui demandai-je, versant à Stevie un verre du délicieux liquide ambré.

— Nous ne tiendrons même pas le temps du générique d'ouverture. Buvons simplement un verre ou deux.

— Bon sang, mais comment en suis-je arrivée là ? m'exclamai-je, avant de laisser retomber ma tête dans ma main.

— Tu as un penchant pour les abrutis. C'est ta perversion à toi.

Je lui lançai un regard noir et secouai la tête.

— Seulement pour un abruti. Je ne comprends pas quand ça a changé.

— Tu plaisantes, n'est-ce pas ?

— Quoi ?

— C'est arrivé ce premier jour, quand il t'a surprise à genoux dans le jardin. Il t'a tenue sous son emprise avec ses foutus yeux verts d'un seul regard ! Merde, la plupart du temps, je le tolère à peine, mais même moi je ne suis pas insensible à son charme.

— Si je me souviens bien, c'étaient Akari et toi qui vouliez qu'il devienne mon plan cul, lui rappelai-je en me passant une main sur le visage. Qu'est-ce que je vais faire ?

— Tu t'imagines t'en aller ?

Cette seule pensée fit naître une sensation douloureuse

au fond de mon cœur. Mais, d'un autre côté, je n'avais même jamais envisagé l'idée de revenir à New York.

— Il faudrait que je gère à nouveau ces conneries.

— Tu t'en sors très bien ici. La seule différence, c'est que ce ne sont pas des touristes, et ils ne te prennent pas pour une employée de l'hôtel.

— Tu serais partante pour un déménagement à New York ?

Stevie pencha la tête sur le côté et m'étudia.

— Je devine que tu as pris ta décision ?

— C'est ce qu'on dirait.

— Alors, tout ce que tu as à faire, c'est de le lui dire. Mais je te suggère de le faire trimer un peu plus longtemps. Les choses lui viennent trop facilement.

Je secouai la tête.

— Tu es aussi incorrigible que lui.

Elle haussa les épaules.

À cet instant, une sonnerie retentit au niveau de l'ascenseur, nous faisant sursauter, Stevie et moi. Personne n'aurait dû pouvoir y accéder.

Nous l'avions verrouillé. Même Simon devrait appeler pour monter.

Ce fut à cet instant que je sentis le canon d'une arme pointée sur l'arrière de ma tête, et les bruits d'une lutte derrière moi.

— Ne bouge pas, Nyx, m'ordonna Justin, l'un des hommes de Simon, m'attrapant par le haut du bras. Dis à ta copine d'arrêter de se battre ou elle finira comme le reste de son équipe.

Je déglutis, essayant de repousser la peur qui rampait le

long de ma colonne vertébrale, et jetai un œil à Stevie, immobilisée par la tête et plaquée au sol.

— Stevie, murmurai-je. Je t'en prie. Rappelle-toi de la règle numéro un.

Entendant la supplique dans ma voix, elle obéit à ma demande.

Cette règle qu'elle m'avait enseignée, c'était de tout faire pour rester en vie, y compris laisser croire à mon assaillant que j'avais cédé.

Je ne doutais pas qu'elle allait continuer à chercher des moyens pour nous sortir de cette situation. Il fallait que je pousse ce type à parler, que je continue de le distraire. C'était la seule façon de s'en sortir.

Juste avant que Simon ne parte pour sa réunion, il m'avait tendu un de mes couteaux et m'avait ordonné de l'attacher à ma cuisse. Je m'étais dit qu'il allait un peu trop loin, avec la double équipe de sécurité vingt-quatre heures sur vingt-quatre, le collier et le couteau.

À présent, je lui devrais la fellation de sa vie.

Si cela se produisait ici, qu'avait-il bien pu se passer à la réunion ?

Je fermai les yeux une brève seconde, priant pour que Simon soit sain et sauf.

— Qui a ordonné ça ? demandai-je, essayant de garder l'attention de Justin sur moi.

Un sourire suffisant s'étala sur son visage.

— Monsieur Drakos.

Conneries.

— Menteur. Il ne me ferait pas une chose pareille.

— Mauvais Drakos.

Ce fut alors que, du coin de l'œil, je vis Tony étalé au sol, du sang s'écoulant sur le côté de sa tête.

Mes intentions de garder mon calme s'évanouirent tandis que mon ventre se crispait ; et, sans m'en rendre compte, je lui balançai un coup de coude dans les côtes.

— Espèce d'ordure !

— Calme-toi, putain, m'ordonna-t-il en me bloquant les bras dans le dos. Il n'est pas mort. On n'a pas le temps de nettoyer le désordre.

Merci mon Dieu pour les petites faveurs.

— Je ne comprends pas pourquoi tu fais ça. Tu es l'un des hommes de Simon.

— Erreur. Je suis un homme de Gio. J'ai su dès le départ que le fils de Kyros était doux, comme lui. Tu es un handi-cap, tout comme l'était sa mère.

— En quoi suis-je un handicap ?

— Tu as changé ses priorités. Nous avons vu cela se produire. Maintenant, nous allons nous en servir pour transférer le pouvoir aux Drakos légitimes, Albert comprend la manière dont les choses se déroulent, tout comme Hal.

— Le Drakos légitime est au pouvoir, grondai-je. Me prendre n'y changera rien. Mes frères vous détruiront.

— Continue d'y croire. Ils sont devenus les alliés d'Albert.

— Impossible, répliquai-je en secouant la tête.

Je savais que ce n'étaient que des conneries. Papa détestait Albert pour la manière dont il avait traité ma mère dans leur jeunesse. Il avait sa façon bien à lui de laisser croire aux gens qu'il leur apportait son soutien sans s'engager formellement, ce qui ne l'obligeait jamais à rien.

Ignorant mes paroles, il fit un signe du menton à un autre homme.

— Ouvre la cabine. Fais-les entrer.

Une seconde plus tard, les portes s'ouvrirent, et Hal sortit avec un groupe d'hommes que je reconnus, car ils furent présents lors de la fête de fiançailles. Tous appartenaient à des familles censées être des alliées de mon père et de mes frères.

Oh, mon Dieu, cela ne pouvait pas être en train d'arriver.

L'attention de Hal se porta directement sur moi, et il s'avança dans ma direction. L'opinion que je m'étais faite de lui ce soir-là, dans le jardin botanique, était plus que juste. Il n'arrivait pas à la cheville de Simon dans sa façon de se comporter.

Hal cherchait trop à imiter son cousin aîné, et échouait dans son style, sa démarche, tout.

Certes, mon opinion était biaisée, en faveur de Simon, mais cela n'en était pas moins la vérité.

Bon sang, j'avais l'air d'un chiot en mal d'amour, même dans ma tête.

— Bonjour, Princesse. Ou devrais-je t'appeler « Déesse », comme le préfère Simon ?

— Nyx, ça ira, lui balançai-je avec un regard noir. Qu'est-ce que tu veux ?

— J'ai une proposition, dit-il en jetant une pièce sur la table derrière moi. Je t'encourage à y réfléchir, en échange de quoi, ton secret ne sera pas rendu public. Assieds-toi.

Sans attendre de voir si j'allais obtempérer, Justin m'obligea à m'asseoir, puis recula.

— Va voir si tu peux trouver les enregistrements de la partie de ce soir et sur le coffre-fort.

J'affichai un rictus. Ils ne le trouveraient jamais. Nous le cachions dans un endroit différent après chaque événement, et les seules personnes à connaître l'endroit exact à fouiller étaient Stevie et moi.

— Tu ne me fais pas peur, Hal.

— Ce n'est pas mon intention. Tu aurais dû me rencontrer ce jour-là, au lieu de me poser un lapin. Cela nous aurait épargné ces difficultés.

— Tu veux parler de me retenir contre ma volonté dans une chambre d'hôtel ?

— Les suites d'hôtel, c'est ta spécialité. Même si tu sembles apprécier les balcons de penthouse pour certaines de tes activités les plus intéressantes. Mon cousin et toi avez offert un sacré spectacle à mes hommes. Le meilleur porno, en direct.

Mon visage se réchauffa au souvenir de la manière dont Simon et moi nous étions tellement perdus dans l'envie brutale que, après l'inquiétude initiale, je n'avais plus réfléchi à la possibilité que quelqu'un nous regarde.

— Juste pour info, ce genre de chose n'arrivera pas avec moi. Je ne m'envoie pas en l'air en public.

Je fronçai les sourcils en inclinant légèrement la tête, étudiant son visage. Il me jeta un regard impassible, comme si j'étais idiote de ne pas comprendre ce qu'il voulait dire.

Il ne pouvait pas être sérieux.

Bon sang, non !

— Tu crois vraiment que je vais passer d'un Drakos à un autre ? Simon n'est pas remplaçable.

— Alors, ta famille renoncera au fonds. Ou nous pouvons simplement le faire maintenant, en divulguant tes transactions commerciales illégales.

— Un jeton de poker et une photo prise au hasard ne prouvent rien. Les gamins font toutes sortes de choses à dix-huit ans.

La contrariété se lut sur sa figure, et il s'avança dans ma direction, s'arrêtant quand il fut juste devant moi.

— Qu'en est-il de ton ami, David Stafenavos ? Je suis sûr qu'il peut dégoter des informations sur tes projets actuels.

— Encore une fois, c'est la parole d'un ancien ami mécontent, avec lequel je refuse toute forme de communication. Tu. N'as. Aucune. Preuve. Ton plan comporte quelques trous.

Il m'agrippa par les cheveux, me tirant brutalement de ma chaise, provoquant une onde de douleur dans mon cuir chevelu.

— Ce petit jeu de diablesse ne fonctionnera pas avec moi. Je ne suis pas doux comme Simon.

— C'est bien la dernière chose qu'on dirait de lui, rétorquai-je, enfonçant mes ongles dans le bras de Hal jusqu'au sang. Tu seras mort quand il arrivera.

Correction. Il sera mort quand je mettrai la main sur mon couteau. Je prévoyais d'étriper cet enfoiré et de le disperser en petits morceaux.

Il s'écarta de ma main, me plaquant la tête sur la haute console.

— C'est de sa mort à lui dont tu devrais t'inquiéter. Il est fort probable que sa réunion ne se soit pas déroulée comme prévu. Tu n'auras alors pas d'autre choix que d'honorer le contrat avec moi.

Tout mon sang quitta mon visage. Non, Simon était trop intelligent pour tomber dans un piège.

— Continue de rêver. Ton père a déjà essayé de le tuer. Je doute que tu fasses mieux que lui.

Sa prise dans mes cheveux se resserra tandis qu'il s'abaissait et sifflait à travers ses dents serrées.

— En dehors de ton physique, je ne comprends pas ce que Simon voit en toi.

Alors que j'étais sur le point de répliquer, quelqu'un sortit de la chambre principale et annonça :

— Le coffre n'est pas là. Elle a dû le donner à son amie, Akari.

— Alors, envoie quelqu'un pour le récupérer, ordonna Hal.

Justin hésita, le front plissé par l'inquiétude.

— Elle est comme la petite-fille de Drago Jackson.

— Je me fous de qui elle est.

Hal ne pouvait pas être aussi stupide. Il devait savoir que Drago le prendrait personnellement si quelqu'un songeait à s'en prendre à Akari. Il avait des gens qui la surveillaient jour et nuit.

— Cela pourrait déclencher une guerre.

— Nous sommes déjà en guerre. Une de plus, qu'est-ce que ça peut faire ?

Quel bouffon.

Quand Hal me tira en arrière, les yeux embrasés et le

visage marqué par la fureur, je me rendis compte que j'avais exprimé ma pensée à voix haute.

— Ce bouffon n'est pas celui qui a laissé sa femme sans protection.

Ce fut à ce moment que j'aperçus le hochement de tête de Stevie, qui m'indiquait qu'il était temps de mettre un terme à cette joute verbale, et de faire ressortir ma Harley Quinn intérieure.

Je ne savais pas ce que Stevie avait fait pendant que j'occupais cet idiot, mais je savais quel rôle je jouais dans cette mascarade.

Même si je ne l'avais jamais fait sur un humain.

Sur du bétail, oui. Sur des humains, non.

Prenant une profonde inspiration, je posai une main sur ma cuisse tout en m'agrippant à celle que Hal maintenait sur mon cuir chevelu, lui laissant croire qu'il avait le contrôle sur moi.

Alors qu'il reculait d'un pas, je fis semblant de trébucher, saisis le manche du couteau qui reposait confortablement dans le fourreau, attaché à l'intérieur de ma cuisse, puis, une seconde plus tard, je fendis le flanc de Hal.

Il tressaillit, puis son corps fit un bond en arrière, m'entraînant avec lui. Nous atterrîmes brutalement sur le sol, dans un enchevêtrement de membres.

Une vague de vertige me frappa alors que son poids me coupait le souffle, suivie d'un accès de nausée. Respirant malgré la douleur, je me débattis pour me libérer de la silhouette sanguinolente de Hal.

— Lâche-moi, espèce d'ordure !

Je le poussai, mais son sang recouvrait ma main, et il m'était très difficile de le faire bouger.

Il se cramponna les côtes tout en essayant de verrouiller un bras autour de ma taille. Je parvins à lui donner un coup de pied dans l'estomac, et m'accroupis avant qu'il ne puisse s'accrocher à mon ventre.

Je rampais jusqu'à l'endroit où je me souvenais avoir vu Stevie pour la dernière fois. J'entendis l'écho de coups de feu exploser dans mon oreille. Me baissant, je me cachai derrière le dossier d'un canapé, et vis que l'escalier de service était ouvert, dans le coin le plus éloigné de la cuisine du penthouse.

Il n'était pas ouvert plus tôt dans la soirée. En fait, il était dissimulé derrière une paroi mobile.

Ce fut alors que je le vis.

Son arme était dégainée, il avait du sang séché sur le coin de sa tempe, ses vêtements étaient déchirés, son visage était en proie à la fureur, et son corps était dans une posture qui annonçait qu'il tuerait quiconque se trouverait sur son chemin.

Il cria des ordres à droite, à gauche, alors que des gens entraient pour reprendre possession du penthouse.

— S-Simon, murmurai-je, envahie à la fois par le soulagement et la peur.

Je ne l'avais jamais vu comme ça.

Oh bordel ! Est-ce que c'était sexy ?

Son regard vert plongea dans le mien, une seconde avant qu'il ne lève son revolver dans ma direction. Fermant les yeux, j'attendis que la balle atteigne sa cible et que le bruit sourd et distinct du corps frappant le sol parvienne à mes oreilles avant d'ouvrir les paupières.

Simon s'agenouilla devant moi, les yeux hantés par l'inquiétude.

— Déesse, laisse-moi prendre ça, me demanda-t-il en me touchant la main.

Je baissai les yeux : je n'avais pas réalisé que je tenais toujours le manche sculpté du couteau. L'adrénaline m'avait sans doute conduite à renforcer mes défenses.

C'était vraiment dégoûtant. Il y avait des viscères de Hal sur moi.

— Mes frères vont m'en faire baver pour ça, surtout Tyler, constatai-je en fléchissant mes doigts trempés de sang, avant de lever les yeux vers Simon et de soupirer. Je suis censée les faire saigner, mais pas partout sur moi. Ce sont les règles.

— Tes frères n'ont absolument rien de normal, quels que soient les critères. La majorité des sœurs ne reçoit pas de formation pour étriper les gens.

Je haussai les épaules.

— Je ne connais qu'eux.

Avec son pouce et son index, Simon me prit le couteau, et, d'un signe de sa part, l'un de ses hommes s'approcha de lui avec un chiffon. Il l'enveloppa fermement et le mit dans un sac.

— Je le ferai nettoyer et renvoyer, Monsieur.

Simon inclina la tête sans détourner son attention de moi.

— Maintenant, nous devons te faire examiner.

Il dégagea les cheveux du côté de mon visage, et vit sans

doute l'ecchymose qui s'y formait après que Hal avait écrasé ma tête sur la table.

Il reporta son attention sur l'endroit où Hal gisait sur le sol et contracta la mâchoire.

— Je t'ai laissée sans protection. Cela ne se reproduira pas.

— Ce n'était pas ta faute.

— Bien sûr que si ! C'était un piège, et j'ai marché droit dedans, expliqua Simon en posant son front contre le mien. Ils se sont servis de Santos pour faire diversion avec une réunion, et m'ont tendu une embuscade pour que cette ordure puisse t'atteindre.

— Simon, tu es venu. C'est tout ce qui compte.

Il toucha mon collier.

— À quoi cela a-t-il servi ?

— Je vais bien, le rassurai-je, posant mes doigts sur les siens, sur le pendentif. J'ai juste besoin de me laver.

Avant que je ne puisse dire autre chose, il me souleva dans ses bras et me porta jusqu'à la chambre principale de la suite.

— Nous ne pouvons pas quitter cet endroit tant qu'ils n'auront pas tout nettoyé et rangé, déclara Simon. Ensuite, je prévois de m'occuper du reste d'entre eux.

Je ressentis la colère déchaînée qui bouillonnait en lui.

— Je sais comment les choses fonctionnent. N'oublie pas de qui je suis la fille.

Il entra dans la salle de bains géante et me déposa sur le comptoir.

Et plongea son regard dans le mien.

— Alors, tu comprends aussi ce qu'aurait fait ton père si ta mère avait été à ta place ce soir.

Un frisson me parcourut l'échine.

Simon s'écarta de moi pour allumer la douche, puis revint avec une serviette de toilette, la posant à côté de moi sur le comptoir.

Puis, il dézippa ma robe, la faisant passer par-dessus ma tête avant de la jeter au sol. Ensuite il passa à mes sous-vêtements. Quand je fus nue, il prit la serviette, la mouilla dans le lavabo, puis entreprit de nettoyer le sang sur ma peau.

Sa manière de caresser mon corps, si tendrement, si délicatement, me portait à croire qu'il craignait que je ne me brise s'il me touchait trop durement.

Il tira sur ma bague de fiançailles, la rinça, puis la souleva à la lumière.

— Toi seule la porteras. Elle signifie que tu m'appartiens, Déesse, déclara-t-il tout en la glissant de nouveau sur mon doigt. Je veillerai à ce que personne ne songe même à te toucher à l'avenir.

J'agrippai son poignet, l'obligeant à me regarder.

— Je vais bien.

— Tu ne comprends pas, Nyx. J'aurais pu te perdre.

— Je suis là. Je sais manier le couteau. Il se vidait de son sang avant même que tu n'arrives.

— Et que se serait-il passé ensuite ? Je ne prendrai plus jamais ce risque.

— Tu ne peux pas être avec moi tout le temps. Je vis dans une autre ville. En plus, tout ça, c'était temporaire.

— Les choses ont changé. Tu ne peux pas le nier.

L'intensité de son regard me coupa le souffle.

— Même si tu le fais, je te garde, que tu le veuilles ou non, affirma-t-il, posant la main sur ma joue avant de faire glisser son pouce sur ma lèvre inférieure. Tu n'as pas encore compris ? Je suis sur le point de mener une guerre parce que quelqu'un t'a touchée. Bon sang, je réduirais ce monde en cendres s'il le fallait !

Une larme glissa le long de ma joue, et, sans y penser, j'empoignai sa chemise et le tirai vers moi, plaquant ma bouche sur la sienne.

Il m'entoura de ses bras, moulant mon corps contre le sien, dur, chaud et excité. Nous embrassâmes la bouche de l'autre, nous dévorant comme si nous étions incapables d'assouvir ce besoin. Nos langues glissaient, se confondaient, se goûtaient, se consumaient.

Je frottai mon intimité contre son érection massive. J'avais besoin de cette friction pour atténuer la douleur au creux de mon ventre.

Je brûlais pour lui. Cela me déchirait de voir à quel point j'avais besoin de lui. Cet homme que j'avais voulu si désespérément haïr lors de notre rencontre… aujourd'hui, je n'imaginais pas ma vie sans lui.

— Simon, gémis-je en empoignant ses cheveux. J'ai besoin de plus, s'il te plaît.

Il me souleva par les cuisses, enroulant mes jambes autour de ses hanches, et entra dans la douche fumante.

— Tu es complètement habillé ! m'exclamai-je.

Il me fit glisser au sol, puis retira ses chaussures et répondit :

— Alors, déshabille-moi.

— Tu es tellement autoritaire.

Je m'attelai à détacher les boutons de sa chemise trempée, la repoussant de ses épaules.

— Si tu ne l'avais pas encore compris, sache que j'agis très mal depuis des mois.

Le temps qu'il soit nu, je haletai sous l'effet du besoin désespéré qu'il me prenne.

— Tu veux que ce soit doux ou dur ?

— J'ai le choix ?

— Tu es blessée, répondit-il en effleurant le côté de mon visage.

Je vis la colère s'embraser à nouveau dans ses yeux.

Passant mes bras autour de son cou, je me hissai sur la pointe des pieds.

— Je nous veux, nous. Bruts, torrides et dépravés. Tout comme tu me l'as promis lors de notre première nuit ensemble.

Il s'accrocha à ma taille, le visage en proie à une bataille de sentiments.

— Je n'avais aucune chance avec toi, n'est-ce pas ?

— Tu m'as aussi surprise, répondis-je en effleurant sa bouche avec la mienne. Même si tu seras toujours l'abruti qui m'a fait chanter.

Ses lèvres se retroussèrent.

— Je suis qui je suis. Maintenant, tourne-toi et appuie tes bras sur le mur.

Je suivis ses instructions et j'eus à peine le temps de me caler qu'il me saisit par la hanche, écarta mes jambes d'un coup de pied, se positionna et s'enfonça.

— Oh, mon Dieu, Simon ! criai-je alors que le plaisir

mêlé à la douleur de son invasion me brouillait la vue et enflammait tous les nerfs de mon corps.

— Tu l'as demandé.

Il passa son avant-bras devant ma poitrine et posa la main sur ma gorge.

Je contemplai son beau visage et l'eau qui dégoulinait de ses boucles tombées sur son front.

Mes doigts fléchirent sur le mur.

— C'est vrai. Maintenant, fais-en plus. J'ai besoin que tu me prennes comme si tu en avais envie. Ne sois pas tendre.

— C'est ça que tu veux ?

Il se retira et se renfonça si fort que je me hissai sur la pointe des pieds.

— Oui, gémis-je.

Le mélange enivrant des sensations de son sexe massif en moi et de sa main possessive sur mon cou inondaient mon esprit d'une euphorie dont je ne semblais jamais pouvoir me passer.

— C'est... c'est exactement ce que je veux.

— C'est pour ça que tu m'appartiens.

Sur ces mots, il entama un rythme brutal et diablement délicieux. Un rythme qui ne me donnait aucun moyen de pression, qui lui procurait tout le contrôle, qui ne me permettait que de recevoir.

Mon sexe se contracta, se crispa et s'inonda à l'approche de l'orgasme. Mon clitoris palpitait, il ne lui manquait qu'une légère caresse pour que j'explose.

Je déplaçai ma main sur le mur, prête à offrir à mon corps le soulagement qu'il réclamait. Mais une partie de moi résista, sachant que c'était le toucher de cet homme dont j'avais besoin.

— Simon, je t'en prie. J'ai besoin de jouir.

Ses doigts descendirent de mon ventre jusqu'à mon clitoris. Au moment où il effleura le bourgeon de nerfs sensibles, ses dents s'enfoncèrent dans mon épaule.

— Oui ! criai-je, le souffle coupé, l'esprit embrumé par d'interminables vagues d'extase.

Mon sexe se resserra sur son membre qui me pilonnait. Son rythme ne faiblissait pas en dépit de mes parois intimes qui se contractaient.

— C'est trop.

L'orgasme secoua tout mon corps, me laissant molle et incapable de me tenir debout.

— Nous n'avons pas encore terminé.

— Tu n'es pas sérieux.

— Très sérieux.

Simon caressa mon clitoris, me conduisant à la limite d'une nouvelle jouissance, puis pinça le petit faisceau de nerfs, me propulsant sous une époustouflante nouvelle cascade de plaisir, mais cette fois-ci, il se fracassa avec moi.

CHAPITRE

Vingt~Deux

Simon

— De quoi s'agit-il, Mykos ?

Je jetai un regard sombre à Tyler quand il entra paresseusement dans la suite d'hôtel où il m'avait convoqué une heure plus tôt.

Cet enfoiré m'avait donné l'impression que nous étions à deux doigts d'une crise majeure, mais, d'après les informations que Kasen m'avait transmises, ils n'avaient rien de prévu pour le moment.

D'autre part, je travaillais d'arrache-pied pour éliminer les derniers soutiens d'Albert et de Hal parmi ceux de ma maison et parmi ceux qui prétendaient être mes alliés. Leur élimination ne nous facilitait pas la tâche pour identifier tout le monde, mais nous y arriverions.

— Nous allons y arriver. Pourquoi tu ne te mettrais pas à l'aise ? Nous avons des sujets importants à discuter.

— Va droit au but. J'ai d'autres choses à faire aujourd'hui que de perdre du temps avec toi.

Nyx devait arriver dans la matinée, et mes plans prévoyaient que nous partions en voyage sur l'un de mes navires, au large des côtes du Maine.

— Oui, j'ai entendu parler de ton week-end en mer.

Son ton me fit hésiter, tout comme l'agacement sur les visages des autres frères Mykos.

Tyler s'approcha de moi, ouvrit un dossier, puis déposa une série de photos devant moi. Chacune d'elles nous montrait, Nyx et moi, à différents endroits de Vegas. Dieu merci, il n'y en avait aucune de nous sur ce foutu balcon.

Merde.

Je jetai un œil autour de moi, et me rendis compte que Phillip Mykos était absent de la réunion. Ce qui signifiait que ses fils ne voulaient pas qu'il ait vent de cette discussion.

Tyler tapota la photo où Nyx était blottie contre moi alors que nous étions assis sur la terrasse de son appartement, à Las Vegas. Je la serrais fort et la regardais dormir.

C'était la nuit qui avait suivi les retombées de cette connerie avec Hal, un mois plus tôt.

Elle semblait si fragile dans mes bras. Elle me faisait confiance pour la protéger, et j'avais failli échouer.

J'*avais* échoué, putain. Si j'avais été plus attentif, elle n'aurait pas eu à planter cet enfoiré.

Je passai en revue une autre série de photos. Certaines où nous dansions dans des boîtes de nuit, explorions certaines parties de Vegas, et d'autres où nous étions dans sa serre et dans son cottage.

Tout ce temps, ils avaient su pertinemment que j'avais été là.

Les sales cons.

Il y avait une chose que toutes ces photos prouvaient à ceux qui les voyaient. Nyx était ma femme, ma faiblesse. La seule façon de m'atteindre.

— Que comptes-tu faire à ce sujet ?

— C'est ma fiancée. Qu'est-ce que je suis censé faire ? Je peux passer du temps avec elle, et de la manière que je juge nécessaire.

— Si c'est comme ça que tu veux la jouer, on peut faire ça, me dit Tyler en se calant dans son fauteuil. Crois-tu vraiment que je ne sais pas ce que ma sœur fait à Vegas ? Elle a mis son service de sécurité dans sa poche depuis qu'elle a seize ans. Je ne pouvais pas leur faire confiance pour tout me rapporter. J'ai mes propres gars mêlés aux siens.

» J'aime ma sœur et j'ai une confiance totale en ses capacités et en son intelligence, mais nous savons tous les deux qu'elle ne possède pas le caractère impitoyable nécessaire pour survivre aux choses dans lesquelles elle aime tremper. Je suis au courant pour ses clubs, pour ses activités annexes, pour ses amitiés, et je suis au courant de votre marché. Espèce de sale ordure. Je devrais te tuer pour lui avoir fait ça.

Je ne réagis pas à ses paroles, me contentant de demander :

— Et tu as laissé faire cela ?

— Nyx n'est pas une petite fille. C'est une femme adulte. Si elle était allée trop loin avec toi, je serais intervenu.

— Est-ce pour ça que tu es ici ? Tu crois qu'elle est trop impliquée.

— Vous l'êtes tous les deux, dit-il avec un sourire en coin, mais la colère dans ses yeux montrait à quel point il avait envie de se battre avec moi. Ça ne s'est pas passé comme prévu, n'est-ce pas, Drakos ? Ce n'était pas censé devenir personnel. Elle n'était pas censée compter.

— Y a-t-il un but à tout cela ?

Son visage devint sérieux.

— Si tu l'aimes, tu la laisses partir. Elle n'est pas faite pour cette vie. Je te l'ai dit dès le début, putain ! Tout ce qu'elle a toujours voulu, c'est sa liberté. Je ne te laisserai pas la piéger.

— Qu'est-ce qui te fait croire qu'elle ne peut pas le supporter ?

— Elle peut tout gérer, mais ce n'est pas ce qu'elle veut. Pourquoi crois-tu que je l'aie envoyée à Vegas ? Elle est bien trop intelligente pour être le faire-valoir de qui que ce soit.

— La dernière chose que j'attendrais d'elle, c'est qu'elle joue les faire-valoir.

— Elle a besoin de quelqu'un sans nos bagages, et tu le sais. Crois-tu que ton oncle et ton cousin soient les derniers enfoirés à se servir d'elle pour t'atteindre ? Tu as une foule d'ennemis qui adoreraient trouver un moyen de te briser. Ma sœur ne sera pas un dégât collatéral.

— Qu'est-ce qui te fait penser que j'ai des sentiments pour elle ?

— Ces photos montrent un homme capable de réduire le monde en cendres pour elle, constata Evan. D'après ce qu'on m'a dit, tu as nettoyé ta maison de toute personne qu'on a dit impliquée dans l'incident avec Nyx.

Personne, en dehors de mes hommes, n'était censé connaître la vérité derrière ma guerre contre mon oncle. Désormais, il semblait que Stevie et Tony avaient des yeux dans leur organisation qui transmettaient des informations aux frères Mykos.

— Je ne tolère pas les traîtres.

— Conneries. On ne balance pas comme ça une décennie de préparation pour abattre son plus grand ennemi. Pas pour n'importe qui, répliqua Tyler en se calant à nouveau dans son fauteuil. Combien sont morts pour l'avoir ciblée ? Combien sont en fuite pour avoir pensé à l'utiliser contre toi ? Combien de tes collaborateurs veillent à sa sécurité, en plus de son équipe ?

— N'importe qui prendrait soin de sa fiancée de la même manière.

— Continue de te raconter ça.

— Explique-le-moi clairement, Mykos. Que veux-tu que je fasse ?

— Que tu rompes.

— Si je fais ça, es-tu prêt à renoncer à une si grosse somme ?

— Pour le bonheur de ma sœur, absolument. Mais nous savons que tu ne vas pas réellement mettre un terme à vos fiançailles. Tu rompras seulement votre relation person-nelle, et vous vous en tiendrez aux aspects formels.

— Elle ne va pas apprécier que vous vous en mêliez.

— Tu ne vas pas le lui dire. C'est entre nous. Elle n'apprendra jamais que je suis au courant de ses activités à Vegas.

— Pourquoi je ne le lui divulguerais pas ?

— Parce que j'ai toujours l'intention d'honorer le transfert du port. De toute façon, techniquement, il appartenait à ta famille il y a plusieurs générations.

— Le bonheur de ta sœur vaut tant que ça pour toi ?

— La question est de savoir ce que cela vaut pour toi.

Tout.

Je contrai son regard froid avec un identique, sans rien dire.

Cet enfoiré savait qu'il me tenait.

— Tu as de la chance que je ne t'aie pas tué pour avoir rompu les conditions de votre accord en premier lieu. Mais, comme ça t'a mis à genoux, je peux vivre avec, lança Tyler avant de se lever. Comme je l'ai dit, si tu l'aimes, alors tu la laisses partir. Offre-lui cette liberté qu'elle désire tant.

— Pourquoi crois-tu qu'elle ne me choisira pas ?

— Il ne s'agit pas de te choisir ou non. Tu ne lui donneras pas d'option. N'est-ce pas ainsi que tout a commencé ? Tu ne l'as pas fait chanter ?

— Je n'ai aucune raison de la laisser partir.

— Et que dirais-tu de ça ? À la seconde où tu rompras avec elle, je te céderai le port. Je ne te ferai pas patienter le reste de la durée du contrat.

— Tu essaies de me soudoyer ?

— Ce n'est pas différent d'avant. Mais, attends… en fait, si, dit-il après une pause, affichant un sourire calculateur. Tu es amoureux d'elle. Tu vas devoir décider de ce qui a le plus de valeur pour toi. Ma sœur, ou quelque chose pour étendre ton empire.

Il savait pertinemment qu'il n'y avait pas de comparaison possible.

— Je peux la rendre heureuse.

— Peut-être. Mais tu ne la mérites pas. Personne de notre monde ne la mérite. Avec toi, elle restera une cible. Ce n'est pas la vie que je veux pour elle.

— Ce n'est pas à toi de faire ce choix.

— Mais c'est à toi, répliqua Tyler en se penchant vers moi. Cesse de te comporter comme un connard égoïste pendant une seconde, et pense à elle. Depuis votre rencontre, que t'a-t-elle toujours dit qu'elle voulait ? Honnêtement, peux-tu lui offrir cette chose ?

La liberté.

— Tu veux que je lui fasse du mal.

— Mieux vaut pour elle qu'elle guérisse d'un cœur brisé, que de vivre une vie dont elle ne veut pas. Tôt ou tard, elle trouvera quelqu'un qui pourra lui offrir une vie normale.

— Comment quelqu'un qui a grandi comme nous saurait-il ce qu'est la normalité ?

— Je préfère qu'elle essaie de le découvrir plutôt que de risquer qu'une autre ordure se serve de sa vie pour t'atteindre.

Je gardai le silence, sachant qu'il avait raison. Je ne supportais pas l'idée qu'il lui arrive quelque chose. Mais rencontrer quelqu'un détruirait ce cœur que je ne pensais pas avoir.

Au bout de quelques instants, je hochai la tête.

— Comme toujours, c'est un plaisir de faire affaire avec toi.

— Ce n'est pas du business. Elle n'est pas un business.

— Enfin, tu comprends ce que nous ressentons, répondit-il en m'étudiant. Il y a ce dicton dont ma mère se sert pour décrire sa relation avec mon père.

J'attendis qu'il continue.

— « Si tu aimes quelqu'un, laisse-le partir ! S'il revient, c'est qu'il a toujours été là.[1] »

Nyx avait évoqué le fait que ses parents s'étaient séparés dans leur jeunesse et s'étaient remis ensemble, mais sans donner de détails.

— Laisse-la partir. Et si vous finissez ensemble, je ne m'y opposerai pas. Mais offre-lui une chance de vivre la vie qu'elle a toujours désirée.

— C'est ce que votre père a fait ?

Tyler secoua la tête.

— C'était ma mère. Il aura fallu qu'elle se soit presque mariée à un autre homme pour que mon père retrouve ses esprits. Ce sont ses mots à lui, pas ceux de ma mère.

Sans le moindre doute, les Mykos n'étaient pas comme les autres familles.

— Je vais m'en occuper.

Je me levai avec l'impression que mon monde s'écroulait autour de moi, et sortis de la suite d'hôtel.

*
**

Vingt minutes plus tard, j'entrai dans le salon adjacent à mon bureau, à mon domicile. Nyx était assise en tailleur sur le sol, appuyée contre une table basse, mélangeant un jeu de cartes, tout en lisant quelque chose sur l'ordinateur en face d'elle.

Elle leva le nez et sourit.

— Hé, tu es prêt à ce que je te botte le cul au poker avant qu'on ne parte en week-end ?

Est-ce que les yeux de quelqu'un s'étaient un jour illuminés de bonheur en me voyant entrer dans une pièce ? J'avais vu de l'inquiétude et de la peur, mais la joie, ce n'était qu'avec elle.

Et là, j'étais sur le point de tout foutre en l'air.

Pour la première fois de ma vie, j'allais faire ce qu'il fallait et détruire la seule chose qui comptait pour moi.

— Qu'est-ce qui ne va pas ?

Elle posa les cartes sur la table et s'approcha de moi.

— Il faut qu'on parle.

Elle m'étudia, un pli d'inquiétude lui barrant le front.

— Cela semble de mauvais augure.

— Ton frère m'a offert le port de Cypress, gratuitement.

Je vis la confusion sur son visage.

— D'accord. Pourquoi est-ce une mauvaise chose ? C'était de toute façon le plan à long terme.

Je m'avançai vers les fenêtres au fond de la pièce pour mettre de la distance entre nous, et me tournai vers elle.

— Cela signifie que ton frère a rempli sa part du contrat en avance. Tout ce qu'il reste à faire maintenant, c'est jouer les termes de notre accord de fiançailles.

— Ce qui veut dire ?

— Ce qui veut dire, ça. Toi et moi, dis-je avec un geste entre nous, tout en ravalant la boule acide qui se formait dans ma gorge. C'est fini. Tu es libre.

— Q-Quoi ?

Elle posa la main sur le dossier de la chaise recouverte de tissu pour se tenir.

— Tu m'as bien entendu.

— Alors, tout ça, c'était pour le port ?

— Oui.

— Conneries ! s'exclama-t-elle, la mâchoire serrée. C'était quoi cette histoire de me garder, que je veuille rester ou non ? Qu'en est-il de cette histoire de réduire le monde en cendres pour moi ?

Merde.

— Il ne faut pas en tirer trop de conclusions. Un homme est prêt à dire n'importe quoi quand il est enfoui jusqu'à la garde au creux d'une femme.

— Et la guerre contre ton oncle et ses alliés. Tu as tout changé parce qu'ils s'en sont pris à moi.

— Ne romance pas les événements. Il s'agissait d'un changement de plan stratégique.

Elle tressaillit.

— Encore une fois, conneries. Ce n'est pas ce qui s'est passé, et tu le sais. Explique-moi ce que tu voulais dire quand tu as déclaré que je serais la seule à jamais porter cette bague ?

Elle leva sa main gauche.

Je me tournai vers la fenêtre, agrippai ma nuque, et me préparai à devenir cette ordure que mon grand-père avait voulu que je devienne.

Putain, je me détestais en cet instant.

Me tournant pour la regarder, je gardai un visage impassible quand je lui dis :

— Tu n'as quand même pas pu croire que je changerais d'avis et que je voudrais me marier avec toi ? Tu savais depuis le début qui j'avais choisi. Tu n'es pas elle. C'était une question de sexe. On s'est envoyés en l'air pour passer le temps.

La dureté de ses yeux onyx me fit comprendre que j'avais porté un coup direct, même si le masque sans expression qu'elle arborait aurait fait croire le contraire à n'importe qui d'autre. Une personne qui n'aurait pas vu toutes ses facettes, de la joie la plus totale à la colère la plus noire. Aujourd'hui, je pouvais ajouter la dévastation complète à la liste.

— Alors, c'est toujours Camilla, même après que son père s'est fourvoyé avec ton oncle ? Après toutes les conneries qu'elle a faites ?

— Oui. Elle connaît sa place dans mon monde, ce que l'on attend d'elle.

Elle tressaillit comme si je l'avais frappée, et je luttai de toutes mes forces pour ne pas tendre la main vers elle et lui dire que je n'étais qu'un foutu menteur.

— Et je suppose que je connais la mienne aussi, maintenant, dit-elle en soutenant mon regard. Je n'en ai aucune.

— Exactement. Tu es libre. N'est-ce pas ce que tu voulais ? Eh bien, maintenant, c'est fait. Ton club ne craint rien. Mes lèvres sont scellées. Construis-toi une vie à Vegas.

— Si c'est comme ça que tu veux la jouer, très bien, lança-t-elle en retirant la bague de son doigt, la posant sur une table d'appoint, avec l'ordinateur. Elle est à toi. Donne-moi quelque chose d'insignifiant à porter pour le spectacle.

— Tu te rendras bientôt compte que c'est mieux pour nous deux.

— Continue à te raconter ça, si ça te permet de te sentir mieux. Tu n'aurais plus à me voir plus que nécessaire, ajouta-t-elle alors qu'une larme roulait sur sa joue. Mais je connais la vérité.

— C'est-à-dire ?

— Je suis devenue exactement ce contre quoi ton grand-père t'avait mis en garde, et maintenant, tu fuis parce que tu as peur.

Elle s'avança vers la porte et tourna la poignée. Au moment où elle l'ouvrait pour sortir, elle s'arrêta et me regarda.

— J'allais quitter Vegas pour toi. Voilà à quel point je t'aime. Abruti que tu es, et tout. Dommage que je me sois tellement trompée sur toi.

Sur ces paroles, Nyx referma la porte en emportant la dernière partie décente de mon âme avec elle.

Il fallait que je garde en tête que c'était la bonne chose à faire.

Elle méritait mieux que moi. Une vie où les gens ne se serviraient pas d'elle pour m'atteindre. Une vie sans qu'elle ait à sacrifier ses choix.

Elle pouvait échapper à ce monde.

Appuyant mes mains sur le dossier d'un canapé tout proche, je laissai retomber ma tête et fermai les yeux.

— Putain !

À peine dix minutes plus tard, mon téléphone sonna, et, sans réfléchir, je le sortis de ma poche et répondis.

— Drakos.

— Le port est à toi. Les documents arriveront à ton bureau dans la matinée.

— Putain, comment sais-tu qu'il s'est passé quelque chose ?

Avait-elle eu le temps d'appeler ses frères ?

— Nyx a appelé pour me dire qu'elle venait en ville et qu'elle voulait s'entraîner avec ses couteaux. C'est le signe qu'elle est contrariée, et qu'elle a besoin de se défouler.

— Je ne l'ai pas fait pour le port.

— Je sais. Comme je te l'ai dit lors de notre réunion, si elle revient vers toi, alors elle sera à toi.

— Il n'y a aucune chance que cela arrive un jour. Je m'en suis assuré.

La douleur que je lui avais infligée resterait gravée dans mon cœur pour le reste de ma vie. Mykos avait raison, elle méritait une vie loin de moi, loin de la merde de notre monde. Maintenant, elle avait sa chance.

— Elle compte vraiment beaucoup pour toi, n'est-ce pas ?

— C'est fait. C'est tout ce que tu as besoin de savoir.

— Tu es un homme meilleur que je ne le pensais.

— Ni toi ni moi ne sommes des types bien. Nous faisons ce qui est le plus avantageux sur le long terme.

— Le long terme, hein ?

— Oui.

— Je vois.

Il garda le silence quelques instants, puis ajouta :

— Eh bien, tu peux compter les Mykos parmi tes alliés, pour te soutenir dans tes projets. Tous les griefs passés sont nuls et non avenus.

Tyler raccrocha.

Je m'assis sur une chaise à haut dossier, essayant de comprendre ce qui venait de se passer.

J'avais finalement accompli ce que des générations de Drakos et de Mykos n'avaient pas réussi à faire. J'avais mis fin à une rivalité centenaire qui avait coûté des millions de dollars et d'innombrables vies. Tout ce que j'avais eu à faire, c'était de détruire la meilleure chose qui m'était jamais arrivée.

---

1. Citation de Khalil Gibran (1883 – 1931), poète libanais.

Nyx

Six semaines, jour pour jour, après avoir quitté la maison de Simon, je pris appui sur la balustrade du balcon de mon appartement et savourai la vue du ciel nocturne de Vegas.

Levant mon visage dans la brise chaude de l'été, je soupirai. C'était ma première nuit de repos depuis des semaines et les seules choses à mon programme étaient des cocktails, et peut-être un film ou deux.

Seule.

La dernière chose dont j'avais envie, c'était de compagnie.

Apparemment, tout le monde pensait que je m'effondrerais d'un instant à l'autre. Pourquoi ne parvenait-on pas à comprendre que chacun gérait la douleur à sa manière ?

Je canalisais toute la mienne, ainsi que ma rage, dans

mon boulot. Cela m'empêchait de trop penser, et m'offrait un exutoire.

Ce n'était que lorsque je n'étais pas occupée que les pensées s'insinuaient et que la douleur commençait à m'étouffer. Le travail réglait donc tous mes problèmes. Et me rendait plus riche, par la même occasion.

Depuis mon retour de New York, j'avais organisé dix événements *Silent Night* dans tout Vegas, attirant certaines des plus grosses baleines du monde entier.

Je m'étais rendu compte que j'avais poussé ma chance pendant l'événement d'hier soir, quand j'avais appris que le FBI avait fait une descente dans un autre quartier de la ville afin d'appréhender un réseau de poker clandestin. Par conséquent, j'avais décidé de fermer la boutique pendant au moins deux mois.

Maintenant, il me fallait trouver autre chose pour occuper mon temps.

Laissant retomber ma tête sur la balustrade, je gémis.

— Comment ai-je deviné que je te trouverais ici ? demanda Akari, derrière moi. Tu viens avec moi.

Je jetai un regard noir à Stevie par-dessus mon épaule.

— Quel est l'intérêt de t'avoir pour assurer ma sécurité si tu laisses les gens entrer ?

— Elle a une clef. Je me suis dit que c'était une exception.

Je reportai mon attention sur Akari.

— Je ne vais nulle part, alors tu peux faire demi-tour.

Faisant comme si je ne lui avais rien dit, Akari avança dans ma direction. Elle tenait une tasse à la main, et j'avais comme dans l'idée qu'elle contenait l'un de ses thés épicés que j'aimais tant.

Cette garce essayait de me corrompre.

Elle perturbait ma soirée, mais, au moins, elle avait apporté quelque chose.

— La destination que j'ai en tête propose l'une des meilleures vies nocturnes du monde.

— Vegas a l'une des meilleures vies nocturnes du monde. Je suis bien ici.

— Tiens. Bois ça, dit Akari en me tendant le *mug*. Ça t'aidera à adoucir ton humeur. Ensuite, je te montrerai quelque chose qui, j'en suis persuadée, te convaincra de sauter dans le jet avec moi.

Lui prenant la tasse, j'inhalai le riche arôme du thé et du whisky, et en pris une grande gorgée.

— D'accord, balance ce que tu veux me dire, et puis va-t'en. Rien ne me fera quitter cet appartement. Je veux végéter.

— Au départ, j'avais prévu de te « Nyx-napper » et t'emmener à Bora-Bora, mais des informations récentes te concernant m'ont fait modifier notre destination.

J'inclinai la tête sur le côté et l'étudiai.

— Tu as éveillé ma curiosité.

— Il t'a menti.

— Qui ?

— Ton abruti.

Je déglutis. Il n'était pas à moi. Il avait quasiment détruit mon cœur. Non, il *l'avait* détruit.

— Il n'est pas à moi.

— Est-ce que tu m'as entendue ? Il a menti.

— De quoi est-ce que tu parles ?

— Je suis allée voir *Ojiisan* Drago, et j'ai surpris une conversation au sujet de Simon.

— Quoi ? Est-ce qu'il est avec une débutante ?

— Non, c'est justement ça. Personne ne le voit en dehors des affaires. Tu veux savoir où il va pour « réfléchir » ? demanda-t-elle en mimant des guillemets pour le dernier mot.

Je levai les yeux au ciel.

— OK, je veux savoir. Où ?

— Dans ta serre.

Je déglutis.

— Quoi ?

— D'après ce que j'ai entendu dire, il s'y rend au moins deux fois par semaine, reste assis à l'intérieur pendant des heures et s'en va ensuite.

Mon ventre se noua tandis qu'une graine d'espoir s'y installait.

— Tu es sûre que ta source d'information est fiable ? Certains des petits-fils de Drago sont des commères et ils sont rarement au courant de tous les détails.

Elle soupira.

— En fait, ça vient de Sota. C'est sa manière de s'excuser pour avoir parlé de ton club à Simon.

Je savais que c'était lui. Abruti.

Les mains tremblantes, je pris son téléphone et, aussitôt, les larmes me montèrent aux yeux.

Il m'avait menti.

Je posai le doigt sur la photo de lui à la plage avec Sota et avec quelques membres du clan Jackson. Il était assis torse nu, et sur sa poitrine, au-dessus de son cœur, se trouvait un tatouage avec le mot *déesse* en grec.

— Je suppose que cela prouve que parfois les apparences sont trompeuses. Après tout, ce n'est pas un gars typique de notre monde.

— N'es-tu pas la fille qui n'a cessé de m'encourager à m'échapper, à trouver ma liberté ?

— Ouais, eh bien, toi, tu es tombée amoureuse du plan cul.

L'humour de ses mots n'atteignit pas ses yeux.

— Qu'est-ce que tu ne me dis pas ?

— Je me suis rendu compte que je projetais mes problèmes avec ma famille sur toi, et que ce n'était pas juste. Tu t'adaptes très bien. Si c'est lui que tu veux, confronte-le, et vois où ça vous mène.

Stevie appuya une hanche sur le dossier d'un des canapés.

— Je suis d'accord. Il est aussi malheureux que toi. Va le voir.

— Qu'a-t-il fait pour te séduire autant ?

J'étudiai Stevie.

— Il a sacrifié ce qu'il voulait pour t'offrir ce que tu désirais. Ta liberté. Il t'a fait passer en premier. Ça en dit long. Cet homme t'aime.

— Il m'a brisé le cœur, murmurai-je, me remémorant le ravage des mots qu'il m'avait adressés.

— Pour t'offrir cette liberté que tu n'as cessé de réclamer, insista Stevie d'une voix plus dure. C'est tout ce dont tu as toujours parlé. Tu ne voulais pas être piégée. Tu veux savoir qui est piégé ? C'est lui.

— Comment est-il piégé ? l'interrogeai-je.

— Il ne pourra jamais quitter son monde, et tes frères ne le peuvent pas non plus. Tout comme mes frères. Il t'a donné l'échappatoire que tu voulais.

Akari posa une main sur ma jambe.

— Sois honnête. Est-ce vraiment ce que tu veux, ou juste l'idée ?

J'y avais réfléchi pendant des semaines, et cela faisait un moment que j'avais pris ma décision.

— J'avais changé d'avis avant même que tout implose.

— Pour lui ? insista Stevie.

Je secouai la tête.

— Non, pour moi. Les conneries que je fais ne pourront pas fonctionner dans le monde réel.

— Tu crois vraiment qu'un type normal, avec un boulot de 9 h à 17 h pourrait gérer ne serait-ce que la moitié de tes amis ? demanda Akari en riant. Il se ferait dessus à la seconde où Petre se présenterait à ta porte, avec ses histoires d'ennemis dont il a bu le sang.

Je me levai, sachant ce que je devais faire.

— Où vas-tu ? demanda Stevie en m'imitant, me jetant un coup d'œil curieux.

— À New York. Je dois insuffler un peu de bon sens à l'abruti que j'ai prévu d'épouser.

*
**

Simon

J'ouvris la grille reliant la serre et le jardin, à l'arrière de la maison de Nyx, me demandant pour la dixième fois pourquoi j'avais encore conduit jusqu'ici. Si l'un des gardes de Mykos me surprenait, il croirait sûrement que j'avais perdu la tête.

Au cours du mois qui venait de s'écouler, ç'avait été le seul endroit où j'avais pu trouver un semblant de paix par rapport à tout le travail qui s'était accumulé. J'avais encore pas mal de pourriture à éliminer de ma maison, mais le retrait d'Albert et de Hal de la structure familiale avait consolidé mon siège à la tête de *Drakos Shipping*. À présent, il ne me restait plus qu'à faire le tri entre les vrais alliés et les ennemis.

Tyler avait respecté son engagement et transféré le port, et la transition avait entraîné toutes les querelles de pouvoir habituelles avec les rivaux de la région. Que Kasen gérait pour la plupart, car tout ce qui concernait les Mykos me rappelait celle que je ne pouvais pas avoir.

Mais cela ne signifiait pas que je n'avais pas gardé un œil sur elle. Elle semblait s'être plongée encore plus profondément dans ses clubs et avoir perdu tout sens de l'autopréservation, ou peut-être était-ce un défi pour que je vienne la chercher ?

J'avais failli me déplacer pour lui dire de mettre un frein à ses activités. Mais cela n'aurait fait qu'empirer les choses, et je refusais de lui causer encore plus de douleur.

Les dernières photos que j'avais reçues la montraient

assise sur sa terrasse en train de contempler le coucher de soleil à Vegas.

Bon sang, j'étais un foutu harceleur, je savais tout ce qui se passait dans sa vie.

Posant ma paume contre les grilles de fer menant à la section labyrinthe du jardin, je fermai les yeux, et revis avec force les détails de la douleur gravée sur le visage de Nyx lorsqu'elle m'avait avoué qu'elle était tombée amoureuse de moi.

J'étais vraiment un abruti.

Non. J'avais fait ce qu'il fallait. Ç'avait été la seule manière de lui offrir la vie qu'elle méritait. Elle aurait renoncé à son rêve.

Agrippant ma nuque, je levai les yeux vers le ciel. Toute ma vie, j'avais vécu selon les règles d'un seul homme, pour me rendre compte que je l'avais déçu, parce que je ressemblais davantage au fils qu'il avait voulu rayer de son existence.

Cependant, j'avais réussi là où mon père avait échoué. J'avais détruit la seule chose qui avait un jour compté pour moi.

Bon sang, il fallait que je sorte d'ici.

Ce fut à cet instant que je sentis une présence derrière moi, et je me figeai. Si c'était Tyler, je le frapperais. La dernière chose que je voulais, c'était avoir affaire à ce con prétentieux.

— Excuse-moi, ce n'est pas ta serre. Pourquoi y es-tu ?

Je me figeai de nouveau.

Nyx.

Que faisait-elle ici ?

— Déesse, ne m'emmerde pas.

— Pourquoi t'emmerderais-je ? En dehors du fait qu'il s'agisse d'une zone interdite et que tu sois entré sans autorisation, bien sûr.

Je gardai les yeux rivés sur les jardins, sachant que si je regardais dans sa direction, je voudrais l'approcher, la toucher.

— Rien à dire, M. Drakos ?

— Je croyais qu'Akari devait t'emmener en voyage entre filles, à Bora-Bora.

— Comment pourrais-tu savoir ce que font les gens de mon monde ?

— Je sais.

— Comment ?

— Je sais tout de toi.

— Pourquoi ?

Je ne dis rien pendant quelques secondes, avant de confesser :

— Pour m'assurer que tu es en sécurité.

— Je vois.

— Qu'est-ce que tu vois ?

— Que tu es un foutu menteur.

— Sur quel sujet mentirais-je ?

— Regarde-moi dans les yeux, et dis-moi que ce n'est pas devenu réel.

— Est-ce important ? lui demandai-je, frustré, me passant la main dans les cheveux. Je t'ai donné ce que tu voulais.

— Qu'est-ce que je veux, selon toi ?

— Ta liberté.

— Suis-je vraiment libre ? Ce n'est pas ce que je ressens au fond de mon cœur. D'ailleurs, tu avais raison. Je ne peux pas quitter ce monde, étant donné qui je suis et ce que je fais.

— Il n'y a plus de contrat de mariage. Tu es libre, répétai-je. Maintenant, on n'a plus qu'à attendre la fin de la période officielle.

— Est-ce que tu m'aimes, Simon ?

Plus que tout sur Terre.

Au lieu de prononcer les mots que j'avais dans la tête, je lui dis :

— Ne me demande pas ça.

— Pourquoi ? Est-ce que tu te sentiras mieux si tu continues à te raconter que ce n'était que du sexe ?

Je serrai les poings sur les côtés, résistant à l'envie de me tourner et l'attirer à moi.

— Tu sais que c'était plus. Merde, je t'ai dit des choses que je n'ai jamais dites à personne d'autre !

— Alors, réponds à la question. Est-ce que tu m'aimes ?

— N'y a-t-il pas un dicton qui dit : « Si tu aimes quelqu'un, laisse-le partir ! S'il revient, c'est qu'il a toujours été là. » ? Je ne te retiendrai pas dans une vie que tu ne veux pas.

— Es-tu en train de me dire que tu m'aimes ? Eh bien, j'ai une question pour toi.

J'attendis.

— Est-ce que tu ne mérites pas d'être aimé ?

— Déesse.

J'agrippai les barreaux de fer et baissai la tête.

— Tu m'aimes assez pour me laisser partir. Mon amour

pour toi ne suffit-il pas pour que tu restes ?

— Je refuse de te piéger. Tu m'as demandé de ne pas le faire.

— J'ai grandi dans ce monde. Je suis plutôt douée pour le gérer. Je ne sais pas si tu es au courant, mais je suis tellement experte en navigation que tout le monde m'appelle la Diablesse Mykos.

— Et qu'en est-il de ta vie à Vegas ? Es-tu prête à y renoncer ?

— Tu vaux la peine d'abandonner tout ça, affirma-t-elle en posant une main sur mon dos. Tu ne l'as pas terminé.

— Terminé quoi ?

— Le dicton, sur le fait d'aimer quelqu'un et de le libérer. Tu n'en as cité qu'une partie.

Avant de me rendre compte de ce que je faisais, je passai la main dans mon dos, attrapai son poignet et la tirai devant moi, la plaquant dos à la porte, et posai les bras au-dessus de sa tête.

— Déesse, non… dis-je en contemplant son magnifique visage rougi. Ne fais pas ça.

Elle me sourit.

— Ne pas faire quoi ?

— Ne le termine pas.

— Pourquoi ? me défia-t-elle en relevant le menton.

— Si tu le fais, je ne te laisserai pas partir.

— Je ne te le demande pas. En réalité, c'est tout le contraire que je veux. Et en fait, c'est *moi* qui te garde, *toi*.

— Je ne suis pas l'homme qu'il te faut. Tu mérites quelqu'un qui ne ramène pas les emmerdes qu'il traîne.

— Je ne suis pas innocente non plus. Tu le sais de source

sûre. Tu sembles prendre ton pied avec ce côté de moi.

— Il n'y aura pas de retour en arrière possible une fois que tu auras fait ce pas. Est-ce que tu comprends ? Tu ne pourras pas changer d'avis. Pas fuir.

— Tu ne me fais pas peur.

— Réfléchis bien à ce dans quoi tu t'engages. Je te possèderai tout entière. Corps, esprit et âme.

— Je trouve ça plutôt acceptable, puisque mon cœur t'appartient.

Merde.

Je posai mon front contre celui de Nyx.

— J'essaie de faire ce qu'il faut. Pourquoi ne me laisses-tu pas faire ce qui est juste ?

— Parce que prendre en compte la vision des autres, ça n'a jamais été mon truc.

Elle s'interrompit, inspira profondément. Puis elle continua :

— J'ai une proposition à te faire.

Relevant la tête, je plongeai dans ses yeux onyx.

— Si tu peux réellement m'imaginer vivre une vie avec un autre, me marier avec un autre, fonder une famille avec un autre, je m'en irai.

Mes doigts fléchirent sur ses poignets. Elle poursuivit :

— Mais, si tu m'aimes comme je le crois, alors tu mettras de côté ce stupide sens de la chevalerie, tu m'emmèneras à Vegas et tu m'épouseras ce soir.

— Tu veux faire une fugue ?

— Est-ce que tu m'aimes, Simon ?

— Tu sais déjà ce que je ressens.

— Vraiment ? Tout ce que j'ai entendu jusqu'à présent,

ce sont des parties d'un dicton bien connu.

Je pris son visage entre mes mains, fit glisser mon pouce sur ses lèvres et sur sa gorge.

— Je t'aime, Olympia Nyx Mykos.

— C'était si difficile ?

— Tu viens de sceller ton destin. J'espère que tu en as conscience.

— Comme le dit cette citation que tu n'as jamais terminée : « Si tu aimes quelqu'un, laisse-le partir ! S'il revient, c'est qu'il a toujours été là. » J'ai toujours été là, Simon.

— Est-ce que tu es sérieuse à propos de Vegas ?

— Je suis toujours sérieuse à propos de Vegas.

— Alors, nous avons un vol à prendre.

— Qu'en est-il de l'empire Drakos ? Est-ce que tu ne vas pas leur manquer ?

— Je leur dirai simplement que la déesse de la nuit a capturé mon âme.

— J'ai vraiment une mauvaise influence sur toi. Il reste peut-être encore un espoir de te corrompre.

— Proposition acceptée.

Je lui souris, sachant que la vie avec elle ne serait jamais ennuyeuse.

Vous voulez connaître les débuts de Penny et de Hagen ?
Le Maître du Péché

FIN

Le Maître du Péché

Ça a toujours été lui…
Celui que je ne devrais pas vouloir, pas désirer, celui qui

pourrait détruire cette vie que j'ai soigneusement construite.

Hagen Lykaios était l'essence même du péché, du plaisir, et du danger… tout ce que savais devoir éviter.

Il a suffi d'un contact inattendu pour que je consume, supplie, en manque, et avide de plus encore.

Il m'a dit que si je pénétrais dans son monde, il me corromprait, me posséderait, et changerait tout ce que j'avais toujours connu… Et vous savez quoi? J'y suis allée quand même.

https://geni.us/LeMaitreduPeche

À propos de Sienna Snow

Puisant l'inspiration dans ses années passées à travailler dans le monde de l'entreprise aux États-Unis, Sienna aime raconter des histoires de femmes accomplies et sûres d'elles, qui savent ce qu'elles veulent et comment l'obtenir… Que ce soit dans la chambre à coucher, ou en dehors.

Ses héroïnes pleines de vie et bien éduquées trouvent souvent l'amour et la romance dans des conditions atypiques. Sienna offre à ses lectrices et lecteurs des tranches alléchantes de romance torride, empreintes de liberté et de plaisirs gourmands.

La vie de Sienna est pleine de voyages et d'aventures. Elle prévoit de visiter même les coins les plus reculés du monde et se réjouit de découvrir la diversité des cultures en route. Quand elle n'écrit pas ou ne voyage pas, Sienna s'occupe de son conte de fées personnel aux côtés de son mari et de ses enfants.

Inscrivez-vous à sa newsletter pour être informé des sorties, promotions, des événements et de bien d'autres choses encore.

www.SiennaSnow.com

facebook.com/authorsiennasnow

tiktok.com/@authorsiennasnow

instagram.com/bysiennasnow

twitter.com/sienna_snow

Livres de Sienna Snow

<u>**Les Dieux de Vegas**</u>

Le Maitre du Péché

Le Maitre des Jeux

Le Maitre de la Vengeance

Le Maitre des Secrets

Le Maitre du Controle

Le Maitre du Destin